Le Refus

DU MÊME AUTEUR

Les Soleils mouillés, Publibook, 2002.

Derrière les collines, Publibook, 2000.

Diffusion : De Borée
35, rue des Frères-Lumière - Z.I. Le Brézet - 63100 Clermont-Ferrand
Achevé d'imprimer dans l'U.E. en mars 2003
Dépôt légal 1er trimestre 2003
ISBN 2-84494-164-8

CHRISTIAN MARCON

LE REFUS

De Borée
Terre de poche

À Jeanne, Juliette et Rosette

Pour vivre la vie que j'ai vécue,
il faut en prendre parti.
Pour vivre n'importe quelle vie,
il faut en prendre son parti.
Jean Giono, *Un roi sans divertissement.*

... Et puis il s'est passé des choses et encore des choses, qu'il n'est pas facile de raconter à présent à cause que ceux d'aujourd'hui ne les comprendraient déjà plus.
Louis-Ferdinand Céline, *Voyage au bout de la nuit*

I

Sur le quai

LE QUAI DE LA GARE de Labégude était presque désert. Julien remonta frileusement le col de sa capote. Le temps n'était pas particulièrement froid en cette fin avril, mais là où il allait…

Il avait marché vite. Il était en avance d'une demi-heure et de toute façon, le train aurait sûrement du retard. Il posa son sac, s'assit sur le banc, en face de l'horloge, les mains bien au fond des poches et surveilla la grande aiguille qui avançait par à-coups toutes les minutes. Il essayait de ne pas penser, mais c'était difficile. Dans sa tête, la rage, le désespoir. Dans son ventre, la peur. Elle lui tordait les boyaux. Pas la peur de mourir, non, il faudrait bien mourir un jour, mais il savait, depuis trois ans que durait cette guerre, qu'il y avait pire que la mort.

Il y avait eu Verdun, il y avait eu le Chemin des Dames, il y avait eu son frère, Auguste, tué aux Eparges, son beau-frère, tué à Font-de-Bluval, et tous ces camarades qu'il avait vus tomber comme des mouches. La mort n'était rien. Ceux qui étaient fauchés net par un éclat d'obus ou une balle en plein cœur, ceux-là avaient de la chance.

Il y avait tous ceux qui agonisaient pendant des heures, accrochés aux barbelés, sous la mitraille en appelant leur mère, d'une voix de plus en plus faible. Il y avait la souffrance, et cette certitude qu'un jour ou l'autre, votre tour viendrait.

Dans la tranchée, on ne pensait pas trop à tout ça ; on n'avait pas le temps. On était là avec les autres à essayer de se tenir chaud, de se donner du courage, à faire semblant de ne pas avoir peur… mais là, sur ce quai de gare, en avance sur l'horaire, Julien avait le temps de penser.

Cette offensive Nivelle du 17 mai au Chemin des Dames avait été un échec sanglant, avec des pertes terribles. Julien se demandait encore par quel miracle il était toujours en vie. On lui avait accordé une permission de quinze jours. La première après trois ans de guerre.

Il avait retrouvé sa famille, son pays : la vallée de la Bezorgues en plein cœur de cette Ardèche qu'il avait quittée l'été 1914 persuadé comme tous les autres qu'il serait de retour avant la saison des châtaignes. Puis, quand il avait appris la mort de son frère, il avait soudain réalisé que lui aussi, sans doute, il ne reverrait jamais tout cela, parce que la mort était devenue leur lot quotidien et que si cette guerre devait encore durer, il ne resterait bientôt plus un seul homme valide.

Il avait oublié qu'un paysage pouvait être aussi calme et paisible.

Les trois premiers jours, il était allé rendre visite à ses sœurs. D'abord Eulalie qui avait perdu son mari Victor deux ans plus tôt et qui essayait d'élever son fils Antoine et de faire marcher la ferme avec l'aide de l'Albert Dupré, l'homme que Victor avait engagé avant de partir à la guerre. Albert avait quarante-sept ans, il était veuf et n'avait pas été mobilisé.

Elle était écrasée de travail, Eulalie, et Julien avait été inquiet pour elle, pour l'état de ses nerfs. Il l'avait sentie à bout de tout : trop de travail, trop de chagrin. Sa ferme d'Oubreyts, située au lieu-dit Chasselas, adossée à la colline sous La Blachère, était un univers clos. Des potagers descendaient en terrasses jusqu'au ruisseau de Ferradouire. En face, l'horizon était fermé par le flanc d'une colline couverte de châtaigniers : les bois de Ferradouire. On ne voyait rien de Chasselas. Pourtant, il suffisait de remonter le chemin sur une centaine de mètres pour émerger de ce trou et se retrouver face à un panorama immense, avec tout en bas, Vals-les-Bains, entouré de son moutonnement de collines. Vals, avec ses sources d'eau gazeuse et son casino où se pavanaient, le soir, les belles dames en toilette. Plus loin, le regard portait jusqu'au col de l'Escrinet et au plateau du Coiron avant la grande dégringolade sur la vallée du Rhône. Devant un tel paysage, on pouvait rêver, l'esprit s'évadait. Il n'y avait qu'à se laisser porter par le vent qui descendait de la montagne Sainte-Marguerite ; elle dominait tout le pays, du haut de ses mille mètres. Mais à Chasselas… on ne voyait rien… on était coincé, cerné… rien à faire !

Le lendemain, il avait rendu visite à Marie, son autre sœur. Elle habitait Vals avec sa fille, Jeanne, qui venait d'avoir six ans. Son mari, Maurice, avait été blessé lors d'une attaque sur le front de la Marne. Il était toujours soigné au Val-de-Grâce, à Paris, pour une blessure à la cuisse : un éclat d'obus. Marie avait décidé d'aller le voir, dans quelques jours, avec Jeanne.

Paris… ce n'était pas un petit voyage, mais rien n'aurait pu la faire changer d'avis et elle espérait bien le ramener avec elle, au pays, pour terminer sa convalescence. Peut-être que d'ici là, cette guerre aurait pris fin. C'est ce qu'elle espérait en secret. En attendant, elle travaillait à la filature, à Laulagnet. L'école, pour la petite Jeanne était juste en face de l'usine. C'était pratique.

Le quatrième jour, il s'était mis à pleuvoir.

Il était retourné chez ses parents. Il lui restait onze jours de permission pendant lesquels il comptait bien se rendre utile, il y avait tant de choses à faire. Le père Joseph souffrait de crises d'asthme terribles et le médecin lui avait interdit toute activité. La mère, Marie, devait faire tout le travail, c'était une femme rude à la tâche. Ce jour-là, elle avait mis les petits plats dans les grands pour gâter ce fils qu'elle avait tellement peur de ne plus revoir. Elle n'avait plus que ce fils au front à présent : Auguste avait été tué, Roger était prisonnier et son aîné, Joseph avait été réformé. Il devait cette « chance » à un accident : un billot de bois avait dévalé de la colline et lui avait cassé le bras droit à la hauteur du coude. Depuis, l'articulation était restée bloquée.

Ce jour-là, Joseph II était venu rendre visite à ses parents et à son frère. Au village on l'appelait Joseph II pour le distinguer de son père, qui portait le même prénom. Il était d'usage dans ces campagnes d'appeler son premier garçon « Joseph » et sa première fille « Marie », en souvenir des parents du Christ. Mais déjà, la tradition commençait à se perdre : les gens en avaient sans doute assez de confondre tous les Joseph et toutes les Marie.

Joseph II affichait un sourire radieux, dû à la joie de revoir son frère cadet. C'était un homme assez grand, le plus grand des fils Lascombe. Le cheveu était coupé ras et les moustaches en accent circonflexe. Ses épaules étroites, sa maigreur et son bras raide ne faisaient pas de lui une force de la nature, il avait des yeux bleus un peu tristes et on comprenait en le voyant, que face à une forte femme, il ne devait pas faire le poids. Les deux frères tombèrent dans les bras l'un de l'autre. Après maintes accolades, Joseph salua son père, embrassa sa mère et s'assit devant le bol de café fumant qu'elle venait de lui servir.

Dehors, la pluie tombait maintenant en gros paquets amenés par le vent. De la fenêtre, on apercevait encore un bout de ciel bleu au-dessus d'Aizac et un arc-en-ciel s'était formé sur l'ancien volcan. Joseph II avalait son café brûlant. Les autres attendaient qu'il ait fini pour continuer la conversation. Après avoir reposé son bol, il s'essuya la bouche d'un revers de manche.

« Cette pluie risque de faire sortir des girolles, il faudra aller voir demain, tous les deux, dit-il à Julien.

— Si le vent s'arrête après la pluie, on peut en trouver, et si tu veux de l'aide pour tes vignes, j'aurai le temps. En retour, si tu pouvais me donner un coup de main pour nettoyer un peu ma maison de Guillou et réparer mon pont, ça me ferait plaisir.

— Eh bien, demain matin, on ira voir du côté de La Roche pour les champignons, puis tu mangeras à la maison, ça fera plaisir à Augusta et tu ne reconnaîtras plus mes filles. L'après-midi, on emmènera quelques outils, et on ira arranger Guillou. »

C'est à ce moment-là qu'on frappa à la porte. Marie s'empressa d'aller ouvrir, avec ce mauvais temps, c'était sûrement quelqu'un qui voulait se mettre à l'abri.

Julien reconnut l'uniforme des gendarmes. Ils étaient deux, ruisselants de pluie. Marie avait pâli. Les gendarmes, depuis les débuts de la guerre, étaient toujours porteurs de mauvaises nouvelles. Elle pensa à Roger… était-il mort en captivité ? Puis, elle se ressaisit, elle n'aimait pas se donner en spectacle. Elle fit entrer les deux hommes qui saluèrent la compagnie. Aussitôt, une flaque se format à leurs pieds. Le père Joseph, aussi inquiet que sa femme, faisait autant d'efforts qu'elle pour rester impassible. « Ce sont des oiseaux de mauvais augure, pensait-il. Ils n'amènent jamais rien de bon. » Julien fut pris lui aussi d'une soudaine appréhension.

Le visage du gendarme Lambert était impénétrable. À force d'aller dans les familles, annoncer la mort, ces hommes avaient pris des allures de croque-morts. Cela n'avait pas ajouté à leur popularité déjà entamée par le fait qu'on les considérait comme des « planqués ». Malgré tout, Julien leur demanda s'ils désiraient s'asseoir et prendre une tasse de café.

« Avec toute la pluie que vous avez prise sur la tête, dit-il, vous boirez bien quelque chose de chaud ?

— Je vous remercie monsieur Lascombe, mais je préfère refuser. J'ai une nouvelle pénible à vous communiquer et je pense qu'après, vous n'aurez plus envie de m'offrir du café ! »

Julien pâlit à son tour. Lui aussi pensa à Roger ; c'était le seul dont on n'avait pas de nouvelles, il craignit le pire.

« Monsieur Julien Lascombe, continua Lambert, vous êtes ici en permission depuis quatre jours n'est-ce pas ?

— Oui, répondit Julien de plus en plus inquiet, j'ai obtenu quinze jours de permission, la première depuis trois ans, vous voulez voir mon titre ?

— C'est inutile, je sais que vous êtes en règle, mais j'ai le regret de vous apprendre qu'elle est annulée. Vous devez rejoindre votre régiment d'urgence.

Vous avez quarante-huit heures pour le faire, voici le télégramme que nous avons reçu ce matin. »

Il tendait un papier que Julien, pétrifié, posa sur la table sans même le lire. Toute la famille était frappée de stupeur.

« Pourquoi ? demanda Julien, d'une voix blanche, tout en sachant que Lambert n'aurait pas la réponse.

— Je ne sais pas, monsieur Lascombe, croyez bien que ça ne me fait pas plaisir d'apporter ce genre de nouvelle, je sais que votre famille a déjà eu sa part. Vous avez un train demain matin à huit heures à Labégude, je vous souhaite une bonne chance, monsieur. J'espère pour vous que cette permission n'est que reportée et qu'on vous reverra bientôt. »

Il salua militairement, fit demi-tour et sortit, suivi de son acolyte qui n'avait pas dit un mot et s'était contenté de saluer comme son chef.

« Une nouvelle offensive, se répétait Julien en lui-même, je suis sûr que c'est parce qu'ils préparent une nouvelle offensive, on va tous y rester, ça ne s'arrêtera que comme ça. » Puis, il vit sa mère, livide, qui était restée près de la porte et qui le regardait comme si c'était la dernière fois. Il pensa qu'il devait la rassurer, lui faire voir qu'il n'avait pas peur.

« Ils ont besoin de moi pour gagner la guerre, dit-il, en s'efforçant de prendre l'air bravache, peut-être que cette fois c'est la bonne. »

Naturellement, il n'en pensait pas un mot, d'ailleurs personne ne répondit.

Dehors la pluie avait cessé.

Un silence, troublé seulement par le bruit de la rivière, grossie par la pluie, s'était installé. On percevait encore le pas des chevaux des deux gendarmes qui s'éloignaient sur la route de Vals. Leur visite n'avait pas duré cinq minutes ; ces cinq minutes, maintenant, semblaient peser des tonnes. Le père Joseph était resté assis, il regardait ses pieds sans les voir, le regard vide, il se sentait plus vieux. Il pensait à Auguste qui ne reviendrait pas, à Roger qui reviendrait peut-être, et à Julien qui allait repartir vers l'enfer. Tout le souci portait sur lui maintenant, et ils n'avaient même pas pu le laisser souffler quinze jours. Marie avait fini par s'asseoir, raide comme un piquet, le visage impassible, elle regardait toujours Julien. Une larme avait fini par couler sur sa joue qu'elle essuya furtivement d'un revers de la main.

Chez les Lascombe, on n'avait jamais été très démonstratif. On ne pleurait pas en public, c'était une question de pudeur. Joseph II ne savait quelle contenance prendre, il était triste pour Julien. Toute la joie de le revoir et les projets qu'ils avaient faits pour le lendemain, à présent s'écroulaient. Personne n'osait ou ne savait comment rompre ce silence qui s'éternisait. Julien se leva sans rien dire, alla chercher la cafetière restée au chaud dans un coin de la cheminée et se resservit un bol de café qu'il but lentement, sans sucre, debout, le dos tourné vers l'âtre. Il avait froid tout à coup. Pris de frissons, il faisait des efforts pour ne pas trembler. Il réalisa qu'il frissonnait autant de peur que de froid et que cette sensation lui était familière mais il ne l'avait jamais ressentie ici, chez lui. Il sentit qu'il devait dire quelque chose, parler pour exorciser la peur et ce froid qui le paralysait.

« On ira aux girolles une autre fois Joseph, et tu m'excuseras auprès d'Augusta, je n'aurai pas eu le temps d'aller la voir.

— J'irai quand même à Guillou arranger ton pont, dit Joseph II, et j'espère bien que tu seras de retour d'ici peu. Cette guerre ne va pas durer toujours. Prends soin de toi Julien. »

Joseph II serra longuement la main de son frère, il partit très vite, comme s'il se sauvait. Il se sentait mal à l'aise, lui, le réformé, le planqué. Marie se leva, sortit derrière lui sans un mot. Elle alla jeter du grain à ses poules.

« Elle a du chagrin, dit le père Joseph, et elle ne veut pas le faire voir. Moi, je ne sais pas quoi te dire, fils.

— Il n'y a rien à dire, père, j'ai eu quatre jours de permission au lieu de quinze, c'est tout. Je vais aller préparer mon baluchon, ce sera vite fait. Et demain, j'irai prendre le train à Labégude. Le gendarme a dit qu'il passait à huit heures, il faudra que je parte à six heures et demie au plus tard.

— Ta mère te fera un casse-croûte pour le voyage. Je ne vais pas te dire de faire attention à toi, s'il devait t'arriver quelque chose, je crois qu'elle ne s'en remettrait pas. Elle a toujours eu un faible pour toi. Quand elle a su pour Auguste, elle n'a plus dit un mot pendant une semaine. Il aurait mieux valu qu'elle pleure un bon coup ou qu'elle pique une crise de nerfs, comme font les autres. Le chagrin, il faut que ça sorte. C'est pas bon de tout garder.

— Et vous père, vous avez pleuré ? demanda Julien doucement.

— Pas devant le monde, répondit Joseph après un moment d'hésitation. »

Julien regrettait sa question, il avait senti de la gêne chez son père. Il avait forcé sa pudeur. Le silence s'installa de nouveau. Il s'était planté face à la fenêtre, à regarder au-dehors. Le soleil brillait à présent faisant fumer le pré qui descendait à la rivière. Le printemps reprenait ses droits.

Il monta au grenier où sa mère lui avait aménagé un coin qui lui servait de chambre. Quand ils étaient enfants, ils dormaient tous dans la même pièce. Il y avait trois lits : celui des parents, un pour les trois garçons, un pour les trois filles. À trois dans le même lit ce n'était pas le confort, mais c'était monnaie courante dans ces campagnes. Ça rigolait ferme sous les couvertures et souvent, le père était obligé d'intervenir pour réclamer le silence, sinon le chahut se serait poursuivi une bonne partie de la nuit parfois.

C'était un de ces lits, déménagés au grenier, qui servaient à présent aux enfants en visite quand ils restaient pour dormir. Julien ne l'avait occupé qu'une nuit, sa première nuit de permission. Il s'y laissa tomber et s'allongea, les mains derrière la tête, contemplant la charpente du toit au-dessus de lui.

Il avait été blessé, il y a deux ans, lors d'une attaque dans la Somme. À peine sorti de la tranchée, il avait été touché par une balle à l'épaule. Il était aussitôt retombé dans son trou, sonné mais bien à l'abri. Il avait été évacué presque immédiatement. La blessure était sans gravité et n'avait pas laissé de séquelles ; il avait eu de la chance.

Un mois d'hôpital et on l'avait renvoyé au front. Mais là, il venait du Chemin des Dames, et ça avait été une autre paire de manches. S'il en était sorti intact — au moins physiquement —, c'était plus que de la chance… un miracle. La pensée de revivre un autre enfer comme celui-là était insupportable et les miracles ne se renouvelaient pas indéfiniment.

Depuis le début, on leur ressassait que celle-là serait la dernière. C'était au moins vrai pour ces millions de morts des deux camps. Mais ces bobards-là ne passaient plus chez les poilus, il n'y avait guère que les planqués de l'arrière pour y croire encore.

Avant de venir en permission, il avait entendu parler de désertions et de mutineries qui se seraient produites en masse parmi la troupe ; c'étaient des bruits qui circulaient. La rumeur disait aussi que les mutins étaient fusillés sur-le-champ, pour l'exemple, les déserteurs aussi, quand ils étaient pris, mais il comprenait qu'au bout du désespoir, mourir face à un peloton d'exécution n'était somme toute pas pire que de mourir englouti par la boue ou bouffé par les rats avec une jambe emportée par un éclat d'obus. Il y a des limites à ce qu'un homme peut supporter sans se révolter et ces limites avaient été poussées très loin dans cette guerre ignoble.

Il pensait que ces mouvements de révolte, s'ils étaient vrais, ne pourraient que se multiplier. Si en face ils en étaient au même point, c'était peut-être une façon d'arrêter ce massacre. Et si tout le monde refusait de se battre ?

Après le découragement, ce fut la colère qu'il sentit monter en lui. Ce troupeau d'hommes emmenés à l'abattoir par des incapables comme ce général Nivelle qui lui-même succédait à Joffre. Comment ces gens-là pouvaient-ils dormir la nuit avec tous ces morts sur la conscience ?

« Salauds... Salauds... se répétait-il, comme une litanie. Et tous ces planqués à l'arrière qui croyaient dur comme fer à la propagande des journaux. S'ils savaient... S'ils savaient tout ce qu'on endure, nous les PCDF (Pauvres cons du front, c'est ainsi qu'ils se désignaient entre eux par dérision). Trois ans sans permission, et après le carnage du Chemin des Dames, il croyait bien l'avoir méritée, celle-là. Eh bien non ! Quatre jours ça suffisait, allez hop on y retourne ! C'est que vous nous manquiez soldat Lascombe ! Comment voulez-vous qu'on gagne la guerre sans vous ! Salauds... Salauds... Salauds... !

Vous avez eu mon frère déjà, ça suffit pas ? »

La gare de Labégude était à cinq kilomètres, il les avait faits à pied avec sur l'épaule son sac de soldat que sa mère avait garni de victuailles pour la route.

Les adieux avaient été dignes, sa mère l'avait embrassé sans un mot, le serrant dans ses bras un peu plus longtemps que de coutume. Il savait qu'elle s'enfermait dans ce mutisme quand le chagrin l'étouffait. Le moindre mot prononcé aurait sûrement libéré les larmes qu'elle arrivait à retenir en serrant les dents. Cela lui donnait un air dur, mais ce n'était qu'une façade. Le père avait moins bien maîtrisé son émotion. Il avait l'air désemparé et les yeux brillants de ceux qui retiennent une larme à grand-peine. Julien avait abrégé, il sentait l'émotion qui le gagnait lui aussi. Il se disait que c'était peut-être la dernière fois qu'il les voyait et il les avait regardés longuement tous les deux en les embrassant.

« À bientôt », avait-il dit sans vraiment y croire et il avait pris la route sans se retourner.

Tout au long du trajet, il regardait son pays, sa Bezorgues, comme si c'était la dernière fois. Il se remplissait la tête d'images pour pouvoir les ressortir et en rêver tout son soûl quand il serait dans sa tranchée à attendre le prochain assaut. Il s'arrêta sur la route, face à Guillou. Il regarda longtemps sa grange et le pont minuscule sur la rivière, que son frère avait promis de remettre en état.

Puis il reprit sa route et ne s'arrêta plus jusqu'à ce quai de gare où il était maintenant depuis dix minutes. La grande aiguille de l'horloge continuait sa course inexorable. Julien s'efforça de ne plus la regarder ; il lui semblait qu'elle allait de plus en plus vite.

Il tenta de faire le vide dans sa tête en essayant de se concentrer sur le spectacle de la gare. D'autres soldats, souvent accompagnés par leur famille, attendaient eux aussi ce train qui allait les emporter vers les massacres. Ils ne se parlaient pas, ou très peu, on devinait des phrases banales qu'on prononce dans ces cas-là : « Fais attention à toi… Écris-moi… »

Même les enfants avaient l'air grave, l'air de grandes personnes, déjà. Julien était content que personne ne l'ait accompagné. Il n'aimait pas les séparations sur quai de gare surtout quand les chances de revenir étaient si minces. Il se mit à déambuler le long des rails, le sac sur l'épaule, essayant de ne pas penser. Il faisait cinquante mètres, puis il retournait. La pendule de la gare indiquait huit heures moins dix. Il remarqua une jeune femme, seule, qui attendait en jetant de temps à autre un regard à la pendule. Elle avait un manteau de drap noir et ses cheveux châtains étaient coiffés vers le haut, en chignon. Son allure modeste, mais élégante malgré tout, indiquait qu'il s'agissait sûrement d'une ouvrière plutôt qu'une paysanne.

Julien, pour s'occuper l'esprit, se mit à l'observer discrètement. Peut-être attendait-elle un mari ou un fiancé venant en permission. Son visage aux traits réguliers était plutôt joli. Il n'arrivait pas à voir la couleur de ses yeux. Elle avait l'air inquiet et son impatience était visible aux coups d'œil de plus en plus nombreux qu'elle jetait à la pendule. Elle s'était assise sur un des bancs disposés sur le quai, puis elle s'était relevée au bout de quelques secondes. Elle avait fait quelques mètres dans sa direction, avait aperçu Julien qui la regardait en essayant de sourire. Un semblant de sourire s'était esquissé sur son visage, du moins Julien le crut, puis elle fit demi-tour regagnant le banc sans toutefois s'y rasseoir. Elle restait debout, regardant droit devant elle. Elle tressaillit quand on entendit les premiers bruits de vapeur de la locomotive entrant en gare.

Déjà, tout le monde s'approchait du quai. Ceux qui attendaient quelqu'un, comme la jeune femme, manifestaient plus d'impatience que les autres, qui devaient s'arracher à leur entourage et qui avaient plutôt tendance à traîner des pieds. Julien qui n'avait ni femme ni enfants, se demandait ce qu'il ferait à la place de ces hommes qui allaient laisser tous ceux-là au bord d'un quai de gare pour foncer vers une mort probable.

Déjà, le train s'était immobilisé dans un grand bruit de freins et de vapeur. Julien n'avait pas perdu de vue la jeune femme qui maintenant guettait les quelques portes qui s'ouvraient pour laisser descendre les voyageurs, des soldats essentiellement, à l'air fatigué. Soudain il la vit se précipiter vers un soldat en uniforme, à quelques mètres de Julien, qui était déjà descendu mais qui tournait le dos pour prendre son sac resté dans le wagon. « Émile... » appela-t-elle d'une petite voix. L'homme se retourna après avoir empoigné son sac. Il lui manquait la moitié du visage ; l'autre moitié essayait de sourire.

Julien vit celui de la jeune femme se décomposer. Si l'homme ne s'était pas précipité pour la prendre dans ses bras, elle serait sûrement tombée. Il se dit que c'était certainement un éclat d'obus qui avait fait ce beau travail. La cicatrice, aux bords violacés, partait du milieu du front, descendait en coupant l'œil gauche qui n'existait plus, traversait la joue pour se perdre dans le col, sous l'oreille gauche qui avait disparu, elle aussi.

Maintenant, la jeune femme sanglotait dans les bras de l'homme qui lui parlait doucement en lui caressant les cheveux. Mais on voyait bien qu'elle n'osait plus relever la tête enfouie dans la vareuse du soldat, les épaules secouées par les sanglots. Combien de temps lui faudra-t-il pour pouvoir le regarder en face ? se demandait Julien.

Il sentit soudain monter en lui une haine immense, absolue, envers ceux qui étaient responsables de ce qui arrivait à cet homme et à cette femme et qui devait se reproduire un peu partout sur d'autres quais de gares de France, d'Allemagne et d'ailleurs.

« Je ne veux plus me battre… » se dit-il. C'était devenu une évidence. À ce moment il acceptait l'idée d'être fusillé plutôt que de risquer de se faire infliger, et surtout d'infliger à quelqu'un d'autre, le sort de ce soldat. Il mit son sac sur l'épaule, tourna le dos au train, et se dirigea vers la sortie.

Il désertait.

II

À l'aube du premier jour

UN RAYON DE SOLEIL, infiltré sous une tuile cassée, réveille Julien.

« Il faudra que je la répare, si je veux rester au sec. »

C'est la première pensée qui lui vient. La grange de Moureyre, où il s'est réfugié, est à flanc de colline au-dessus du Chayne, en plein milieu d'une forêt de châtaigniers. Tout en haut, une fois la crête franchie, il y a Sainte-Marguerite, mais pour y arriver par ce côté, il y a des fourrés et des rochers infranchissables pour un gendarme normal. Julien connaît les passages. À moins de le prendre par surprise, toutes les battues de gendarmerie du monde se casseront les dents à vouloir l'attraper. Il est chez lui, c'est son territoire.

Ici, il n'y a pas de boue, ni de tranchées, on ne lui tire pas encore dessus et si cela arrive, ce ne sera sûrement pas avec des obus ni à la mitrailleuse. Même traqué, il sait qu'il n'aura ni faim, ni froid ; en tout cas pas plus qu'au front. Il se sent plein d'allégresse à l'idée que pour lui, la guerre est finie. Celle qu'il va avoir à mener maintenant, lui semble infiniment moins dure et inhumaine et il est tout à la fois : grand état-major, soldat de base, stratège, intendant, cuisinier et agent de liaison. Car il devra se constituer un réseau de renseignements pour connaître les projets de l'ennemi à son encontre.

Il fait confiance à la famille pour ça, et aux amis de la famille qui devraient être assez nombreux. Pour l'intendance : le pain, le vin et d'autres produits de première nécessité que la nature ne pourra pas lui fournir, sa mère y pourvoira, le chemin escarpé qui conduit à sa cachette ne lui fait pas peur ; il sait qu'elle ne le laissera manquer de rien.

La veille, en revenant de la gare, il avait attendu la tombée de la nuit pour aller chez ses parents sans être vu. Sa mère rayonnait de joie quand il fit part de sa décision ; du coup, elle avait recouvré la parole :

« Personne ne pourra t'attraper, Julien, avait-elle affirmé, et quand cette guerre sera finie, il manquera tellement d'hommes qu'ils ne pourront rien te faire, sinon peut-être un peu de prison. »

Le père avait fait montre de moins d'enthousiasme. Tout en approuvant sans réserve la décision de son fils, il ne lui cacha pas ses inquiétudes :

« Il faut que tu saches que tu auras les gendarmes sur le dos, tout le temps. Ce n'est pas facile de vivre traqué. S'ils te prennent avant que la guerre soit finie, c'est le peloton d'exécution assuré. Après la guerre, c'est moins sûr, mais y a quand même un risque. Crois-moi Julien, Lambert ne te laissera pas beaucoup de répit. Je connais ce genre de gendarme, il ne connaît que le "devoir", et de t'attraper, ça va devenir "son devoir", il ne te laissera pas de repos, ce sera sa guerre à lui. Cela dit, tu peux compter sur nous et sur toute la famille pour t'aider. Tu as une chance de t'en tirer, tu as raison de la saisir.

— Ils ne m'auront pas bien, fanfaronna Julien. La seule chose qui m'ennuie, c'est que vous allez être embêtés à cause de moi. Vous aussi, vous aurez les gendarmes sur le dos pour surveiller vos faits et gestes. Ils vont essayer de vous tirer les vers du nez à mon sujet. Ils n'ont pas fini de vous cuisiner.

— Ne t'inquiète pas pour ça, fils, nous sommes trop coriaces pour faire de la bonne cuisine ta mère et moi. Ils se casseront les dents. Ta mère va te donner quelques couvertures, du pain, du vin, de quoi manger pour quelques jours et tu n'as qu'à aller t'installer à la grange de Moureyre, elle est en état. Tu y seras à l'abri. Si des gendarmes font des battues, ils feront plus de bruit qu'un troupeau pour arriver là. Tu auras tout le temps de te sauver. Ils ne risquent pas de t'attraper, ces coins-là sont trop pentus pour eux. Après, on s'organisera pour t'approvisionner régulièrement. Ta mère va souvent garder les chèvres vers Moureyre, et si on fouille son sac, elle porte son quatre-heure, dame, elle a bon appétit. »

Pour l'instant, Julien goûte ce bien-être qui succède au réveil juste avant le saut du lit. Bien au chaud sous les deux couvertures en laine que lui a données sa mère. Il prend son temps, plus rien ne le presse à présent. Ce n'est pas encore aujourd'hui qu'on va déclencher des recherches. Il se demande combien de temps cela prendra avant que les gendarmes soient prévenus et viennent interroger sa famille. Trois jours ? Une semaine ? Peu importe, il est là à se faire chatouiller le museau par ce rayon de soleil à travers les tuiles, pendant que dehors, les oiseaux lui font une aubade. Il pourrait encore faire marche arrière, prendre le prochain train, rejoindre son régiment avec une journée de retard. Il s'en tirerait avec une punition, peut-être même rien du tout. Il sait qu'il ne le fera pas. Il a franchi le Rubicon, du moins dans sa tête.

Sa décision, prise de façon si soudaine, lui paraît maintenant tellement évidente qu'il n'en revient pas de ne pas y avoir pensé avant. Il se décide à sortir de son lit improvisé, enfile son pantalon, ouvre la porte et se retrouve sur le seuil, ébloui par le soleil de cette fin avril. Il va pisser contre un arbre, puis, tire un seau du puits qui est juste en contrebas de la grange dans le clos d'en dessous. Il n'est jamais à sec ce puits, même en plein mois d'août, l'eau y est toujours fraîche. Il entame une toilette en règle, sa mère a pensé à lui glisser un morceau de savon de Marseille dans le sac. L'air matinal est encore frais en cette saison. Il se laisse quand même sécher au soleil, torse nu, puis, tout ragaillardi, il va chercher au fond de son sac, son vieux coupe-chou et se racle un peu les joues.

« C'est pas parce qu'on est un paria qu'il faut se négliger, se dit-il. Dans les tranchées, on était plus sales et plus puants que la plus puante des bêtes. Il faudra que je demande à la mère si elle n'a pas un petit bout de miroir à me donner, ça peut m'éviter de me couper le cou. »

Il enfile ensuite sa chemise de toile avec un pull en laine par-dessus et il se sent prêt à affronter tous les gendarmes du monde. De son sac, il tire la grosse miche de pain que sa mère lui a donnée avec un fromage de chèvre, une gorgée de vin bue au goulot, voilà un petit déjeuner comme il n'en a jamais fait au front. Il se souvient de ce liquide innommable qu'ils appelaient « jus » tellement il méritait peu l'appellation de café, et de ces morceaux de pain, durs comme du bois et à moitié moisis qu'il fallait disputer aux rats.

Il est là, assis devant la grange, au bon soleil qui chauffe de plus en plus à mesure que l'heure avance. De la vallée monte une petite brume qui s'effiloche, bouffée au fur et à mesure par le soleil. Ça peut être beau la vie !

Un bruit dans un fourré, furtif comme la fuite d'un lézard, le fait sursauter : un remuement de feuilles accompagné d'un gémissement étouffé.

« Dans quelques jours, se dit Julien, le moindre souffle me fera cavaler comme un lapin. »

Pour l'instant, il décide de ne pas bouger. Il sait que c'est la seule tactique à adopter s'il s'agit d'un animal. C'est peut-être un lapin de garenne, un perdreau blessé ou malade. Pour savoir, le mieux, c'est d'attendre qu'il veuille bien se montrer. Il a localisé l'endroit : ça vient du massif de genêts derrière le puits. Il croit apercevoir une tache marron à travers les branches.

« Un lapin ou un chien », se dit-il.

En fait, après cinq longues minutes de patience, Julien voit pointer un museau et une tête aux yeux noisette. Un chien. Il regarde dans la direction de l'homme, l'air inquiet et craintif.

« Viens là, toi, dit Julien ! je parierais que tu as faim ! »

Le son de la voix fait reculer précipitamment le chien dans son fourré. Julien coupe une tranche de pain, y tartine un peu de tomme de chèvre, puis la jette à mi-distance entre lui et l'animal. Le chien bondit aussitôt, s'empare de son butin et retourne dans sa cachette. Julien a le temps d'apercevoir des traces bizarres sur son échine.

« Toi, tu as été battu à coups de ceinturon, se dit-il, c'est ça qui te rend peureux, je te comprends ! »

Il tartine une autre tranche de pain, la dépose cette fois à côté de lui, puis il se lève, entre dans la grange et entreprend un peu de ménage. S'il doit vivre là quelque temps, autant faire un peu de propreté. En même temps, par le fenestron, il surveille le chien.

Celui-ci est ressorti de son fourré et avance prudemment vers la grange, mais il paraît moins craintif. Le fait qu'on lui donne à manger doit le rassurer un peu. Maintenant, il mange le pain abandonné pour lui, puis il renifle la place où Julien était assis un peu plus tôt et, pleinement rassuré par son inspection, se couche sur l'emplacement, la tête posée entre les pattes et l'œil aux aguets dirigé vers la porte de la grange.

Julien se risque sur le seuil, le chien relève la tête mais ne se sauve pas. Il regarde l'homme, comme pour le jauger, guettant le moindre geste hostile. Julien s'accroupit lentement et fait signe au chien d'approcher en tapant de la main sur ses genoux. Aussitôt, le chien se lève et s'approche sans plus de difficulté, en remuant la queue et en poussant de petits gémissements. Julien lui caresse la tête. Il se laisse faire et donne même quelques coups de langue sur les mains. Les marques que Julien avait aperçues sur son dos, sont bien des traces de coups, elles sont presque cicatrisées et n'ont plus besoin d'être soignées ; dans quelques jours, quand les poils auront repoussé, elles auront disparu. L'animal est maigre, de toute évidence sous-alimenté.

C'est un bâtard, de taille moyenne, genre chien de berger, le pelage est marron clair, le poil est long comme celui d'un berger des Pyrénées. Mis à part les traces de coups, il a l'air en bonne santé. Il se laisse caresser. Julien évite de caresser les endroits où il y a les cicatrices.

« Sûrement qu'il s'est échappé, il devait en avoir assez d'être maltraité... Alors le chien, toi aussi tu as déserté ? lui dit-il. Je veux bien t'adopter si c'est ça que tu veux, surtout que la compagnie risque de me manquer à l'avenir. Deux déserteurs... On devrait faire une bonne équipe. Il faudra que tu apprennes à reconnaître les gendarmes pour pouvoir me prévenir quand tu en verras, et si tu savais un peu chasser, ça nous aiderait aussi ! Et puis, il faut que je te trouve un nom. Il réfléchit un moment. Je t'appellerais bien Nivelle, mais j'ai peur de te vexer, c'est pas un nom à donner à un chien, surtout s'il est déserteur. »

Le chien le regardait en inclinant un peu la tête de façon comique, il avait l'œil intelligent.

« Je t'appellerai Le Chien, en attendant de trouver mieux. »

Julien va puiser un autre seau d'eau pour faire boire l'animal. Il s'assoit à sa place de tout à l'heure et le regarde boire longuement à grandes lampées. De temps en temps, Le Chien relève la tête et lui jette un regard reconnaissant. Quand sa soif est enfin étanchée, il vient s'allonger aux pieds de son nouveau maître, le museau posé par terre entre ses pattes. C'est comme s'ils s'étaient toujours connus.

Vers midi, Julien décide de se rendre à l'invitation que son frère lui a faite la veille. Il aura bien le temps de se cacher. Pour l'instant, personne ne le recherche ; il peut encore aller où il veut. Le temps s'est remis au beau, mais les sous-bois sont encore humides de pluie. Dans cette vallée trop encaissée, il faut au moins deux jours de vent pour bien sécher le sol. Sur le chemin qui mène à Ainac, la musette à l'épaule, Julien s'écarte un peu sous les châtaigniers, Le Chien sur ses talons. Il ne lui faut pas longtemps pour trouver ce qu'il cherche : des girolles, un coin qu'il connaît bien, s'il n'y en a pas là, il n'y en a nulle part. Il y en a bien un kilo qui pousse là, sur un tapis d'herbes et de feuilles mortes, au pied d'un chêne, et il a vite fait sa cueillette ; il n'arrivera pas les mains vides.

Joseph II est en train de bêcher son jardin lorsqu'il aperçoit un homme, qui arrive par le chemin de Moureyre, musette à l'épaule, un chien sur les talons. Il se demande qui c'est. Il connaît tous les chiens du village, celui-là, il ne l'a jamais vu. L'homme est encore trop loin pour qu'il puisse le reconnaître, pourtant la silhouette lui est familière, mais ce n'est pas son voisin Reyner, il est plus grand que ça, et puis ce n'est pas son chien. Il pense à son frère, Julien, c'est bien sa démarche, mais il a pris le train hier matin pour retourner au casse-pipe. Et ce chien ?... Joseph II continue à bêcher. Son bras raide ne lui facilite pas la tâche, mais il a fini par s'en accommoder et il a trouvé des biais pour pouvoir accomplir presque tous les travaux courants. Le plus dur, c'est de couper du bois. Le maniement de la hache reste un exercice difficile, mais là aussi il se débrouille tant bien que mal. Il était devenu ambidextre à force.

L'homme a disparu dans le dernier tournant avant Ainac. Dans deux minutes, il va déboucher juste devant le jardin de Joseph. Quand il réapparaît, Joseph II laisse tomber sa bêche, surpris, et va à la rencontre de son frère.

« Julien ! Qu'est-ce que tu fais là ? Je te croyais en train de tuer du Boche !

— Finalement, j'ai décidé de ne tuer personne et j'ai pas tellement envie de me faire tuer moi-même. La meilleure façon d'éviter ça, c'est de déserter. J'ai déserté mon vieux, si tu ne veux pas d'ennuis, il vaut mieux qu'on ne nous voie pas trop ensemble. On ferait mieux de rentrer chez toi.

— Je suppose que tu sais ce que tu fais et ce que tu risques. Quant aux voisins, même s'ils te voient, ils ne diront rien et surtout pas aux gendarmes… Ça alors, pour une surprise, c'est une surprise… Si je m'attendais à ça !… Viens, on va dire à Augusta de rajouter un couvert… Tu dois avoir faim… Et où tu as trouvé ce chien ?… Où tu as dormi ?… Est-ce que les parents sont au courant ? »

Joseph a mille questions à poser, et il les pose en vrac. Julien, amusé par ce flot, prend son frère par l'épaule et tous les deux se dirigent ainsi vers la maison.

« Pour répondre à ta première question… j'ai faim, dit-il en souriant. Tu te souviens qu'on avait projeté d'aller aux champignons ? Eh bien j'ai apporté quelques girolles, Augusta pourra nous faire l'omelette. Le chien ? Je l'ai trouvé ce matin en me réveillant à la grange de Moureyre. Je ne sais pas d'où il vient. Un déserteur comme moi. Je l'ai adopté ou il m'a adopté, je ne sais pas. Il va me falloir vivre caché maintenant. Moureyre c'est pas mal, Guillou aussi, j'irai tantôt là, tantôt là. Je crois que les gendarmes, je vais leur donner du mal. Les parents ? Je suis passé les voir hier en revenant de la gare. Ma décision leur fait plutôt plaisir, la mère surtout, elle est prête à se battre contre tous les gendarmes de la terre. Le père aussi me comprend. Ils sont prêts à m'aider. Ils pensent qu'ils ont assez donné…

— Et ils ont bien raison, dit Joseph, moi aussi je t'aiderai, toute la famille t'aidera. Tu n'as pas de souci à te faire pour manger, ni pour quoi que ce soit. Les gendarmes, ils peuvent venir… Dans le pays, personne ne leur dira rien, la famille Lascombe est bien trop estimée. Crois-moi, tu seras prévenu dès que quelqu'un verra se pointer un képi… »

Tout en parlant, ils arrivent devant la maison de Joseph. Ils sont accueillis par les deux chiens de la maison qui sortent en aboyant furieusement. Ils se calment rapidement en reconnaissant leur maître et se contentent de grogner après Le Chien qui reste dans les jambes de son nouveau maître pour se mettre à l'abri. Augusta apparaît sur le seuil, sa petite deuxième cramponnée à ses jupes. En la voyant, on sait tout de suite que c'est elle qui fait la loi dans le ménage. Elle est grande, un peu forte, une carrure d'homme. Les cheveux relevés en chignon sur le sommet du crâne. Le visage aux traits assez fins et réguliers adoucit un peu l'allure générale plutôt masculine. Le vin dont elle abuse n'a pas encore trop marqué sa physionomie. Sa longue robe de coton gris lui donne un air austère, mais c'est l'air que prennent toutes les femmes de la campagne après quelques années de mariage, quand elles considèrent qu'elles n'ont plus d'effort à faire pour plaire, du moment qu'elles ont trouvé un mari. Il n'y a que les femmes volages à vouloir faire encore cet effort.

« C'est toi beau-frère, s'exclame-t-elle, je te croyais reparti, je me désolais même de ne pas avoir pu t'embrasser, je vais pouvoir le faire alors ! Et elle prend Julien par les épaules pour lui planter trois gros baisers sonores sur les joues, puis elle attrape la petite Rosa dans ses bras pour lui permettre d'embrasser son oncle d'un gros bisou baveux.

— Marguerite est à l'école, explique Augusta, elle porte son manger pour midi, l'école est trop loin pour qu'elle puisse revenir dîner à la maison. Celle-là est encore trop petite pour y aller, j'espère qu'on me la prendra l'an prochain, comme ça elle ne sera pas toujours dans mes jambes. Mais entrez, restez pas dehors, le dîner est prêt, il n'y a qu'à rajouter une assiette.

— Tiens Augusta ! regarde dans ma musette, il y a quelques champignons, tu n'auras qu'à faire une omelette, dit Julien.

— Ce sera vite fait, dit-elle, le temps de les nettoyer et de casser quelques œufs. Oh ! elles sont belles, on va se régaler !

— Julien a déserté, annonce Joseph.

— Mon Dieu ! Il va falloir te cacher alors !

— Les cachettes ne manquent pas, dit Joseph, et puis c'est tellement pentu par ici et les gendarmes tellement fainéants, qu'il peut attendre la fin de la guerre sans trop de souci. Il lui faudra seulement quelques provisions et un peu de linge pour se changer, des couvertures.

— La mère m'a déjà donné tout ça pour Moureyre, il faudra juste que j'en porte autant à

Guillou, dit Julien, comme ça, je pourrai passer d'une grange à l'autre si l'une ou l'autre est surveillée.

— On ira à Guillou cet après-midi, dit Joseph. Pour l'instant tu n'es pas encore recherché, on pourra arranger ton pont comme on l'avait décidé.

— Je crois que ce n'est pas la peine, dit Julien, il vaut mieux que ces granges aient l'air inhabité, c'est pas le moment d'y faire des travaux qui se voient. Je ferai juste un petit jardin potager à Guillou, c'est bien exposé, ça me fera des légumes et on dira que c'est toi qui le travailles. Pour le pont, il vaut mieux ne pas l'arranger, comme ça, si on me serre de trop près, je pourrai toujours le saborder et là, personne ne traverse, comme un pont-levis ! »

Un peu plus tard, ils sont attablés autour de l'omelette aux girolles qu'Augusta a accompagnée de pommes de terre sautées et d'une salade verte, le tout arrosé du vin des clos de Joseph dont il est si fier, et à juste titre : il est obligé de refuser des ventes pour assurer sa consommation personnelle (et celle d'Augusta). Le Chien a finalement réussi à sympathiser avec ses congénères et partagé leur pâtée.

« La femme de Roger est venue me voir cette semaine, raconte Augusta, elle se fait du souci, toujours sans nouvelles, son garçon a trois ans maintenant, lui et son père ne se sont jamais vus.

Pour le moment, elle a quitté Chanteloube, elle est retournée chez ses parents à Tesseaux.

— Il paraît que les prisonniers qui sont dans des fermes en Allemagne ne sont pas trop malheureux par rapport aux ouvriers détenus dans les camps, dit Julien. Ceux-là sont forcés à travailler dans les usines d'armement et ne sont pas toujours bien nourris, tandis qu'à la campagne, comme là-bas non plus il n'y a plus d'hommes, ils sont mieux traités, selon les maisons.

— Comme je connais Roger, dit Augusta, je ne me fais pas trop de souci pour lui, il va revenir gras comme un moine et il doit sûrement coucher avec la patronne ! Il n'a jamais eu beaucoup de scrupules ; il a toujours su embobiner son monde.

— Sois pas médisante, Augusta, s'insurge Joseph. C'est notre frère, il est quand même prisonnier. Il aimerait sûrement mieux être auprès de sa femme et de son fils à faire du bois comme avant la guerre.

— Sans être enviable, son sort n'est pas le pire, dit Julien, au moins il en a fini avec la boue des tranchées, et il n'est plus à se demander si demain il sera encore en vie ou s'il aura encore tous ses membres.

— Pour l'instant, personne ne peut dire au sûr comment vivent les prisonniers là-bas, dit Joseph, étant donné que pas un n'est encore revenu pour raconter. Il est vrai que le sort de Roger est préférable à celui d'Auguste. Il ne reviendra pas lui ! »

Augusta ne faisait qu'exprimer une opinion générale. Avant la guerre, Roger passait aux yeux du monde pour un jouisseur, qui fréquentait volontiers les cafés de Vals et d'Aubenas. Il faisait le marchand de bois, avait une réputation d'homme dur en affaires et pas tendre avec sa femme, Noémie, à qui il laissait à peine le nécessaire pour vivre alors qu'il gagnait pas mal d'argent. Son commerce était florissant. « C'est lui qui réussit le mieux, disait volontiers sa sœur Marie, mais il y prend peine : il vendrait un croûton de pain à sa propre femme ! » Joseph II, qui pardonnait tout à tout le monde, était le seul à vraiment défendre son frère et à lui trouver des excuses en toutes circonstances. Julien, plus objectif, savait bien que Roger avait beaucoup de défauts, mais il n'était pas d'un caractère médisant. De plus, il avait l'esprit de famille et s'il acceptait que Roger soit critiqué au sein de la famille, il ne l'aurait pas admis de la part d'étrangers. Au fond, il partageait assez l'avis d'Augusta : il ne s'en faisait pas trop sur les capacités de Roger à tirer parti de n'importe quelle situation.

Le repas s'était prolongé plus que de coutume. Ils avaient discuté de tous les problèmes que Julien pourrait rencontrer dans sa clandestinité, sans parler de ceux qu'ils ne pouvaient pas prévoir et qui ne manqueraient pas de se présenter. À présent, ils en sont à faire un inventaire de ce dont Julien a besoin pour pouvoir aménager Guillou. Après s'être chargés de différents ustensiles de cuisine, d'une bonbonne de vin de dix litres, de vivres, de couvertures et divers outils, le tout enveloppé dans un grand sac de jute, les deux hommes, suivis du Chien, se mettent en route le plus discrètement possible vers Guillou par le pont du Chayne. Ils ont la chance de ne rencontrer personne pour poser des questions embarrassantes.

« À l'avenir, il ne faudra plus qu'on nous voie ensemble, si tu veux éviter les ennuis, dit Julien.

— Personne ici ne dira rien, j'en suis sûr, répond Joseph.

— J'en suis moins sûr que toi. Tu crois toujours que tout le monde est sans malice, comme toi. Même sans penser à mal, les gens bavardent souvent à tort et à travers. Si les gendarmes sont persuadés que tu sais où je suis, ils n'arrêteront pas de te cuisiner, ils peuvent même t'arrêter pour non-dénonciation de déserteur. Je ne veux pas que la famille, ni qui que ce soit, ait des ennuis à cause de moi. À partir de maintenant, je ne viendrai plus chez toi dans la journée. Si j'ai besoin de te voir, je viendrai la nuit. Moi, tu me trouveras à Guillou ou à Moureyre la plupart du temps, fais attention de ne pas être suivi par ce qui ressemblerait à un képi. On conviendra d'un endroit où tu pourras me laisser un mot si tu ne m'y trouves pas. »

La grange de Guillou s'avère beaucoup plus confortable que celle de Moureyre, il y a un grenier plein de foin. Julien, aidé de son frère, dégage tout un espace au fond du grenier afin d'aménager un endroit pour dormir. « Ma chambre à coucher », dit Julien. De l'entrée, on ne voit que du foin. Au rez-de-chaussée, ils rangent sur une vieille étagère, les quelques casseroles et ustensiles de cuisine qu'ils ont amenés.

« Demain, j'apporterai une table dont je ne me sers pas, avec un tabouret, dit Joseph, et tu seras comme un coq en pâte. Il ne te manquera plus qu'une femme pour le ménage… et le reste…

— Peut-être que j'en trouverai une dans les bois, répond Julien en riant. Il faudra juste qu'elle ne soit pas trop difficile pour le confort.

— Ce qu'il y a de bien, c'est que la porte ferme à clef. Personne ne pourra venir visiter quand tu ne seras pas là. On dira que c'est moi qui ai la clef si les gendarmes posent des questions, je me sers de la grange quand je viens travailler le jardin qu'on va faire, là à côté.

— Merci, Joseph, qu'est-ce que je ferais sans toi ?

— Tu es de taille à t'en sortir tout seul, pour sûr, mais si on ne se rend pas service entre frères... »

Il est interrompu par un bruit venant du dehors. Joseph se précipite pour voir ce qu'il en est, pendant que Julien, prudent, reste en retrait. Il n'est pas nécessaire que tout le monde sache qu'il emménage ici.

Il s'agit en fait de leur mère, Marie, précédée de ses chèvres et de son chien. La petite troupe débouche sur le chemin du Chayne. Marie porte un gros sac de toile en bandoulière, elle est habituée à porter des charges lourdes quand elle va vendre sa production au marché de Vals une fois par semaine. Julien, rassuré par son frère, ne peut s'empêcher d'admirer une fois de plus cette femme de soixante ans, qui travaille comme un homme et qui garde malgré tout, une démarche de reine. Pendant que Marie s'approche de la grange, ses chèvres s'égaillent tout autour et commencent à brouter l'herbe qui pousse dru en ce début de printemps. Les chiens font connaissance devant l'air étonné de Marie :

« À qui il est, ce chien ? demande-t-elle.

— Je l'ai trouvé ce matin à Moureyre, répond Julien, il a dû se sauver de chez lui, il a été battu ; depuis, il ne me quitte plus. Ça me fera de la compagnie !

— Je pensais bien vous trouver là, dit Marie, j'ai apporté quelques provisions que tu pourras laisser dans ta grange. Dans le sac, il y a un gros jambon, quelques saucissons, tu les feras pendre au grenier. Il y a aussi des pommes de terre, des fromages et des châtaignes séchées. Si tu dois rester caché plusieurs jours, tu auras de quoi tenir. J'ai pensé aussi à t'apporter un petit miroir. Je te connais, c'est pas parce que tu vas devenir homme des bois que tu vas te laisser aller. »

Julien sourit, sa mère le connaît bien, il la connaît bien lui aussi. Elle a de ces délicatesses que d'autres ne soupçonneraient pas en voyant son air si austère. Il est ému de penser que tout le temps qu'il va rester dans la clandestinité, elle va s'inquiéter et penser à lui sans arrêt. Tant qu'il était au front, c'était différent. Il était loin, elle ne pouvait rien pour lui. Maintenant, elle va se demander tous les matins en se levant, de quoi il pourrait avoir besoin et il sait que ce sera comme ça tant qu'il n'aura pas de femme pour s'occuper de lui.

« Merci mère, dit-il, je souris parce que ce matin en me rasant, j'ai pensé que j'allais vous le demander. Au moins, si les gendarmes m'attrapent, je serai présentable.

— Il vaudrait mieux qu'ils ne t'attrapent pas tout de suite, dit Marie, parce que dans cas-là, je ne donnerais pas cher de ta peau. Quand je pense à l'avenir qui t'attend, ça me fait tourner le sang.

— Mon avenir ne sera pas pire que celui d'Auguste, répond Julien. Maintenant, je sais que j'ai une petite chance de m'en tirer. J'avais perdu cet espoir-là. Je vais manger et boire à ma faim, me laver et me raser tous les jours… La vie de château !

— Tu vas aussi sursauter au moindre bruit, détaler comme un lapin dès que tu croiras voir un uniforme, te réveiller le matin en te demandant si le soir tu ne dormiras pas en prison…

— Avant, je me réveillais le matin en me demandant si le soir j'aurais encore tous mes membres ou si je serais encore vivant… Là aussi il y a progrès.

— Je sais que tu as raison, fils, mais ça ne m'enlève pas l'inquiétude maintenant que tout va se passer sous mes yeux. »

Pendant ce temps, Joseph avait commencé à bêcher dans le clos en contrebas, entre la grange et la rivière. Il attaquait le potager. Dans ce clos, la terre est grasse, attendrie encore par les pluies récentes. Il retourne des mottes noires où la bêche entre comme dans du beurre.

« Je ne sais pas pourquoi on n'a pas encore cultivé ce terrain, dit Joseph, c'est une terre fertile, ça donnera bien pour les légumes. »

Julien est descendu aider son frère, il commence à l'autre bout du terrain et pendant les heures qui suivent, ils travaillent en silence, s'arrêtant juste de temps à autre pour s'essuyer le front d'un revers de manche ou pour aller boire une gorgée de vin à la bouteille que la mère a tiré de la bonbonne amenée par Joseph. C'est vers la fin de l'après-midi, autour de cinq heures, que les deux frères se rejoignent au centre d'un rectangle noir de terre luisante où quelques gros vers de terre essayent de regagner les profondeurs. Ça avait été une belle journée de printemps. Le soleil, qui avait brillé tout le jour, commençait à baisser et n'allait pas tarder à disparaître derrière la colline, de l'autre côté de la vallée. Dans quelques instants, le clos serait à l'ombre et la fraîcheur de la rivière allait vite se faire sentir.

« On a fait du bon travail, frangin ! » dit Julien.

Ils remontent tous les deux vers la grange, Julien tenant son frère par l'épaule sous l'œil attendri de leur mère qui finissait de repriser son linge en gardant ses chèvres. Elle a sorti du sac une grosse miche de pain et un saucisson entamé. « Le goûter », dit-elle. Et tous les trois se taillent de grosses tartines de ce pain cuit au four du village, à Ainac, une fois par semaine, ainsi que des rondelles de saucisson du cochon tué cet hiver. Et ils mâchent lentement pour que ça leur « profite bien » et pour bien apprécier toute la saveur de cette nourriture, fruit de leur travail et de leur terre. La bouteille de vin circule pour faire descendre la dernière bouchée. Même Marie boit une gorgée au goulot.

« Tu peux encore venir souper et dormir à la maison, ce soir, dit Marie, tu ne risques encore rien…

— Non mère, il faut que je m'habitue, et puis cette grange ressemble presque à une vraie maison maintenant, c'est la première fois que je me sens "propriétaire", et je ne suis plus seul, j'ai mon chien ! »

Le Chien, en effet, a posé le bout de son museau sur les genoux de Julien, autant pour se faire caresser que pour quêter quelques miettes. Julien lui caresse la tête et le gratte derrière l'oreille. Le Chien remue la queue et regarde son nouveau maître d'un œil à attendrir une pierre.

« À ton aise, fils, mais la nuit, tu peux venir quand tu veux. Les gendarmes ne sortent pas après le coucher du soleil. Alors, si tu as besoin de quoi que ce soit…

— Je sais, mère, je ne me gênerai pas pour venir chercher ce dont j'aurai besoin dès que la nuit sera tombée. J'ai dit la même chose au Joseph. »

Après avoir rassemblé ses affaires dans le sac bien allégé, elle regroupe son petit troupeau, aidée de son chien Noireau. Après un geste de la main pour dire au revoir, elle reprend le chemin du

Chayne droite comme un i. Elle disparaît au détour du chemin sans s'être retournée.

« Une sacrée femme que notre mère, tu ne crois pas ? demande Julien.

— Elle a toujours été obligée de travailler comme un homme, à cause de la maladie du père, répond Joseph. C'est ça qui lui a forgé le caractère. La guerre n'a rien changé dans ses habitudes, elle a juste eu le souci en plus pour ses fils et le chagrin pour Auguste. Le père peut s'estimer heureux d'avoir eu une telle femme. Ils se sont toujours bien entendus tous les deux.

— C'est pas drôle tous les jours avec Augusta hein ? Julien avait senti poindre le regret et un peu d'envie dans la remarque de Joseph. Dans la famille, on n'avait pas l'habitude de s'occuper des affaires des autres, surtout quand ça touchait à la vie conjugale. Mais Julien sentait que son frère avait besoin de parler à quelqu'un. Il lui tendait une perche.

— Augusta ne serait pas une mauvaise femme, dit Joseph, si elle n'avait pas pris l'habitude de boire. C'est cette Maria Eyraud du Moulin Lacoste qui lui a donné ce vice. Pendant un moment, juste après le début de la guerre, quand son homme est parti, elle était toujours fourrée avec Augusta parce que c'étaient des amies d'enfance. La Maria a commencé à picoler pour soigner le chagrin du départ de son Firmin. Petit à petit, Augusta s'y est mise. Elles buvaient des canons toutes les deux, tantôt chez l'une tantôt chez l'autre. Un jour, je les ai trouvées endormies sur la table à la maison, trois bouteilles vides à côté d'elles, soûles... De vraies pochardes. La Maria, j'ai dû la raccompagner chez elle. Augusta, je l'ai mise sur son lit, elle ne s'est même pas réveillée. Arrivée chez elle, la Maria, elle était un peu dessoûlée, je lui ai dit que je ne voulais plus la voir à la maison... Alors elle s'est mise à pleurer, qu'il fallait l'excuser, qu'elle n'était pas une mauvaise femme... que c'était le manque de son homme qui lui faisait faire ça... Elle a fini par me faire comprendre que si je voulais le remplacer de temps en temps, son homme, peut-être qu'elle pourrait arrêter le pinard ! Là, j'ai piqué une grosse colère. Je lui ai dit que je voulais bien remplacer son Firmin, pour lui donner des coups de pied au cul et pas autre chose... que pour une amie d'enfance, c'était du propre. Non seulement elle débauchait son amie en l'entraînant à boire, mais en plus, elle voulait lui faire porter des cornes et en faire porter par la même occasion à son pauvre Firmin en train d'en baver au front... Je lui en ai dit comme ça pendant une demi-heure. Je lui ai fait honte, je crois bien... »

Elle pleurait de plus belle. Il fallait lui pardonner... elle ne savait pas ce qu'elle disait parce qu'elle était soûle... c'étaient des paroles sans queue ni tête. À la fin, elle m'a fait peine, je l'ai fait allonger sur son lit et je lui ai préparé une infusion de serpolet. Quand je la lui ai portée, elle dormait à poings fermés, alors j'ai bu l'infusion, et je suis retourné chez moi, affronter Augusta. Elle dormait toujours, je l'ai laissée dormir jusqu'au lendemain matin. Quand elle s'est réveillée, elle a fait son train comme si de rien n'était.

— Et tu ne lui as rien dit ? Tu ne lui as pas raconté les belles propositions de sa bonne amie ?

— Tu me connais ! Je n'ai pas de rancune... Quand la colère est passée... Elle avait l'air d'avoir tout oublié... Puis je me suis dit qu'elle ne me croirait sûrement pas. Ça risquait de faire des histoires. Pour se défendre, la Maria aurait même pu retourner l'affaire et m'accuser de lui avoir fait des propositions ou même pire.

— Mais elles ont continué à se voir ?... et à boire ?...

— Plus à la maison en tout cas, je ne sais pas quelles excuses elle a trouvées, la Maria, mais je ne l'ai jamais revue chez moi. En revanche, Augusta allait chez elle... mais de moins en moins souvent. Des fois, elles se retrouvaient quand Augusta allait garder ses chèvres, puis elles ne se sont plus fréquentées. Pour moi, elles ont dû se disputer. Augusta n'a jamais voulu m'en parler et j'ai arrêté de la questionner, trop content de ne plus les voir ensemble. Mais le pli était pris, Augusta a continué à boire… Elle ne se soûle pas tous les jours, ça lui arrive de temps en temps, quand elle a le cafard, je suppose.

— Elle est méchante quand elle est soûle ?

— Avec moi, oui. Jamais avec les petites, Dieu merci ! Mais moi alors !… Elle me jetterait tout ce qu'il y a dans la maison à la tête… Comme si elle m'en voulait… Mais de quoi ? Je n'ai jamais levé la main sur elle… Pourtant, des fois… je me dis que je devrais… que quelques coups de pied au cul, ça pourrait lui faire du bien… ou une bonne paire de gifles… On dirait qu'elle le cherche des fois… Mais c'est pas dans ma nature… Que veux-tu ? on ne se refait pas. Alors je prends patience… Je me dis qu'il y a plus malheureux que moi… j'ai deux belles petites… et j'ai la chance de ne pas être parti à la guerre ; ça, c'est ma guerre à moi, j'y ai moins de risques quand même !… »

Quand Joseph a fini de parler, Julien pose sa main sur l'avant-bras de son frère, celui qui est bloqué au coude.

« Tu es un brave type, Joseph, dit-il, le meilleur de nous tous pour sûr. Peut-être qu'Augusta va s'arranger avec le temps. Elle finira bien par se rendre compte qu'elle a un homme qui n'a que des qualités et deux belles petites qui vont grandir, elle ne voudra sûrement pas que Marguerite et la petite

Rosa qui est si joliette, la jugent mal et la voient en ivrognesse. Elle va se reprendre, prends patience.

— Tu es un bon frère toi aussi, Julien, comme ce pauvre Auguste… c'était quelqu'un de bien lui aussi… Je suis bien soulagé de savoir que tu ne finiras pas comme lui. En tout cas, je te remercie d'essayer de me remonter un peu le moral, mais tu sais… je n'ai pas beaucoup d'illusions… Tu en connais beaucoup toi, des ivrognes qui ont arrêté de boire ? »

Joseph s'est levé, il enfile sa veste de toile et rassemble ses affaires.

« Je m'en vais Julien… Demain, je reviendrai avec des graines pour ensemencer ce jardin : un peu de tomates, des haricots, des salades… un peu de tout quoi. J'amènerai aussi la table et le tabouret que je t'ai dit. Plus tard, je te porterai trois ou quatre caisses en bois que j'ai dans la remise, tu les empiles les unes sur les autres et ça te fait une espèce de meuble pour mettre tes affaires. Allez… Salut et fraternité…. Ne languis pas trop tout seul.

— T'en fais pas pour moi, il va bientôt faire nuit et j'ai toujours été un couche-tôt. Je vais dormir comme un bébé là-haut dans mon foin. J'espère que ce chien ne ronfle pas. À demain Joseph ! »

Il est neuf heures, Julien n'a pas sommeil. Il y a un beau clair de lune. Il s'est installé devant la grange, assis par terre sur un sac de jute, adossé au mur près de la porte. Il a fait un petit feu entre trois pierres, juste devant lui. Il s'est fait chauffer une casserole de vin qu'il boit maintenant bien sucré. Il boit à même la casserole en faisant attention de ne pas se brûler les lèvres. Le Chien est allongé à ses côtés. Un peu plus tôt, ils se sont partagé un repas : du pain trempé dans du lait puis du fromage. Julien, la tête appuyée contre la pierre, contemple les étoiles. Le ciel est clair, la lune pleine, il essaye de se rappeler ce que lui a appris un camarade dans les tranchées, une autre nuit où ils ne pouvaient pas dormir.

« Tu vois, Le Chien, ça là-bas, qu'on dirait un nuage d'étoiles qui traverse le ciel, c'est la Voie lactée. Et puis cette étoile, là, celle qui brille le plus, c'est l'étoile du berger, Vénus de son vrai nom. C'est Gandois qui m'a appris ça un soir dans la tranchée. Il était ingénieur dans le civil… un savant… mais pas fier ! Il m'a fait voir toutes les constellations en me disant leurs noms. Je suis bien incapable de m'en souvenir, j'ai retenu que celles que je t'ai dites et puis celle-là aussi qui fait un dessin bizarre… c'est la Grande Ourse… Ah oui ! l'étoile Polaire aussi… tu la vois, là-bas ? »

Et il pointait son doigt vers les étoiles qu'il nommait et Le Chien regardait tantôt son maître, tantôt l'endroit du ciel qu'il lui désignait, sans trop comprendre ce que lui voulait ce drôle de maître qui ne lui criait jamais après et qui ne le frappait pas.

Longtemps, Julien rêva, la tête dans les étoiles. Soudain il se leva :

« Allez viens, Le Chien… On va se coucher. »

III

Guillou

LES GENDARMES SONT VENUS au Chayne quinze jours après le faux départ de Julien. C'est le père Joseph qui les a reçus. Marie gardait les chèvres vers Guillou, elle en profitait pour approvisionner son fils qui ne manquait de rien.

Julien était devenu prudent, se doutant bien que la gendarmerie n'allait plus tarder à se manifester.

« Où est votre fils, monsieur Lascombe ? »

Le gendarme Lambert a pris un air sévère, vaguement menaçant, pour poser sa question. Il espère, sans trop y croire, impressionner le père Lascombe. Il le regarde droit dans les yeux, mais ceux de Joseph ne cillent pas. Ce n'est pas ce petit brigadier qui va réussir à l'intimider. Il a beau se hisser sur ses ergots et faire le coq, Joseph serait plutôt du genre renard et les coqs n'ont jamais fait peur aux renards, il ne s'agit pas d'inverser les rôles.

« À la guerre pardi ! Il est parti prendre le train le lendemain du jour où vous êtes venus lui annoncer que sa permission était annulée. Par les temps qui courent, on peut pas dire que vous êtes porteurs de bonnes nouvelles, vous. La dernière fois que vous êtes venus, c'était pour ça. La fois d'avant, c'était pour me dire que mon autre fils, Auguste, avait été tué. Encore avant, c'était mon fils Roger qui avait été fait prisonnier. Je n'ai rien contre vous brigadier, mais comprenez qu'on puisse être inquiet quand on vous voit arriver.

— Je ne fais que mon devoir monsieur Lascombe, en temps de paix, ce n'est déjà pas facile, en temps de guerre, encore moins…

— Pour ceux du front, c'est encore plus difficile, vous croyez pas ? »

Lambert se rend compte qu'il vaut mieux éluder la question et reprendre une attitude plus protocolaire.

« Votre fils, le soldat Julien Lascombe n'a pas rejoint son régiment, il est porté déserteur devant l'ennemi. Je suis chargé de vous prévenir que s'il est pris, il y a de grandes chances pour qu'il soit passé par les armes et si vous le cachez, vous êtes passible de poursuite pour complicité.

— Si mon fils a décidé de déserter et s'il me demande de le cacher, je le cacherai, brigadier. Soyez-en sûr. Quel genre de père irait dénoncer son fils, même déserteur, même traître à son pays. Mais pour le moment, je vous répète que la dernière fois que j'ai vu mon fils, il allait prendre le train à Labégude pour rejoindre son régiment. Depuis je n'ai plus de nouvelles. Si vous me dites qu'il n'a pas rejoint, je suis plutôt rassuré…

— Il n'y a pas de quoi, monsieur, c'est un homme traqué à présent. Tôt ou tard, il se fera prendre et alors, je ne donne pas cher de sa peau.

— Dans les tranchées, sa peau ne valait guère mieux.

— Nous allons faire une enquête, si on l'a vu par ici, il y aura des battues, on le traquera comme un sanglier. On fouillera votre maison et celles de votre famille et on le trouvera…

— Cherchez, gendarme… cherchez… Et si vous avez des nouvelles de mon fils, ne manquez pas de m'en faire part, parce que moi, j'en ai pas ! »

Quelques jours plus tard, Julien, sur le toit de sa grange, répare quelques tuiles cassées. Il y avait eu de gros orages de grêle l'été précédent. Son frère avait été obligé de refaire une partie de sa toiture. Il avait apporté à Julien les tuiles qui lui restaient. Il pourrait au moins dormir au sec les jours de pluie.

« Il faudra faire la même chose à Moureyre se dit-il. Là-bas aussi j'ai vu des tuiles cassées. »

Il est assis au bord du toit, sur l'arrière de la grange, les jambes pendantes au-dessus du sol, trois mètres en dessous. La grange est adossée à la colline, la façade fait face à la Bezorgues qui coule en contrebas. De l'autre côté du pont, un peu plus haut, la route de Vals. À l'arrière de la grange, le terrain arrive au niveau du grenier, on y accède par une porte de plain-pied. Il avait posé une courte échelle contre le mur arrière pour accéder au toit. Il est en train de s'acharner sur un morceau de tuile qu'il ne parvient pas à dégager, lorsque Le Chien, près de la rivière, se met à aboyer. Julien tourne la tête rapidement dans sa direction pour voir ce qui se passe. En un éclair, il aperçoit les quatre gendarmes à cheval qui débouchent au tournant du Montas sur la route de Vals. Instinctivement, il saute de son rebord de toit, sans même emprunter l'échelle, il se reçoit sans mal, et se met à courir vers le flanc de la colline derrière la maison.

On ne peut pas l'apercevoir de la route, ni du pont que les gendarmes seront obligés de traverser à pied si c'est pour lui qu'ils sont là, ce dont il ne doute pas une seconde. Il court vers le sentier escarpé qui monte au Ranc, le hameau qui surplombe Guillou. Il est raide ce sentier. Dans sa précipitation, Julien trébuche plusieurs fois, il s'essouffle un peu. Il perçoit comme un souffle sur ses talons qui le fait un peu paniquer, une sorte de halètement.

« C'est pas possible qu'ils soient si rapides. »

Cette pensée lui traverse l'esprit en même temps qu'il réalise que c'est Le Chien qui le suit. Soulagé, les battements de son cœur prennent un rythme plus régulier, le moment d'affolement passé, il retrouve peu à peu son sang-froid et il continue à courir plus calmement. Il est presque sûr que les gendarmes n'ont pas pu le voir, ils ne vont donc pas lui courir après. Un peu avant d'arriver au Ranc, Julien quitte le sentier qui continue vers le village, il se dirige sur la gauche à travers une sorte de garrigue faite de cailloux, de buissons et de hautes fougères. La progression est plus difficile, les vêtements s'accrochent aux buissons et le terrain est très en pente, avec par endroits des à-pics impressionnants. Il fait attention autant qu'il peut à ne pas faire rouler de cailloux.

« C'est pas le moment de se fouler une cheville », pense-t-il en un éclair.

Mais il a pris de l'avance, il peut ralentir l'allure. Il se dirige vers un bloc de rochers posés là il y a des siècles par ce vieux volcan d'Aizac qui trône là-haut. Ce bloc fait comme une tour de guet qui domine la vallée. De là, il peut surveiller sa grange et ce qui s'y passe. Il s'adosse au rocher pour reprendre son souffle et essuyer d'un revers de manche la sueur qui lui pique les yeux. Le Chien, langue pendante, s'assoit à son côté, il a trouvé un coin d'ombre, il tire une langue d'un pied de long. Julien se retourne, ventre contre la pierre, pour regarder en bas.

Il voit d'abord les chevaux attachés à un arbre au bord de la route, juste au-dessus du pont. Les gendarmes ont traversé, il y en a un qui se tient en faction au débouché du chemin devant la maison, les autres doivent être près de la porte, sûrement en train d'y tambouriner. D'ici, Julien ne peut pas les voir, il a juste une vue plongeante sur l'arrière de sa maison avec l'échelle appuyée contre le mur. Par contre, il ne peut rien entendre à cette distance. Il se demande combien de temps il a mis pour arriver ici depuis qu'il a sauté du toit… Dix minutes ?… Un quart d'heure ?… Il a du mal à évaluer.

« Heureusement que le toit n'était pas très haut, et que je me suis bien reçu, sinon j'étais cuit », pense-t-il à voix haute.

Le Chien le regarde, en penchant la tête, essayant de comprendre. Ils ont repris leur souffle tous les deux et les battements du cœur se sont un peu apaisés.

« Tu m'as bien prévenu, toi, mais ils vont finir par te repérer et se rendre compte que c'est toi qui me donnes l'alerte. Tu risques de prendre une balle un jour qu'ils seront énervés. Tu ferais bien de faire attention. »

Le Chien gémissait doucement, comme pour répondre :

« T'en fais pas, ils ne m'auront pas facilement ! »

Pendant ce temps, en bas, le gendarme fait toujours le planton à l'entrée du chemin vers le pont, ses trois collègues débouchent soudain à l'angle de la maison, et entreprennent d'en faire le tour. Julien les voit découvrir l'échelle et relever la tête des fois qu'il serait toujours assis sur le rebord du toit !

Le premier commence à escalader pendant qu'un de ses collègues lui tient le pied de l'échelle. Arrivé en haut, il jette un regard circulaire et se rend compte qu'il n'y a personne. Son attention est visiblement attirée par le morceau de tuile que Julien était en train d'enlever. Il profite de sa position dominante pour jeter un coup d'œil sur les fourrés alentour. Le troisième gendarme pousse la porte du grenier et disparaît à l'intérieur. Julien se demande vaguement s'ils ont bien le droit de rentrer ainsi chez les gens, mais il n'est pas en mesure de protester. De toute façon, ils ne trouveront rien dans le grenier. Julien ne fait qu'y dormir, dans le fond, derrière le tas de foin. À son réveil, il ne laisse pas de traces de son repos nocturne, se doutant bien qu'un jour ou l'autre, ce grenier serait visité par la maréchaussée. Il veut laisser le moins d'indices possible sur ses lieux de villégiature.

Il se demande s'ils sont rentrés dans la pièce du bas. Si c'est le cas, ils auront bien vu qu'elle est habitée, mais Joseph vient souvent travailler le jardin, il a dit partout dans le village que son frère lui a donné Guillou jusqu'à ce qu'il revienne, et que donc, il entretient la grange, le terrain autour et le jardin pour les légumes.

Julien se dit que pour un temps, il ferait bien de déménager sur Moureyre, Guillou risque d'être surveillé d'un peu trop près dorénavant. Il s'imagine bien un petit matin, au réveil, sortir de son grenier, les yeux encore pleins de sommeil et se retrouver cerné par un peloton de gendarmes armés jusqu'aux dents. L'idée le fait frémir !

En attendant, les deux gendarmes ont lâché l'échelle et ont rejoint leur collègue dans le grenier.

« Ils doivent retourner du foin pour voir si je ne suis pas caché sous une botte », se dit Julien.

L'idée le fait sourire, il rit même franchement quand il voit un des trois compères ressortir du grenier en éternuant tant qu'il pouvait :

« Il doit être allergique ! »

Julien trouvait la scène réjouissante. Un instant plus tard, les deux autres sortent à leur tour, en brossant leur uniforme du plat de la main. Ils vont rejoindre leur collègue au bout du chemin. Ils ont l'air de se concerter et d'hésiter sur la conduite à tenir. Leur chef, Lambert de toute évidence, fait des gestes avec les bras pour montrer toute la montagne alentour. Son attitude semble dire qu'ils sont en train de chercher une aiguille dans une meule de foin.

« Pour l'instant, ils ont trouvé le foin ! » se dit Julien.

Il sourit encore à la pensée du gendarme allergique. Puis, il les voit tout à coup regarder tous les quatre dans la même direction, celle du chemin qui arrive du Chayne. Julien se déplace un peu derrière son rocher pour tenter d'apercevoir ce qui a attiré leurs regards. Il finit par repérer une silhouette d'homme qui s'avance vers Guillou d'un pas tranquille, ça ne peut être que son frère ou son père, il ne voit pas qui d'autre pourrait se rendre à Guillou. Quand l'homme débouche devant la maison, en plein soleil, Julien reconnaît son frère Joseph. Il se dirige droit sur les gendarmes qui n'ont pas bougé et l'attendent. Les quatre gendarmes portent la main à leur képi esquissant un vague salut, Joseph répond d'un signe de tête, puis la discussion semble s'engager.

Julien regrette encore une fois de ne rien en entendre, mais il se dit que Joseph lui racontera. À plusieurs reprises, Julien voit son frère faire non de la tête alors que Lambert lui désigne la grange. Un peu plus tard, celui-ci a l'air de prendre une décision, il montre du doigt le chemin qui monte au Ranc et que Julien a emprunté dans sa fuite. Deux des gendarmes se dirigent vers le sentier désigné en regardant bien autour d'eux, par terre, comme s'ils cherchaient des traces.

« Des traces, ils vont en voir, se dit Julien, mais surtout celles des chèvres de ma mère, qui vient souvent garder par ici. Moi j'ai pas dû en laisser beaucoup pour monter sur ce terrain sec. Ils ne trouveront rien ! »

Il essaie surtout de se rassurer. Il espère bien que les gendarmes ne verront rien à l'endroit où il a quitté le sentier pour venir là, sinon il est fait comme un rat. C'est à pic autour de lui, il ne peut repartir que par là où il est venu.

« À l'avenir, il faudra que je fasse attention à ne pas me fourrer dans des culs-de-sac », pense-t-il.

Mais il y a très peu de chance pour que les deux gendarmes repèrent le passage où il a bifurqué.

Pour l'instant, Julien les voit progresser dans la montée, les yeux au sol. Ils ont l'air de souffler beaucoup, le sentier monte très dur et le soleil cogne fort en cette fin de mois de mai. Le deuxième surtout, plus corpulent que son collègue, s'arrête souvent, il soulève son képi pour s'essuyer le front avec son mouchoir. Parfois, suivant la configuration du terrain, Julien les perd de vue. En bas Joseph et les deux autres ont disparu, ils ont dû entrer dans la grange. Il s'accroupit à côté du chien qui tire toujours la langue à l'ombre de son rocher. Il l'attrape par la peau du cou :

« Tu ne vas pas me trahir toi, hein ?… Alors bouge pas et surtout pas de bruit, sinon, tu devras te trouver un autre maître dans pas longtemps. »

Comme s'il avait compris la situation, Le Chien se couche complètement, le museau posé à terre entre ses pattes antérieures, une position qui lui est familière et il arrête net son halètement.

« Tu comprends vite, toi, on va peut-être rester ensemble un bout de temps ! »

Julien concentre son attention sur le chemin qui passe à environ cent mètres de sa cachette, son cœur bat un peu plus vite quand il voit déboucher les deux képis près de l'endroit fatidique, il a un moment de panique quand il les voit s'arrêter et regarder autour d'eux, puis dans sa direction. S'ils pouvaient rentrer sous terre, lui et Le Chien, ils rejoindraient illico le centre de la terre. Tous deux se sont figés, rochers parmi les rochers. Julien n'ose même plus respirer, même plus penser, il est devenu minéral !

Une nouvelle fois, le gros s'essuie le front en soulevant son képi ; il souffle beaucoup. Son collègue profite de la pause pour se soulager la vessie au bord du sentier puis se rajuste longuement. Ils échangent quelques paroles que Julien n'entend pas. Ils jettent un regard autour d'eux, examinent le sol encore une fois sans grande conviction semble-t-il, puis ils reprennent leur ascension vers Le Ranc. Julien respire mieux d'un seul coup.

« Ils n'y croient pas, se dit-il. Ils ont plus envie d'aller boire un coup que de me courir après. Ils vont aller jusqu'au Ranc, ils demanderont à ceux qu'ils verront s'ils n'ont pas vu passer un déserteur, sans se faire d'illusions. Ils chercheront surtout à se faire payer un canon, et ils redescendront, la conscience tranquille d'avoir fait ce qu'ils pouvaient. »

Julien est détendu maintenant ; si les gendarmes ne se sont pas écartés du chemin à la montée, ils ne le feront pas non plus à la descente. Il s'assoit confortablement, adossé au rocher, à côté du chien qui n'a toujours pas bougé. Il n'a plus qu'à attendre… Tant qu'il verra les quatre chevaux attachés, là en bas, au bord de la route…

En bas, les deux autres gendarmes sortent de la grange, suivis par Joseph ; ils se dirigent sur le sentier qui mène au Chayne. Joseph contourne la grange, monte à l'échelle et reprend le travail interrompu par Julien tout à l'heure.

« Il donne le change, se dit Julien. Ils ont dû lui poser des questions au sujet de cette échelle et du toit en réparation. Il a dû leur dire que c'était lui qui réparait les tuiles. Ceux-là vont aller jusqu'au Chayne, ils feront la même chose que les deux autres, là-haut au Ranc. Sauf peut-être pour les canons, Lambert, c'est pas son genre. »

Vu la position du soleil, il doit bien être cinq heures quand Julien entend rouler des cailloux sur le sentier ; on dirait une charge de sangliers. Ce sont les deux gendarmes qui redescendent du Ranc.

« Ils vont plus vite à la descente, se dit-il en souriant intérieurement, sûr qu'ils n'auront pas le temps de s'arrêter pour me dire bonjour ! »

Julien se sent l'esprit léger, tout à l'heure, il a eu peur. À présent, il sait que ce n'est pas aujourd'hui qu'il sera pris.

Les deux représentants de la maréchaussée dévalent la pente d'un bon pas. Le gros, entraîné par son poids, est parfois obligé d'agripper quelques genêts au passage pour se ralentir. Ils sont bien rouges tous les deux.

« Ça a dû marcher pour les canons », se dit Julien !

Dix minutes plus tard, ils sont en bas. Julien les voit se diriger vers la grange où Joseph est toujours sur le toit à enlever des tuiles cassées. Il arrête son travail pour les regarder venir. Ils semblent le questionner. Joseph montre du doigt le chemin du Chayne et les deux compères s'y engagent, à la rencontre de leurs collègues ; ils disparaissent au détour du chemin.

Le soleil est déjà bas sur Sainte-Marguerite quand les quatre gendarmes réapparaissent à Guillou. Joseph est descendu du toit.

« Il m'a fini le travail », pense Julien.

Il est maintenant en train d'arroser le jardin avec un gros arrosoir quand les pandores passent près de lui avant de traverser le pont, apparemment sans lui dire un mot. Julien les voit remonter sur la route, enfourcher leurs chevaux et repartir en direction de Vals au petit trot. Il se donne encore une bonne demi-heure, des fois que ces messieurs auraient l'idée de revenir, puis il réveille le chien qui avait fini par piquer un somme en attendant et redescend sur Guillou, sans se presser, tout en surveillant la route de Vals qui reste déserte.

« Ils sont partis pour de bon cette fois », se dit-il.

Il se sent soudain plus léger, et il parcourt les derniers mètres en petites foulées, pour finir de se dégourdir les jambes.

« Tu es plus leste qu'eux ! lui dit son frère en le voyant arriver ainsi. Avoue que tu as eu chaud, ils auraient pu te surprendre si l'idée t'était venue de faire une petite sieste !

— Le Chien m'aurait prévenu, mais peut-être trop tard… J'aurais sûrement réussi à m'échapper, mais ils m'auraient vu et ils n'auraient pas lâché le morceau aussi facilement. Qu'est-ce qu'ils t'ont dit ? Tu venais par hasard ?

— Non, c'est le gamin de la mère Chanac, celle du pont du Moulin qui tient le bistrot, qui est venu me prévenir, sa mère me l'a envoyé, même que c'est rudement chic de sa part et qu'il faut croire qu'elle t'estime bien. Les gendarmes se sont arrêtés chez elle pour boire un coup et poser des questions, mais on dirait qu'elle a inversé les rôles et c'est elle qui leur a tiré les vers du nez. Pendant qu'ils finissaient leurs verres, elle a envoyé son petit Marcel pour me prévenir, elle ne savait pas que tu étais à Guillou, sinon elle te l'aurait envoyé directement. Il est venu à travers bois par Moureyre, il était bien essoufflé, il avait couru. Je suis venu tout de suite, j'étais inquiet, ils auraient vraiment pu te surprendre… Ils sont arrivés avant moi… J'ai dû me forcer pour ne pas courir, ils se seraient doutés de quelque chose s'ils m'avaient vu essoufflé. J'ai tout de suite vu en arrivant qu'ils ne t'avaient pas trouvé ; j'étais soulagé.

Le Lambert, il m'a demandé d'entrée qui habitait cette grange... Qui travaillait sur le toit... Il avait vu l'échelle et les tuiles à moitié enlevées là-haut. Je lui ai affirmé que c'était moi qui avais commencé à réparer le toit, ce matin... que j'étais retourné au Chayne chez les parents parce qu'ils avaient quelques travaux à faire et qu'ils m'avaient gardé pour manger la soupe. Je lui ai dit que la grange était à toi, mais que tu m'en avais confié l'entretien et l'exploitation tant que tu serais à la guerre. Il avait déjà visité le grenier et n'avait rien trouvé. Il a envoyé ses deux sbires escalader la montagne, puis il m'a demandé s'il pouvait entrer en bas... Je ne pouvais pas refuser... Il a bien vu alors que cette grange était habitée, qu'il y avait des provisions. Il m'a conseillé, le Lambert, de ne pas lui raconter des bobards, que je pouvais être accusé et poursuivi pour avoir abrité un déserteur.

Je lui ai dit que la nourriture qu'il voyait, c'était pour moi, que souvent, je venais là le matin et que je travaillais jusqu'au soir en mangeant là à midi, que parfois même, je dormais sur place, c'était plus pratique pour moi que de rentrer à la maison parce que je perdais moins de temps selon ce que j'avais à faire, que le jardin, ici, donnait bien, qu'il y avait de la bonne terre et qu'il était bien ensoleillé… Enfin du baratin quoi !

Je ne sais pas s'il a tout gobé ou s'il a fait semblant. Il m'a demandé si je t'avais vu par ici ces derniers temps. Je lui ai dit que la dernière fois que je t'avais vu, c'était chez les parents, la veille de ton départ et que d'ailleurs il y était aussi. Comme il m'avait vu arriver par le chemin du Chayne, Lambert a décidé d'aller voir par là s'il n'y avait pas quelques cachettes possibles, il devait croire qu'on était ensemble quand je suis arrivé. Pour lui, la coïncidence était trop forte, qu'on arrive tous en même temps… Il pouvait monter jusqu'à Lachamp, j'étais bien tranquille. Par contre, j'étais plus inquiet pour les deux autres, je ne savais pas où tu étais, tu aurais pu les rencontrer si tu étais allé au Ranc pour une raison quelconque, tu parles d'une surprise !… Comment tu as fait ?

— C'est Le Chien qui a aboyé dès qu'ils sont arrivés, mais ils n'ont pas dû l'entendre à cause de la rivière. Moi j'étais sur le toit, j'ai sauté dès que je les ai vus et j'ai couru me planquer dans les rochers des Chaylades… Tu vois où je veux dire ? De là-haut, j'étais aux premières loges, je savais qu'ils n'avaient pas pu me voir. J'avoue que j'ai eu un peu la trouille quand je les ai vus monter. Les Chaylades, c'est un cul-de-sac et s'ils avaient eu l'idée d'aller y voir, j'étais fait comme un rat ! C'est un truc que je ne ferai plus à l'avenir, il faudra que je pense à toujours avoir une porte de sortie…

— Ouais !… Puis je crois que tu ferais bien de déménager pendant quelque temps, tu devrais aller à Moureyre… ici, ça risque d'être surveillé maintenant, c'est trop visible de la route. Moureyre c'est plus caché au milieu des bois, tu risques moins de te faire coincer. Tu peux t'échapper dans toutes les directions là-bas… Pour en revenir aux gendarmes, ils sont repartis sans me dire un mot, ils n'avaient pas l'air content, surtout Lambert, celui-là, je crois qu'il va nous mener la vie dure…

— Je vais lui mener la vie dure à lui aussi, et ses hommes n'ont pas fini de s'essouffler dans nos pentes. Cela dit, tu as raison, tu vas m'aider à porter quelques affaires, je vais m'installer à Moureyre dès ce soir. Ça tombe bien, l'été arrive et il y fait plus frais. »

Le lendemain, Lambert et ses hommes ont continué à le rechercher, plus haut, à Ainac, à La Roche, aux Champeaux, au Moulin Lacoste, jusqu'à Juvinas. Ils interrogèrent beaucoup de gens, ils firent beaucoup de chemin pour un résultat nul. Personne n'avait vu Julien Lascombe depuis longtemps. Lambert se dit qu'il valait mieux renoncer pour un temps, qu'il finirait un jour ou l'autre par obtenir quelques renseignements. « Tôt ou tard, les gens finissent par parler, se dit-il, il suffit d'être à l'écoute ! »

Le mois de mai se termine, juin s'annonce resplendissant dans la vallée, les premières grosses chaleurs ont surpris tout le monde. Julien, dans son ubac de Moureyre, s'est installé dans une sorte de routine qui n'exclut pas la vigilance. Il sait que quand Lambert décidera de repartir en chasse, il ne préviendra pas. Un jour, il a attrapé un lièvre au collet. Il a déposé discrètement l'animal devant la porte de la mère Chanac un matin, tôt, avant qu'elle ne se réveille, pour la remercier de son aide. Elle avait compris d'où venait le cadeau et avait apprécié le geste. Elle lui avait fait porter une part de civet par l'intermédiaire de Joseph et lui avait fait dire que déserteur ou pas, il serait toujours le bienvenu chez elle à toute heure du jour ou de la nuit s'il avait besoin d'une cachette.

« Maman, pourquoi tu ramasses tous ces cailloux… ? »

Le petit Antoine est venu garder les chèvres avec sa mère. Il est un peu inquiet à cause de son comportement bizarre. Eulalie marche tête baissée sur le chemin qui monte à La Blachère. Elle parle toute seule, elle parle au vent, elle parle aux pierres du chemin. Des mots sans suite qu'Antoine, du haut de ses quatre ans ne comprend pas toujours.

Ses six chèvres marchent devant ; elles savent où aller. Les deux clos sous La Blachère sont bien pourvus en herbe grasse et bien verte. La chienne, Diane, bonne bergère, surveille tout ça d'un œil placide, se contentant de ramener celles qui s'écartent du chemin pour brouter les bas-côtés dans les clos étrangers.

Les jours sont longs au mois de juin. Ce sera bientôt la Saint-Jean, la nuit la plus courte de l'année. Ce soir-là, les gamins du village font un grand feu sur la place, au Serre, devant l'église. Avant la guerre, c'était la fête pour tous, jeunes et vieux participaient. Il fallait sauter le feu, les jeunes couples sautaient en se donnant la main. Il y avait bien quelques cheveux et sourcils roussis chez les plus hardis, mais ça faisait partie du jeu de se faire peur. C'était l'occasion aussi pour certains, de nouer quelque idylle. Dans l'excitation, on arrivait parfois, après avoir sauté, à entraîner sa compagne de saut un peu à l'écart, dans un coin d'ombre derrière l'église. Les parents ne faisaient pas trop attention, les bouteilles de vin circulaient bien et la chaleur du feu aidant, on devenait plus tolérant.

Après, il y avait la farandole, autour du feu. Tout le village, main dans la main, mis à part ceux qui avaient un peu trop forcé sur la bouteille. Ceux-là, leurs femmes les avaient ramenés à la maison pour les mettre au lit puis elles revenaient terminer la fête. D'autres s'endormaient dans l'herbe, devant le cimetière. Les chants et les cris de la farandole ne troublaient même pas leur sommeil. Les enfants s'amusaient beaucoup à dénicher les couples d'amoureux qui s'embrassaient derrière l'église. À chaque fois, c'était des cris. Cris de joie des gamins surprenant leurs victimes, de menace de la part des surpris.

Il semble loin ce temps maintenant qu'il n'y a presque plus d'hommes au village, autant dire dans une autre vie. À part les enfants, personne n'a plus le cœur à faire la fête. Aussi, ce sont eux qui continuent à allumer le feu le soir de la Saint-Jean. Les plus grands ont quatorze ou quinze ans. Les adultes ne participent plus et les mères ne laissent pas leurs filles y aller seules. Alors, les garçons allument le feu, chantent quelques chansons, se racontent les quelques histoires plus ou moins grivoises que l'on peut connaître à cet âge-là, puis, laissent le feu s'éteindre après quelques sauts traditionnels. Bref, le cœur n'y est plus.

« Il y a mon nom écrit dessus, répond Eulalie à son petit garçon. Tu ne sais pas lire, sinon tu le verrais. Tu vois, celui-là, tout rond… et celui-là, qui a la forme d'un cœur… C'est l'écriture de ton père… C'est Victor… C'est pour me dire qu'il va revenir bientôt… Eulalie… Sur tous ces cailloux du chemin, il a écrit mon nom… »

Antoine regarde sa mère, il ne comprend pas très bien, il regarde les cailloux, il n'y a rien d'écrit dessus. Elle a l'air un peu égaré, ses cheveux flottent au vent, elle offre tout son visage à la caresse du vent avec un air extasié qui effraie vaguement le petit.

« Il va revenir, Antoine… Il faudra se laver, se faire propre pour le recevoir. Toi aussi Antoine, tu prendras un bain… Faudra sentir bon, pour bien lui faire honneur…

— Mais maman, tu avais dit que mon papa était mort à la guerre, que je ne le verrais plus… »

Le petit ne sait plus que penser, désemparé, il sent bien que par moments, quelque chose ne tourne pas rond chez sa mère. Ces moments reviennent de plus en plus souvent. Entretemps, elle est normale. Elle travaille beaucoup, le travail de la ferme ne lui laisse aucun répit. Levée aux aurores, elle se couche le soir bien après le soleil. Albert l'aide toujours. Oh ! elle sent bien que quelquefois il la regarde drôlement, mais il se tient tranquille et il travaille. Elle a tendance à négliger un peu son ménage et à se négliger un peu elle-même côté toilette, mais c'est faute de temps. Le petit Antoine n'est pas débarbouillé tous les jours lui non plus, mais il fait montre d'une intelligence et d'une maturité précoces. D'un caractère calme et obéissant, il ne lui donne aucune peine, il fait même ce qu'il peut pour aider sa mère.

« Il va revenir, Antoine… On nous a fait croire qu'il était mort, mais ce n'est pas vrai… Il a déserté comme ton oncle Julien, il se cache. »

Antoine ne répond pas, il court après les chèvres, la chienne sur ses talons, pour échapper au malaise qu'il ressent confusément quand sa mère a cet air bizarre. Cela ne l'empêche pas de continuer à se parler à elle-même, à voix haute, à parler aux arbres et aux nuages :

« Peut-être qu'il est défiguré… qu'il n'ose pas se montrer, il rôde autour, je le sens, il écrit mon nom sur les pierres du chemin… Il a peur que je ne le reconnaisse pas… que je le chasse comme un voleur de poules !… Il croit qu'Albert a pris sa place… Tu es bête Victor, tu n'as qu'à apparaître pour prendre ta place et celle d'Albert, dit-elle à un châtaignier, là, devant elle. Même si tu es défiguré, même si tu ne te ressembles plus, je te reconnaîtrai bien, moi, va… Ton chien aussi te reconnaîtra, c'est pas la peine d'écrire mon nom partout, montre-toi seulement !… »

La crise durait depuis la veille. La nuit dernière, Eulalie n'avait pas beaucoup dormi. Des idées délirantes tournaient dans sa tête. C'était arrivé plusieurs fois déjà. Habituellement, elle finissait par s'endormir… tard… de plus en plus tard malgré la fatigue. Au matin, ça allait mieux, elle oubliait pour un temps ses fantômes. Mais cette fois, la crise se prolongeait. Elle n'avait pas réussi à s'endormir et s'était levée avec le soleil, la tête prête à éclater de tout un monde imaginaire et qui tournait… qu'elle aurait bien voulu arrêter, mais autant vouloir arrêter la rotation de la Terre. Le plus facile était de tourner avec elle… de se laisser emporter… Pourquoi vouloir toujours lutter… !

Elle avait fait son travail pourtant. Plus par routine que par réflexion. Jusqu'à maintenant où, comme tous les jours, elle était partie garder ses chèvres, avec Antoine, après le dîner… Celui d'Antoine, du moins, car elle, elle n'avait pas faim. Elle n'avait rien mangé depuis la veille, elle était incapable d'avaler quoi que ce soit.

Elle est toujours devant son châtaignier, attendant une réponse, comme si Victor allait surgir du tronc tout à coup… Et pourquoi pas ? D'ailleurs, il lui semble que l'arbre bouge, qu'il s'avance vers elle. Derrière lui, le soleil… de plus en plus gros… Le châtaignier déploie ses branches, comme pour l'enlacer. Le soleil, qui continue à grossir… Il tient maintenant tout le ciel, il a mangé tout le bleu.

« Il va éclater », se dit-elle.

Et il éclate soudain… Un gigantesque feu d'artifice… Le châtaignier aussi vole en éclats avant que la nuit ne s'installe dans la tête d'Eulalie, une nuit sans étoiles, noire comme de l'encre.

« On a tué le soleil », pense-t-elle, avant de perdre conscience.

Elle ouvre les yeux sur une petite lueur, là, à côté d'elle. Une petite flamme qui vacille dans le noir comme un fragment du soleil mort. Elle pense à la fin du monde, elle doit être morte dans l'explosion. Elle pense confusément que c'est tant mieux, qu'elle va retrouver Victor dans l'autre monde. Elle a mal à la tête, la douleur lui traverse le crâne d'une tempe à l'autre. Elle se demande si c'est normal d'avoir mal à la tête quand on est mort ! Elle fixe la petite flamme, hypnotisée par cette minuscule lumière qui semble être la dernière ; ailleurs tout est noir. Elle tâte son corps, comme pour vérifier son intégrité. Elle sent qu'elle peut bouger les jambes, elle tâte ses bras, ses épaules, ses seins, son ventre, elle est entière.

Le brouillard se dissipe quelque peu dans sa tête. Peu à peu, elle se reconnaît ! La petite lumière qui brille à son chevet, c'est une lampe à huile. Elle éclaire faiblement un décor qui lui est familier, c'est sa chambre et elle est dans son lit. Comment est-elle arrivée là ? Qui l'a déshabillée pour lui enfiler sa chemise de nuit ? On lui a laissé ses sous-vêtements, sa robe est là au pied du lit. Victor ?... Elle a entendu bouger dans la pièce à côté, c'est la cuisine, un bruit de chaise déplacée. Des pas se dirigent vers la chambre… « Victor… » gémit-elle encore ! La porte s'ouvre, une silhouette d'homme s'y encadre, en contre-jour, derrière lui la lumière d'une lampe à pétrole posée sur la table de la cuisine. Eulalie tend les bras vers cette ombre qu'elle prend pour Victor. L'homme s'approche du lit, il prend les mains qu'on lui tend, s'assoit tout au bord du lit.

« Victor, tu es revenu… murmure Eulalie. Que je suis heureuse… Comme tu m'as manqué ! Et Antoine ?… où est Antoine ?

— Chut ! Il dort. Il a eu assez d'émotions aujourd'hui, il ne faut pas le réveiller. Je ne suis pas Victor, patronne, c'est moi, Albert. Antoine est venu me chercher en pleurant, il disait que vous étiez morte, sur le chemin. Vous pensez si j'ai couru. Je vous ai ramenée et mise au lit. Vous avez eu un malaise… Sûrement une insolation… Ça fait bien douze heures que vous dormez… Vous nous avez fait peur… !

— Victor, je sais bien que c'est toi, tu es revenu… Tu as repris ta place… Celle d'Albert… Tu ne vas plus repartir hein ?… Tu n'auras qu'à déserter, toi aussi, je te cacherai… Tout sera comme avant…

— Vous délirez, patronne, Victor ne peut pas revenir de là où il est, calmez-vous, dormez encore un peu. Demain si ça ne va pas mieux, on fera venir le docteur. »

Eulalie n'entend pas les paroles d'Albert, elle s'agrippe à son rêve, se cramponne à lui comme une noyée à sa bouée. Elle s'est assise dans son lit, elle a jeté ses bras autour du cou de celui qu'elle croit être son mari enfin de retour. Rien ne pourrait la détromper. Elle le couvre de baisers passionnés. Albert ne peut rien pour endiguer ce flot de tendresse qui frise l'hystérie. La seule chose raisonnable à faire, serait de fuir. Mais il ne peut pas la laisser seule dans cet état, au milieu de la nuit, avec Antoine. Il fait ce qu'il peut pour la raisonner, pour détacher ses bras autour de son cou, mais elle s'accroche à lui avec l'énergie du désespoir. Ses lèvres ont trouvé sa bouche et s'y sont soudées. Albert sent sa résistance s'effondrer, le désir monte en lui, de moins en moins contrôlable. Ses mains ne cherchent plus à se défendre, elles ont l'air de vivre leur propre vie et retrouvent des gestes qu'il croyait oubliés.

Ce corps plein de vie qui s'accroche à lui, avec ses creux, ses bosses, ce qu'il faut là où il faut. Cette jeunesse qui palpite, ces seins bien fermes qu'il sent contre sa poitrine. Qui pourrait résister ? Il faudrait être de marbre. Albert n'est pas de marbre. Ses mains maintenant caressent ce corps qui s'abandonne, ses lèvres embrassent tout ce qu'elles peuvent embrasser. Des vêtements volent à travers la pièce. Deux corps basculent dans le lit vers une autre fin du monde.

Quand elle ouvre les yeux, le soleil filtre à travers les volets clos. Le monde a repris sa place. À côté d'elle, Albert, les yeux ouverts, qui la regarde, l'air vaguement inquiet. D'autant qu'elle n'a pas l'air surprise de le voir là.

« Alors ?… Tu es content ?… Tu as eu ce que tu voulais ?… » demande-t-elle.

Il n'y a pas de colère dans sa voix, il est surpris de cette réaction, un peu honteux aussi. Elle n'a plus son air égaré de cette nuit, elle n'a plus l'air de délirer, la crise a l'air d'être passée, mais ça n'est pas fait pour le rassurer. Il s'attendait à une scène terrible avec cris, pleurs, voire des coups. Il s'était préparé à affronter tout ça depuis un bon moment qu'il est réveillé. Il avait eu la tentation de fuir pour éviter cet instant. Il y avait renoncé, pensant que ce serait une lâcheté de plus. Et là… rien… à peine un reproche qui n'a même pas l'air d'en être un. Comme si ce qui était arrivé était dans l'ordre des choses. Comme si de se réveiller à côté de lui, nus tous les deux, était la chose la plus naturelle du monde. L'idée l'effleure un moment qu'elle n'a plus toute sa tête, peut-être un reste de délire.

« Lalie, c'est moi, Albert, dit-il pour lever toute l'ambiguïté de la nuit.

— Je le sais bien que c'est toi, je savais bien qu'on finirait par en arriver là, qu'on pourrait pas y échapper à vivre côte à côte tous les jours que Dieu fait ; c'était fatal ! Maintenant c'est fait… c'est fait !

— Mais Lalie, tu te souviens de ce qui s'est passé ? Tu étais malade hier… Tu vas mieux maintenant ? Je voulais faire venir le docteur aujourd'hui…

— Ce n'est pas la peine, je me sens très bien.

— Est-ce que tu te souviens de ce qui est arrivé hier ?

— Non… J'ai eu très mal à la tête quand je suis partie garder… Le soleil sûrement… il cognait fort. Je ne me souviens de rien d'autre… Je me suis réveillée au milieu de la nuit, tu étais là, tu avais l'air de te faire du souci pour moi, ça m'a touchée… et puis voilà… c'est arrivé… Le monde ne va pas s'arrêter de tourner.

— Alors… Alors… Tu as toujours su que c'était moi ?

— Mais tu es bête ou quoi ? Qui crois-tu que je pourrais recevoir dans mon lit au milieu de la nuit, à part toi ?

— Oh Lalie ! Je suis bien content… Oui, bien content !…

— Tu peux ! » dit-elle avec un rien de coquetterie.

Elle se blottit contre lui, qui l'entoure de ses bras, tout à la joie de ce qui lui arrive. Et il lui fait l'amour une deuxième fois, mais en prenant son temps à présent, persuadé qu'il avait raison quand il lui disait que c'était ça dont elle avait besoin, que c'est ça qui l'a guérie.

Pendant un temps en effet, l'état d'Eulalie s'améliore, elle travaille toujours aussi dur, mais elle semble plus gaie. Un peu trop même, parfois sa gaieté tourne à l'euphorie. Le petit Antoine est content de voir sa mère rire et chanter tout en travaillant. Il avait eu très peur quand elle avait eu son malaise sur le chemin. Il avait cherché Albert en pleurant et avait fini par le trouver au potager. Il est un peu surpris de le voir dormir dans la chambre de sa maman depuis, mais il pense que c'est pour la soigner. En tout cas, il est gentil avec lui et surtout avec elle, et puis à cet âge-là on ne comprend pas tout du comportement des grandes personnes qui sont quelquefois si bizarres. Tout ce qu'il voit, c'est que maman ne pleure plus, qu'elle ne parle plus toute seule, et qu'elle ne ramasse plus de cailloux sur les chemins. Elle a une belle voix quand elle chante *Lilas blancs* ou *Le Pont de Nantes*, il y avait si longtemps qu'elle ne chantait plus. Même les gens d'Oubreyts se rendent compte du changement quand ils la rencontrent au village et qu'ils discutent avec elle un moment.

« Vous avez meilleure mine, madame Jaubert, disent-ils.

— C'est le travail au grand air qui donne bonne mine », répond-elle en riant.

Bien sûr, elle n'entend pas les mauvaises langues qui sitôt qu'elle a le dos tourné, s'en donnent à cœur joie :

« C'est pas tant le grand air qui lui fait bonne mine, ce serait plutôt son Dupré, maintenant qu'il s'est installé à Chasselas… Si c'est pas une honte… Elle n'a même pas encore eu le mortuaire de son mari, et elle l'a déjà remplacé par un qui pourrait être son père !

— Dame, il n'y a pas beaucoup le choix, répondaient les plus tolérantes, il n'est encore pas si mal, et puis la vie continue, elle ne va pas rentrer au couvent…

— Moi, j'y aurais pas dit non au père Dupré, plaisantait une autre, il est encore bien pour son âge, puis c'est un bon travailleur. Celles qui voudront refaire leur vie après la guerre n'auront pas besoin d'être tant difficiles.

— N'empêche qu'ils vivent dans le péché et si ses parents savaient ça, la mère Lascombe lui ferait un joli scandale.

— Ils l'apprendront bien assez tôt, les nouvelles vont vite par ici.

— Et leur fils Julien qui a déserté, on ne l'a pas encore attrapé ? Il paraît qu'il se cache dans les bois comme les bêtes, moi, j'ose plus aller m'y promener seule, de peur de tomber sur lui…

— Il n'y a pas de quoi avoir peur, tu pourrais tomber plus mal. Le Julien, c'est la crème des hommes, encore un que s'il voulait, je me débattrais pas trop…

— Tu as fini de dire des horreurs… À croire que tu as le feu quelque part…

— C'est qu'il est beau comme un cœur ce Julien, et si gentil. Je l'ai rencontré plusieurs fois quand il venait voir sa sœur à Chasselas, j'arrive pas à comprendre qu'il soit pas encore marié… Maintenant qu'il a déserté, il est pas près de le faire. Les gendarmes lui ont couru après pendant deux jours, paraît-il, mais ils risquent pas de l'avoir, il connaît la montagne comme sa poche et eux sont bien trop fainéants.

— N'empêche que c'est un traître à son pays… Se cacher, pendant que d'autres se font tuer à sa place, moi j'appelle ça de la lâcheté…

— Tu en parles à ton aise, toi… Personne est mort dans ta famille, et ton mari, il fait la guerre à la préfecture… Il risque rien. Peut-être que le

Julien, il en a assez vu, et la famille Lascombe, elle a déjà donné.

— Mais si tous les hommes faisaient comme lui, elle serait propre la France…

— Si tous les hommes faisaient comme lui, peut-être qu'on trouverait les moyens de l'arrêter cette guerre, que bientôt, des hommes, il n'y en aura plus beaucoup, et ceux qui reviendront, ils seront pas beaux à voir. La France elle sera guère plus propre avec tous ces éclopés !

— Alors toi, tu lui donnes raison au Julien ?

— Oui, il faut aussi du courage pour dire non et pour faire ce qu'il a fait. Ceux qui comme lui ont été dans les tranchées, je suis sûre qu'ils doivent le comprendre et qu'ils ne lui jettent pas la pierre. »

Eulalie pendant ce temps, vit sur son nuage. Elle se doute bien qu'elle doit alimenter pas mal de conversations au village, mais elle s'en moque. Elle se dit qu'elle ne fait de tort à personne et cela lui suffit. Elle n'a jamais beaucoup fréquenté les femmes du village, trop de travail, mais aussi par tempérament. Elle a toujours été un peu sauvage, pas sociable. L'opinion publique au village l'avait jugée sérieuse et travailleuse au début quand elle avait épousé Victor avant la guerre. Elle avait inspiré la compassion quand il avait été tué. Deux ans après, on commençait à penser qu'elle en faisait un peu trop en veuve inconsolable. Maintenant que l'Albert s'est installé à Chasselas, elle est un objet de scandale. Ceux-là mêmes qui lui reprochaient son numéro de veuve éplorée, trouvent à présent qu'elle s'est bien vite consolée. Mais Eulalie vit sa vie sans se soucier de l'opinion publique et c'est ça le vrai scandale au fond. Elle ne le fait pas exprès, il n'y a rien chez elle de délibéré, aucune attitude provocatrice de sa part. Elle est seulement amorale, l'opinion des autres lui importe peu, c'est cela qui la rend peu sociable. L'isolement géographique de Chasselas par rapport au village a renforcé l'isolement psychologique dans lequel elle s'est enfermée depuis son veuvage. Albert a fait diversion, pour un temps.

L'été, c'est le temps des récoltes et des moissons, la saison où les paysans ont le plus de travail et les journées sont longues quand on vit avec le soleil. Les clos à blé étincellent au soleil de juillet. Eulalie manie la faux aussi bien qu'Albert. Chacun son clos et en avant. Auparavant, les pommes de terre ont été récoltées et engrangées pour l'année. Il faut traiter la vigne aussi, la soufrer pour l'oïdium. Le soir, ils se couchent avec le soleil… fourbus. Ce sont des journées de seize ou dix-sept heures où l'on n'a guère le temps de penser à soi, ni même de penser tout court. La chaleur écrase tout. En bas, dans la vallée, Vals étouffe dans sa moiteur comme dans une serre. Au moins sur les collines, comme ici à Oubreyts, il y a toujours un souffle d'air pour donner un semblant de fraîcheur surtout quand on transpire. Là-bas dans les plaines du Nord et de l'Est, la guerre continue sa moisson de vies humaines. Pétain a remplacé Nivelle limogé. L'armée française, mise momentanément hors de combat au printemps, a laissé l'offensive à l'armée anglaise qui ne remporte pas plus de succès, transformant encore une fois cette nouvelle attaque en guerre d'usure.

On dit que les Américains vont venir se battre à nos côtés, on dit même qu'ils sont déjà arrivés. On dit aussi qu'il y a la révolution en Russie… mais on dit tellement de choses dans le journal !

IV

Visites et rencontres

CE MIDI, Julien réchauffe une casserole de soupe. Il l'a fait cuire la veille avec les légumes de son jardin de Guillou : poireaux, pommes de terre et carottes, il avait ajouté un bon morceau de lard donné par sa mère. Il en a suffisamment pour plusieurs jours, c'est devenu sa nourriture de base, il en mange même au petit déjeuner. Le café était un luxe. Les femmes grillaient de l'orge pour remplacer. Celles qui avaient la possibilité d'acheter un peu de vrai café préparaient un savant mélange dont les proportions variaient suivant les moyens ou le degré d'avarice. Julien n'aimait pas beaucoup cet ersatz et préférait s'en priver. Il en avait trop bu, au front, de ce soi-disant café, « le jus », qui avait un goût infect mais qui avait parfois le mérite d'être chaud. Il y avait des jours où ils auraient avalé n'importe quoi pourvu que ce fût chaud.

Un peu plus de trois semaines se sont écoulées depuis la visite des gendarmes à Guillou, mais Julien reste sur ses gardes. Il sait qu'ils peuvent revenir à n'importe quel moment et la mère Chanac n'aura peut-être pas toujours la possibilité de le faire prévenir.

Sa grande hantise, c'est d'être surpris dans son sommeil, la nuit. Il a beau se dire qu'il y a très peu de chances pour que Lambert se risque dans les bois en pleine nuit, il n'en est pas certain. Si cela arrivait, il comptait sur Le Chien pour lui donner l'alerte.

À présent, tout le pays sait que Julien Lascombe a déserté et d'après les échos que sa famille lui rapporte, il inspire plutôt la sympathie. Le patriotisme débridé distillé par la presse depuis le début de la guerre s'est un peu émoussé et la famille Lascombe bénéficie dans l'opinion d'un capital d'estime dû au fait qu'elle a déjà payé son tribut à la patrie. Il y a bien çà et là quelques patriotes extrémistes qui pensent que les déserteurs quels qu'ils soient, devraient être collés au poteau pour l'exemple. Ce sont souvent ceux le moins touchés par la boucherie qui parlent ainsi et ils trouvent de moins en moins d'audience à leurs discours enflammés.

La majorité des gens voudrait bien arrêter le carnage et ne jette plus la pierre à ceux qui essaient d'y échapper, surtout s'ils ont déjà payé de leur personne. Néanmoins, Julien sait qu'il n'est pas à l'abri d'une dénonciation et ne recherche donc pas le contact avec les populations. En dehors de sa famille, il ne voit personne et quand il rencontre quelqu'un dans les bois, il se détourne de son chemin pour l'éviter. C'est autant le souci de ne compromettre personne que la méfiance, qui lui dictent ce comportement. Cette vie d'ermite ne lui pèse pas. Du moins pas encore. Julien a toujours eu un tempérament solitaire. Comparée à la promiscuité et à l'entassement dans la boue et la merde des tranchées au milieu des rats et des cadavres, sa situation lui paraît plutôt idyllique et il ne regrette rien.

L'avenir ?... Comment tout ça va se terminer ?... Il n'en sait rien... ceux des tranchées non plus... alors... !

Pour l'instant, il surveille sa soupe qui commence à fumer. Il a allumé son feu entre trois pierres derrière la grange de Moureyre, afin de garder un œil sur le chemin qui monte du Chayne. Le Chien surveille l'opération d'un air intéressé. Il sait qu'il aura sa part et peut-être un morceau de couenne. Soudain celui-ci dresse la tête en direction du chemin et se met à gronder. Julien inquiet s'immobilise, prêt à prendre la fuite. Quelqu'un… ce n'est pas Joseph, ni sa mère, pas à cette heure et puis Le Chien ne gronde pas pour eux. Là-bas, au détour du chemin, Julien distingue entre les branches basses des châtaigniers, un pantalon couleur kaki. Déjà, il attrape la poignée de la casserole, prêt à la jeter sur le feu pour l'éteindre et partir en courant. Ce qui le retient à l'ultime seconde c'est la vision fugitive d'une robe qui accompagne le pantalon kaki. Alors il repose doucement la casserole à côté du feu, il fait signe au Chien de le suivre et ils vont tous deux se cacher derrière les genêts pour observer les arrivants. Il sait déjà que ce ne sont pas les gendarmes, ils se déplacent rarement accompagnés de femmes. C'est pour cela qu'il a épargné sa soupe. Puis il entend la femme qui crie :

« N'aie pas peur Julien ! C'est ta sœur, Marie, je suis avec Maurice… »

Rassuré, et tout heureux de cette visite imprévue, Julien qui a reconnu en effet la voix de sa sœur, sort de sa cachette. Le Chien s'empresse d'aller renifler les nouveaux arrivants.

« Maurice… Marie… qu'est-ce que je suis content… Vous m'avez fait peur !… Surtout toi Maurice, avec ton pantalon d'uniforme, j'ai cru que c'était les gendarmes… Encore un peu, ma soupe allait éteindre le feu… ça aurait été dommage…

mais venez asseyez-vous là devant la grange sur le banc… Vous devez être essoufflés, ça monte pour venir jusqu'ici. Maurice… Ils t'ont remis sur pied ? Tu as l'air en pleine forme… Complètement retapé. Ça alors ! Pour une surprise… Vous voulez un peu de soupe ? Vous avez déjà mangé ? »

Il est tellement heureux, qu'il en bafouille. Les mots se bousculent, il a tant de choses à dire, de questions à poser. Il ne sait par où commencer. La dernière fois qu'il a vu Maurice, c'était sur une civière, les brancardiers l'embarquaient alors qu'il perdait son sang du trou qu'il avait dans la cuisse, ouverte jusqu'à l'os par un éclat d'obus. Le hasard les avait réunis, les deux beaux-frères, dans le même régiment et ils s'étaient battus côte à côte depuis le début. Julien avait été blessé le premier, une balle dans le bras, ça lui avait valu un mois de repos avant de retourner au casse-pipe. La blessure de Maurice avait été plus grave, il avait fallu opérer plusieurs fois pour retirer tous les éclats d'obus que la radiographie n'en finissait pas de déceler. Il s'en tirait plutôt bien, les chirurgiens avaient fait du bon boulot cette fois. Souvent, ils se contentaient d'amputer. Maurice avait eu de la chance. Il semblait complètement remis… assez pour pouvoir y retourner !

Rendus soudain muets par l'émotion des retrouvailles, les deux hommes tombent dans les bras l'un de l'autre. Marie, pour détendre l'atmosphère ne trouve rien de mieux à dire que : « Julien, ta soupe va refroidir !… » puis elle se détourne, un peu gênée par ces effusions masculines, pour aller récupérer la casserole de soupe et la remettre à chauffer sur le feu qu'elle attise en attendant que cesse la séance de claques dans le dos des deux hommes.

« Nous avons mangé de bonne heure chez les parents, dit Marie, on ne savait pas si on te trouverait facilement. La mère nous a dit qu'il n'était pas facile de t'approcher, c'est pour ça que j'ai tout de suite crié, j'avais peur que tu te sauves. Maurice ne voulait pas repartir sans t'avoir vu. Elle revient vers eux, la casserole fumante à la main, elle la pose sur le billot de bois devant le banc.

— Mange ta soupe, Julien, ne te gêne pas pour nous, nous avons tout le temps. Maurice repart après-demain… »

Les deux hommes n'en finissent pas de se dévisager, c'est pour eux comme un miracle de se retrouver là, paisibles, après tout ce qu'ils ont vu ensemble. Leurs yeux semblaient dire « on est vivants ! » et ils n'en revenaient pas de ce prodige.

« Tu as meilleure mine que la dernière fois que je t'ai vu, Julien, dit Maurice.

— Tu peux parler, toi, répond Julien, la dernière fois que je t'ai vu, tu étais encore bien moins frais que moi sur ton brancard, j'aurais pas donné cher de ta jambe. Ça nous réussit, l'arrière, à tous les deux…

— Ça réussit à tout le monde, mais c'est vrai que j'ai été bien soigné. On en a amputé plus d'un pour moins que ça. Je ne boite même plus. J'ai passé trois mois au Val-de-Grâce, un vrai coq en pâte… Au début, c'était pas drôle, ça faisait mal, et il a fallu y passer plusieurs fois, sur le billard… Trois fois… Une par mois. À chaque radiographie, ils trouvaient encore de la ferraille. Le chirurgien, il s'était pris d'amitié pour moi…

— Pas seulement le chirurgien, dit Marie, quand je suis allée le voir, au mois de mai, avec Jeanne, je m'attendais à le trouver grimaçant sur un lit de douleur… En fait quand nous sommes arrivées, son lit était entouré d'une nuée d'infirmières toutes plus jolies les unes que les autres, et monsieur faisait le joli cœur là au milieu, frais comme un gardon… Ah ! c'était pas de douleur, les grimaces ! Elles étaient toutes aux petits soins pour lui… Enfin… Je préférais quand même le trouver comme ça… J'ai été plutôt soulagée et tout à fait rassurée…

— Ouais ! rétorque Maurice, et les séances de pansement… J'avais pas envie de faire le joli cœur comme tu dis. À t'entendre, j'étais en villégiature dans un lupanar, mais je ne rigolais pas tous les jours, les petites non plus d'ailleurs, elles en voyaient des vertes et des pas mûres des fois, et des pénibles, et des grincheux. Aussi quand elles en trouvaient un comme moi, qui ne se plaignait pas trop, elles le chouchoutaient, sans penser à mal, c'est humain. Quand on est passé par où on est passé... Hein Julien ? On ne trouve plus rien de mal... partout ailleurs, c'est le paradis à côté... mais va leur expliquer ça à ceux de l'arrière. Ici, à la campagne, les gens sont moins insouciants, mais à Paris... les gens... tu les emmerdes à leur parler de la guerre, à croire que pour eux, c'est sur la Lune qu'elle est la guerre. Des fois, j'aurais voulu leur crier aux gens dans la rue... "Mais vous voyez pas qu'à deux cents kilomètres de chez vous, les gens s'étripent par millions... et vous continuez à aller au cinématographe, au bal, au restaurant... Et Verdun... Vous savez ce qui s'est passé à Verdun ?... Mais ça les emmerde je te dis... Alors tu remets ta hargne dans ta poche, ton mouchoir par-dessus, tu penses aux copains qui sont restés là-bas, tu te demandes combien tu vas en retrouver... Tu as déserté, Julien... Tu as bien fait !

— S'ils m'avaient laissé finir tranquillement ma permission, j'y serais retourné, Maurice, pas gaiement, mais j'y serais retourné... là, c'était trop... à peine arrivé... J'ai vu un type, à la gare de Labégude... Sa femme a failli s'évanouir quand elle a vu sa gueule... Y a eu un déclic dans ma tête... Le jeu de massacre, pour moi c'est fini... Sans moi messieurs… Les gens d'en face, ils ne m'ont rien fait à moi… C'est des pauvres types, comme nous… S'ils me prennent, qu'ils me fusillent !… Ça sera une mort plus propre… C'est ça que je me suis dit !

— Tu n'es pas le seul Julien, on parle de plus en plus de désertion dans la troupe, il paraît même que des régiments se sont mutinés et ont voulu marcher sur Paris…

— Ça ne m'étonne pas, il y a des limites à tout, je crois que les hommes ont dépassé les limites du supportable…

— On dit que la répression a été féroce, mais ça bien sûr, les journaux n'en parlent pas, ni des mutineries, ni de la répression, il ne faut surtout pas porter atteinte au moral de l'arrière. Quand je lisais les journaux à Paris, j'avais envie de vomir. À les en croire, il n'y a des morts que du côté allemand, ils te diraient presque que l'armée française n'a subi aucune perte ou alors très peu. On ne remporte que des victoires. Et dire qu'il y a des gens pour croire à ces bobards… Ça me rend malade ! »

Marie, pendant ce temps, est entrée dans la grange à la recherche d'une cuillère, elle finit par en trouver une dans le tiroir de la table. Là, comme à Guillou, l'aménagement de l'unique pièce de la grange est plus que sommaire : une table, deux tabourets, un coffre en bois. La cheminée occupe le mur du fond. Le plafond est bas, mais Julien n'est pas très grand, son mètre soixante-dix lui évite de se cogner la tête. Au-dessus, c'est le grenier, c'est là qu'il dort. Il y a une petite lucarne qui donne sur le chemin. Marie apporte la cuillère à son frère. Il commence à manger, un peu gêné, sous le regard attentif du Chien qui attend sa part. Deux minutes plus tard, Julien s'essuie la bouche d'un revers de manche et Le Chien nettoie la casserole consciencieusement à grands coups de langue. Ensuite, Marie va laver la casserole et la cuillère dans le seau près du puits. La vaisselle terminée, elle rejoint les deux hommes et s'assoit avec eux.

« Tu aurais besoin d'une femme, dit Marie. Pour ton ménage, je sais bien que pour l'instant la mère s'en occupe, mais ça lui ferait du travail en moins.

— Qu'est-ce que je ferais d'une femme en ce moment ? Ou plutôt qu'est-ce qu'une femme pourrait vouloir faire d'un type comme moi. Je ne vais pas lui faire mener une vie de sauvage. Tu crois que c'est bien le moment de penser à faire une famille… ? Je n'ai besoin de rien. Pour le ménage, la mère, y a rien qui l'oblige, moi je l'ai vite fait, mais elle, c'est par plaisir plus que par nécessité…

— Tu ne connais pas les femmes, dit Maurice en riant. Y a rien qui les embête plus que de voir un homme libre. Pour elles, c'est pas normal. Un type normalement constitué sur lequel elles n'ont pas encore réussi à mettre le grappin, ça les indispose au plus haut point. Surtout que ces temps-ci, ils se font rares les présentables. La chasse va être ouverte !

— Tu n'as pas toujours dit ça, dit Marie. Il fut un temps, où ta liberté, tu n'avais rien de plus pressé que de t'en débarrasser et je ne sais pas qui des deux a chassé l'autre, mais j'ai eu plutôt l'impression que c'était moi le gibier.

— Depuis, il y a eu la guerre Marie, ça a changé les hommes mais encore plus les femmes. Elles ont pris de l'autorité, obligées qu'elles étaient, de se débrouiller seules. Moi, je n'ai pas de regrets. Je ne parle pas pour toi, je vous aime toutes les deux, toi et ma petite Jeanne, mais beaucoup de maris qui rentrent de permission se plaignent de ne pas reconnaître leurs femmes. Dame, ils sont déçus. Ils croient jouer “le retour du héros”, et ils trouvent leurs femmes débordantes d'occupations diverses et variées qui ont tout juste le temps de faire attention à eux. Elles ont pris les rênes, Julien, tu verras que bientôt, elles vont voter !

— Et pourquoi pas ! s'indigne Marie… Les femmes ont prouvé qu'elles n'étaient pas plus bêtes que les hommes et qu'elles sont capables de travailler autant qu'eux. En tout cas, elles seraient moins prêtes à faire la guerre si elles étaient au gouvernement.

— C'est pas impossible qu'un jour, vous puissiez voter, dit Julien, mais de là à vous présenter à des élections, c'est pas demain la veille… Tu repars après-demain, Maurice ?… »

Julien détourne la conversation, il n'a pas envie de polémiquer avec sa sœur. Il sait que quand elle défend ce point de vue, elle se met facilement en colère, une vraie suffragette. Dans les circonstances actuelles, il préfère éviter les discussions stériles. Marie a parfaitement compris, elle n'insiste pas. Elle prend son air pincé, « son air de princesse outragée » disait Julien quand ils étaient petits. Julien sourit en la regardant. Elle devine à quoi il pense et ne peut s'empêcher de sourire à son tour. C'est gagné ! L'atmosphère s'est détendue.

« Oui, je rejoins notre… mon régiment à Bar-le-Duc, il paraît qu'on part pour l'Italie. On va voir du pays, peut-être qu'il y a moins de boue là-bas. Tu vois, tu aurais pu voyager…

— Pas sûr ! Il y a eu d'autres attaques en mai au Chemin des Dames et j'y serais peut-être resté et toi aussi si tu n'avais pas été blessé. Tu sais ce qu'il en reste, toi, de notre régiment ? Peut-être qu'il a été entièrement décimé, renouvelé, et tu n'y connaîtras plus personne. Il a dû en tomber des copains alors que j'étais dans mes bois et toi dans ton lupanar… Ce genre de voyage, je te le laisse volontiers. Fais attention à toi Maurice, s'il t'arrivait quelque chose, je me sentirais coupable jusqu'à la fin de mes jours, de savoir que je courais les bois pendant que toi... Tu as une femme et une petite, et les hommes se font tuer en Italie, aussi bien qu'en France.

— ... Fermez le ban ! Arrête... tu vas me porter la poisse et inquiéter Marie. J'avais réussi à la persuader qu'en Italie, c'était presque des vacances et que les Italiennes étaient aux petits soins pour nous... Elle en crevait déjà de jalousie, ça lui occupait l'esprit, elle évitait de penser au pire.

— Je n'aime pas quand tu fais des plaisanteries pareilles, dit Marie. Avec toi on ne sait jamais si c'est sérieux ou pas...

— Moi non plus, répond Maurice, parfois je ne sais pas trop. Dans le doute, je préfère rire... d'autres préfèrent pleurer, mais en somme, ils ne sont pas plus avancés que moi.

— On ne peut pas rire de tout, dit Marie, surtout en ce moment...

— Ça nous a sauvés plus d'une fois, demande à Julien. Dans les tranchées, ceux qui ne savaient pas devenaient fous. Tant qu'on rigole, c'est qu'on est vivant. Si je sors entier de cette guerre, je crois que je pourrai rire de tout.

— C'est vrai, renchérit Julien, Maurice en a sauvé plus d'un du désespoir à toujours trouver le mot pour plaisanter, même dans les pires situations.

C'était le boute-en-train du régiment. Pourtant, on n'en avait pas toujours envie…

Marie, dans la grange, il y a une bouteille de vin sur le rebord de la fenêtre, tu devrais trouver trois verres dans le coffre, vous trinquerez bien avec moi, c'est du vin de Joseph, il en est fier et il peut !… À moins que Maurice préfère un peu d'eau-de-vie de prune, celle-là aussi elle est bonne, c'est autre chose que la gnole qu'on nous donnait avant l'assaut pour nous donner du cœur au ventre !

— Non merci, je préfère un verre de vin, pour trinquer. »

Un moment plus tard, ils ont tous trois le verre à la main, même Marie s'est versé deux doigts de vin pour tenir compagnie aux hommes. Maurice fait claquer sa langue à la première gorgée, il apprécie en connaisseur la production de Joseph. Ils ont porté un toast à la fin de la guerre. Le vin a un arrière-goût de violette, légèrement pétillant, ce n'est pas du clinton. Il glisse tout seul dans le gosier, léger comme un duvet. Les deux hommes se regardent, émus plus qu'ils ne peuvent l'exprimer de se retrouver là, paisibles, comme ils n'osaient plus l'espérer quelques semaines plus tôt quand ils étaient sous une pluie d'obus.

La chaleur de juillet irradie cet après-midi d'été. De temps en temps, quelques bouffées de fraîcheur montent de la Bezorgues et l'on respire mieux. Dans le bois, les oiseaux s'en donnent à cœur joie, les châtaigniers sont pleins de nids de rouges-gorges et de mésanges. L'autre jour, Julien a aperçu une couleuvre qui traversait l'espace devant la grange en direction du puits. Plus haut dans les rochers, il a vu quelques vipères aussi, plus dangereuses celles-là, mais peureuses… Le tout est de ne pas les surprendre quand elles dorment au soleil.

La nuit il est quelquefois réveillé par le glapissement du renard, il l'entend rôder autour de la grange à la recherche de nourriture. Quand il a envie d'un lapin à la broche, il pose quelques collets, ça ne manque pas dans le coin, les lapins de garenne. Il en donne la moitié à sa mère. Lui, il partage tous ses repas avec Le Chien. Celui-là, il est bien nourri, il n'y a que le poisson qu'il n'aime pas. Parfois, de bon matin, Julien descend jusqu'à la Bezorgues, attraper quelques truites à la main pour varier son ordinaire. Quand il arrive à en avoir beaucoup, la mère va les vendre dans les restaurants de Vals, les jours de marché ; ils sont toujours preneurs.

Au deuxième verre de vin, la chaleur aidant, il leur prend une certaine langueur aux deux beaux-frères, il leur vient des idées de sieste et ils éprouvent le besoin de s'allonger un peu dans l'herbe, à l'ombre d'un châtaignier centenaire.

Marie a entrepris de faire un peu de ménage dans la grange, elle ne sait pas rester inactive.

« Ho Julien !… c'est la belle vie ça, non ? dit Maurice. Il faut profiter tant que ça dure. Pour moi, ça va être court…

— Pour moi, ça dépend de Lambert, répond Julien. Pour le moment, il me fout la paix, mais je sens bien que ça ne peut pas durer. À moins qu'il craigne la grosse chaleur… c'est ce que je crois… À mon avis, il mettra le paquet à l'automne ! On n'a pas fini de jouer aux gendarmes et aux voleurs tous les deux. Malgré tout, je préfère ma place à la tienne. Même si ça doit mal finir pour moi.

— Si j'étais pas chargé de famille, je crois que je ferais comme toi. Là, je peux te le dire parce que Marie n'entend pas, mais je crève de trouille à l'idée d'y retourner. Je fais le flambard devant elle pour qu'elle ne s'inquiète pas, mais des fois, je me réveille la nuit, tout en sueur, il me faut quelques secondes pour réaliser que je suis dans mon lit, pas dans la tranchée. Ce qui me réveille en général, c'est toujours le même rêve : le capitaine donne l'ordre de l'assaut sous la mitraille et cet éclat d'obus n'en finit pas de me trouer la cuisse. Il me semble que même si je vis cent ans, je ferai ce rêve jusqu'à la fin de mes jours… Enfin, si les Américains viennent nous donner un coup de main, peut-être qu'elle ne durera plus très longtemps cette guerre.

— Moi aussi, dit Julien, quand je suis arrivé en permission, je me réveillais la nuit en sursaut. En plus je n'arrivais pas à bien dormir dans un lit… trop moelleux… Je ne pouvais pas m'habituer. Maintenant, je dors dans la paille, ça va mieux, je ne rêve plus de batailles ni de mitraille mais de Lambert… J'ai changé de cauchemar ! Les gendarmes me font quand même moins peur que les Boches, ils n'ont pas de canons ! Quand la guerre sera finie, si nous tenons le coup jusque-là, toi tu seras tranquille, moi mes ennuis commenceront… Il faudra bien que je rende des comptes tôt ou tard…

— Si tu arrives à ne pas te faire prendre d'ici la fin de la guerre, je ne crois pas que tu sois lourdement condamné après. Il n'y aura plus beaucoup d'hommes valides et on aura besoin de bras. Ils ne fusilleront pas ceux qui restent, surtout s'ils ont un état de service plus qu'honorable, comme toi. En temps de paix, on ne fusille plus beaucoup les déserteurs.

— J'en suis moins sûr, mais y a une chance, j'ai parié dessus, on verra bien si j'ai eu raison. »

Marie qui vient de finir son petit ménage, vient s'asseoir entre les deux hommes, elle s'évente avec son mouchoir, le travail lui a donné chaud.

« Tu sais Julien, j'ai eu des nouvelles d'Eulalie à Vals, par une femme d'Oubreyts que j'ai rencontrée au marché. Je ne sais pas si ce sont des ragots, mais ce que j'ai appris ne m'a pas fait plaisir. Si ça vient aux oreilles de la mère, et ça y viendra tôt ou tard, elle va y aller à Chasselas pour voir ce qu'il en est !

— Qu'est-ce qu'elle a encore fait cette pauvre Lalie pour qu'on parle autant d'elle ?

— Si on parle d'elle à Oubreyts, c'est qu'elle fait ce qu'il faut pour ça ! Il paraît que ça ne tourne pas bien rond, elle parle toute seule ou alors aux arbres, en gardant ses chèvres. Elle reste des quarts d'heure plantée à regarder une pierre. Parfois, elle fait de grands gestes comme si elle en avait après quelque chose ou quelqu'un...

— Si c'est vrai, dit Julien, il faut la faire soigner. La dernière fois que je l'ai vue, elle était déjà un peu dérangée, j'ai cru que c'était son chagrin qui ne passait pas, y a sûrement un peu de ça, mais si ça s'aggrave, il faudra bien faire quelque chose...

— Mais il y a plus grave, dit Marie, c'est de ça surtout que la mère va pas être contente : il paraît qu'elle s'est mise en ménage avec Albert. Il habite chez elle maintenant, ça scandalise tout le village !

— Et tu trouves que c'est le plus grave ça... ! Moi, je pense que ce qu'elle a dans la tête est plus important. Elle est malade, Marie. Son comportement est véritablement inquiétant. Qu'elle ait besoin d'un homme, je trouve que c'est plutôt bon signe. D'en trouver un, si ça pouvait l'empêcher de devenir folle, ce serait pain bénit. Ça, c'est un comportement normal, c'est le reste qui est plus grave à mon avis.

Pour ce qui est du scandale… ils finiront par se marier et tout rentrera dans l'ordre. J'ai peur que ce soit moins facile de mettre de l'ordre dans sa tête que dans sa vie !

— Je suis de ton avis, dit Maurice, ça fait deux ans que son mari a été tué, elle ne va pas continuer à le pleurer jusqu'à la fin de ses jours, elle est trop jeune pour rester veuve. Deux ans, ça me semble raisonnable comme délai…

— Vous les hommes !… s'insurge Marie, vous ne pensez pas comme nous… À croire que vous n'avez pas de cœur… Si par malheur tu étais tué, Maurice (en disant ça, elle fait le signe de croix), de ma vie un autre homme ne me toucherait, ça j'en suis bien certaine ! Mais vous… ça ne vous gêne pas de passer de l'une à l'autre… au contraire… Eulalie, elle est comme vous !…

— Mon frère, le curé, s'il était là, il te dirait “Ne jugez pas et vous ne serez point jugés”. C'est dans l'Évangile ça…

— Ton frère, il est plutôt “à cheval” pour ce qui est de la morale, quand il saura, il s'indignera plus que les autres, rétorque Marie. Tu ne me feras pas croire qu'un curé pourrait approuver cette situation…

— Marie, interrompt Julien, calme-toi ! Cette situation ne plaît à personne, mais je te répète qu'à mon avis, Eulalie est malade. Elle est plus à plaindre qu'à blâmer. Elle a sûrement travaillé très dur ces temps-ci, à cause des moissons et tout le reste. J'irai la voir. Si ça va si mal que ça, on décidera avec la famille de ce qu'il y a lieu de faire et on y enverra le docteur Bressot.

— Va pas te faire prendre à Oubreyts, il vaut mieux que tu sois prudent, ne donne pas du souci supplémentaire à la mère…

— Je serai prudent. Tu sais, les gendarmes, ils n'ont pas que de moi à s'occuper, du moins je l'espère…

— J'ai peur que le docteur Bressot veuille l'envoyer à l'asile, à Privas, qu'est-ce qu'on ferait alors du petit Antoine, le pauvre, lui qui est si sage, qu'est-ce qu'il deviendrait ?

— Ne noircis pas tout, Marie… D'abord il n'est pas dit que le docteur l'envoie à Privas, peut-être qu'avec quelques calmants, les choses vont s'arranger, et s'il pense qu'elle serait mieux soignée à Privas… Il n'y a pas que des fous furieux là-bas, elle pourrait bien s'y reposer peut-être… Il y en a bien qui ressortent guéris, de Privas !

— J'en connais pas beaucoup, dit Marie qui s'était mise à pleurer. L'asile, tu sais quand tu y rentres, tu ne sais jamais quand tu en sors… C'est un bien grand malheur si elle en arrive là, surtout pour Antoine !

— Antoine, il irait chez les parents ou chez toi, il ne serait pas malheureux, il ne vous donnerait pas de peine, c'est un enfant tellement sage, il vous donnerait juste la peine de le nourrir… Mais encore une fois, on n'en est pas là, il sera bien temps de voir. Peut-être que de s'être mise avec l'Albert, même si ça te scandalise tant, ça va lui faire du bien.

— Sans doute que c'est ça qui lui manquait à ta sœur, dit Maurice. Il faudrait peut-être les pousser à se marier au plus vite, ça pourrait tout arranger, le qu'en-dira-t-on, et le reste !

— Pour se marier, il faudrait qu'elle ait reçu le mortuaire de son Victor, dit Marie, et c'est bien là le plus gros scandale. Officiellement, il n'est toujours pas mort mais seulement porté disparu. Ah ! elle pouvait tant le pleurer… Elle a eu vite fait de le remplacer. »

Marie est rouge d'indignation, les femmes sont moins tolérantes que les hommes pour ces choses-là. Eux, ils ont fait leurs comptes entre ce qu'on leur a enseigné en fait de morale et ce qu'ils ont vu et enduré sur les champs de bataille. Le « Tu ne tueras point » du décalogue est, entre autres, plutôt mis à mal ces temps-ci, alors les autres commandements, même ceux concernant l'adultère, ne leur semblent guère à l'ordre du jour. Pour Eulalie d'ailleurs, on ne peut pas, honnêtement, parler d'adultère ; c'est sûr, Victor est mort, même si elle n'a pas encore reçu les papiers officiels. Le maréchal des logis Balbot, qui était avec Victor quand il a été tué, lui a renvoyé ses affaires personnelles et lui a raconté comment il a été fauché par une rafale de mitrailleuse lors d'un assaut. « Il n'a pas souffert, disait-il, tué sur le coup ». Que l'état-major traîne pour lui envoyer les papiers officiels n'est pas étonnant, peut-être même sont-ils égarés. Si c'est le cas, il faudra qu'elle fasse des démarches pour les obtenir ainsi que la pension ridicule à laquelle ont droit les veuves de soldats : cinq cent soixante francs par an, un franc cinquante par jour, de quoi acheter trois pains. Voilà le prix d'une vie.

Les deux hommes se taisent maintenant, ça ne sert à rien de contrarier Marie, ils ne la convaincront pas. Il leur reste peu de temps à passer ensemble, ils ne veulent pas le gâcher en discussions stériles. Julien ne peut pas s'empêcher de penser qu'il voit peut-être son beau-frère pour la dernière fois, cette idée le bouleverse, il aime beaucoup Maurice, sa bonne humeur quasi permanente et son humour parfois corrosif qui lui permet de trouver un bon mot dans les pires moments. Maurice apprécie chez Julien le garçon discret, tolérant, un peu timide et effacé mais sur lequel on peut compter en toutes circonstances. À la guerre, c'était un agneau parmi les loups. Pas étonnant qu'il ait déserté. Maurice sait que ce n'est pas par lâcheté, mais parce qu'il ne s'est jamais résigné à tuer des hommes ; c'est un pacifiste dans l'âme.

Comme tous les copains de tranchées, il avait fini par s'habituer à la boue, aux rats, aux poux, à la crasse, aux vêtements mouillés qu'on ne change jamais, à l'odeur parfois insupportable, mais il ne s'était jamais habitué à voir tomber les camarades comme des mouches, à ce gâchis de jeunes vies. Pour les autres, c'était devenu la routine, pas pour lui. Qu'on fasse si peu de cas de la vie humaine restait pour lui une aberration. Que quelques officiers supérieurs, supérieurement incompétents, dans leur grand état-major décident sans sourciller d'envoyer à la mort des milliers d'hommes, il n'a jamais pu l'accepter. La guerre dégrade l'homme, elle ne le glorifie pas…

Il n'y a pas de héros.

Au moment de se séparer, les deux hommes s'embrassent longuement. Ils sont émus, même s'ils s'efforcent de le cacher, ils ont les yeux qui brillent.

« Attention à toi, Maurice, dit Julien, n'essaie pas de gagner la guerre à toi tout seul, même pour épater les Italiennes !

— Et toi, Julien, méfie-toi de ne pas faire de mauvaises rencontres dans les bois, ils ne sont pas toujours bien fréquentés, on y rencontre même des déserteurs… À bientôt beau-frère !

— À bientôt… À bientôt Marie… Bichonne-le un peu jusqu'à son départ, j'irai voir Eulalie dès que possible. Ça m'a fait plaisir de vous voir tous les deux, c'est pas souvent que j'ai des visites, il y en a qui me font moins plaisir que la vôtre. Embrassez bien la petite de ma part. »

Julien les accompagne sur le chemin jusqu'à l'orée du bois, Le Chayne est juste en face, de l'autre côté de la route. Un dernier signe de la main et il retourne vers sa grange.

D'avoir revu Maurice lui a donné un peu de cafard et mis le doute en lui. Il pense aux autres, aux copains, à la camaraderie du front, les colis partagés, les grosses blagues échangées, ces quelques bons moments arrachés à l'horreur.

« Qu'est-ce qu'ils doivent penser de moi, les copains ? » se demande-t-il soudain.

Il se sent malheureux tout à coup à l'idée que certains d'entre eux puissent le mal juger, penser qu'il s'est débiné… qu'il a fait preuve de lâcheté. Leur opinion prend soudain une importance démesurée, il n'y avait jamais pensé jusque-là. Quand Maurice aura rejoint, ils vont l'interroger, du moins ceux qui restent et qui ont connu Julien, ils ne doivent plus être très nombreux. Maintenant, il aimerait avoir des nouvelles, du Célestin Fabre, du Jules Enjolras, et du Guillaume Giraud qui se faisait chambrer pour son prénom et que certains appelaient

« le Kaiser ». Il aurait pu demander à Maurice de donner de leurs nouvelles dans les lettres qu'il écrit à Marie, il s'en veut de ne pas y avoir pensé. Peut-être y pensera-t-il, lui !... Il l'espère.

Pour secouer sa mélancolie, il appelle Le Chien, qui accourt en remuant la queue.

« Allez Le Chien !... il faut réagir... on va voir si on trouve quelques fraises des bois, j'en ai vu l'autre jour vers Chanteloube, elles ont dû mûrir, ça nous fera quelques douceurs ce soir au dessert. »

Muni d'un pot à lait en fer blanc, ils empruntent tous deux le chemin en sous-bois qui part à flanc, sud-est, et qui mène au hameau de Chanteloube ; c'est là que son frère Roger s'est établi avec sa famille. Il n'aura pas besoin d'aller jusque-là, les fraisiers sauvages qu'il a repérés sont juste après le ravin de Montas. Il faut le passer celui-là. Il n'est presque plus emprunté, ce qui fait que le sentier s'est perdu, mangé par les buissons et les fougères. Un vrai nid à vipères, pense Julien, il reste encore un filet d'eau au fond de ce ravin, quelques flaques tout au plus, mais suffisamment pour attirer les serpents en cette saison et Julien n'aime pas beaucoup croiser ce genre de bestiole. Ce ne serait pas le bon moment pour se faire mordre par une vipère, il aurait toutes les chances d'y rester. Mais Le Chien trotte devant, il saura bien les faire fuir.

Pour l'instant il a disparu sous les fougères et Julien se taille un passage à coups de bâton pour écarter les plus hautes qui lui arrivent à la taille.

La sortie du ravin est quelques mètres plus haut, il aperçoit le chemin qui repart un peu plus loin, Le Chien y est déjà, il s'est arrêté pour attendre son maître qui peine un peu pour sortir. Plus loin, le sentier fait un coude, Le Chien est reparti. Il s'arrête soudain juste au tournant et se met à grogner sourdement. Aussitôt, Julien tape sur sa cuisse pour le rappeler près de lui, ils quittent rapidement le sentier pour se mettre à couvert derrière un buisson. Encore une fois, Julien admire l'intelligence de l'animal qui n'aboie pas à tort et à travers et se débrouillc quand même pour le prévenir quand il décèle une présence.

Cachés derrière le buisson, ils attendent que l'autre se manifeste. Après tout, ce n'est peut-être qu'un habitant de Chanteloube qui passe par là. Julien a posé sa main sur le museau du chien pour lui imposer le silence, mais celui-ci s'est arrêté de grogner et se tient tranquille. Il lui semble entendre un air fredonné, une voix féminine on dirait. Il reconnaît la chanson :

« Aux marches du palais, aux marches du palais,

Y'a une tant belle fille, lon la… y'a une tant belle fille… »

Julien sans faire de bruit, s'avance parallèlement au sentier pour tâcher de voir sans être vu car la voix ne semble pas se rapprocher. Ce n'est donc pas une passante. Heureusement, il y a des ronces tout le long du sentier, il peut donc rester caché. Passé le tournant, il cherche une trouée pour tenter d'apercevoir la propriétaire d'une si jolie voix qu'il entend déjà mieux :

« … Elle a tant d'amoureux, elle a tant d'amoureux,

Qu'elle ne sait lequel prendre lon la… qu'elle ne sait lequel prendre… »

Il finit par distinguer entre les enchevêtrements de ronces, une silhouette féminine apparemment occupée à cueillir des fraises des bois.

« Mais ce sont mes fraises !… se dit Julien. Celles que j'avais repérées… Eh bien celle-là ! on peut dire qu'elle me coupe les fraises sous les pieds ! »

Le Chien s'est couché à ses côtés et ne bouge plus. Il se dit que l'intelligence de ce chien est un vrai miracle, un vrai chien de déserteur. La femme est baissée et lui tourne le dos. Elle a un petit panier d'osier qui contient déjà pas mal de ces petites fraises si parfumées au goût incomparable. Julien songe que pour ce soir, il peut en faire son deuil. Il voudrait bien pouvoir reconnaître celle qui lui vole sa récolte. Il faut attendre qu'elle se relève… Ce doit être une de Chanteloube, mais il ne voit pas qui. Il connaît — au moins de vue — tout le monde à Chanteloube... À moins que ce soit une ouvrière de l'usine de Laulagnet qui profite de son dimanche après-midi pour cueillir des fraises.

« ... La belle si tu voulais, la belle si tu voulais,

Nous dormirions ensemble lon la... Nous dormirions ensemble... »

« En tout cas, elle a une belle voix, se dit-il. À l'entendre, elle a l'air plutôt jeune ! Je reprendrais bien à mon compte les paroles de sa chanson, dès que j'aurai vu quelle figure elle a ! »

Comme si elle avait reçu le message par télépathie, la jeune fille, car c'en est une, se relève, se retourne, et regarde dans la direction de Julien. Celui-ci a un choc : pendant un quart de seconde, il se croit découvert... Mais non, elle défroisse un peu sa robe en tapant dessus, et va s'accroupir un peu plus loin pour continuer sa cueillette. Cette fois, elle fait face au buisson derrière lequel se cache Julien et celui-ci peut l'observer à loisir. Son visage lui est totalement inconnu et il la trouve très belle.

Elle a de longs cheveux châtain clair, presque blonds, de très beaux yeux en amande dont il ne peut distinguer la couleur à cette distance. Un visage ovale aux traits fins et réguliers. Il a eu le temps pendant les quelques secondes où elle s'est redressée d'entrevoir une taille fine et des rondeurs comme il faut, là où il faut. Bref, Julien est sous le charme.

« Elle n'a pas plus de dix-neuf ou vingt ans, se dit-il, qui cela peut-il être ? Il faudra que je demande à Joseph, mais ce doit être une ouvrière de Laulagnet, il n'y a pas de fille comme ça à Chanteloube ! »

Julien est perplexe, il hésite à se montrer, il a peur d'effrayer la jeune fille, il se dit aussi qu'elle peut lui causer des ennuis… parler aux gendarmes, qui reprendraient alors leurs recherches. Il vaut mieux se renseigner d'abord auprès de Joseph, pour savoir qui c'est, et si on peut avoir confiance.

« … Et nous y dormirions, et nous y dormirions,

Jusqu'à la fin du monde lon la… Jusqu'à la fin du monde… »

La chanson se termine en même temps que la cueillette, elle se relève, défroisse encore sa robe, pique une fraise dans le panier et la porte à sa bouche. Elle regarde autour d'elle pour vérifier qu'il n'en reste pas une seule, se baisse encore pour écarter quelques feuilles, puis, convaincue qu'il n'y a plus rien à grappiller, se relève avec un mouvement gracieux de la main pour arranger une mèche de cheveux et reprend le sentier en direction de Chanteloube, son panier au bras.

Julien a le temps d'admirer la démarche souple, le balancement de la robe longue et deux beaux bras nus, avant qu'elle ne disparaisse au détour du chemin. Il reste là encore un long moment, sous le charme, la chanson lui trotte encore dans la tête. Il faut qu'il fasse un effort sur lui-même pour sortir de sa rêverie, puis, suivi du Chien qu'il avait fini par oublier tant il s'était tenu tranquille, il quitte sa cachette. Il ne peut s'empêcher d'aller vérifier qu'elle n'a rien laissé, sans illusion. Il ne reste rien.

Au moment où il décide de rentrer, son regard est attiré par un objet dans l'herbe, c'est un petit peigne en écaille, il a dû tomber au moment où elle arrangeait ses cheveux. Julien ramasse l'objet et le met dans sa poche. Il retourne à sa grange, bredouille, en fredonnant « Aux marches du palais ». Malheureusement, il ne chante pas très juste, mais il sait que personne ne l'entend.

« C'est la fille Borel, dit Joseph, la petite Eugénie, la fille du Marcel et de la Maria, elle doit avoir vingt ans maintenant, je la rencontre parfois dans les bois à l'époque des champignons et des châtaignes. Là où tu l'as vue, ça ne peut être qu'elle. Ses parents sont voisins de Roger à Chanteloube, c'est étonnant que tu ne l'aies pas reconnue !…

— Eugénie ! Mais c'est pas possible, la dernière fois que je l'ai vue, elle avait des tresses et on aurait dit une planche à laver ! C'est vrai que ça remonte au moins à six ans… Je risquais pas de la reconnaître. On a cinq ans d'écart. Pour moi, c'était une gamine à l'époque. Je crois bien qu'on ne s'est jamais parlé. C'est devenu une belle femme à présent… Je n'ai pas osé l'aborder, je voulais pas lui faire peur et puis, je me méfie quand même un peu des gens que je ne connais pas.

— Tu as raison de te méfier, mais avec les Borel, tu ne risques rien. Ce sont de braves gens, c'est pas eux qui iront te dénoncer. La petite, elle est gentille, pas fière et sérieuse, elle travaille à l'usine à Laulagnet, son père la surveillait avant qu'il soit mobilisé. Elle court pas après les garçons. C'est vrai qu'il y en a plus beaucoup de son âge au pays. De toute façon, le Marcel y mettrait bon ordre. Enfin… elle se mariera bien un jour malgré tout, elle est trop mignonne. On dirait qu'elle t'a fait impression ! »

Joseph sourit dans ses moustaches, il voit bien que son frère a les yeux qui brillent à parler de sa rencontre, même s'il a pris un air détaché pour le questionner. C'est surtout l'air détaché qui lui a mis la puce à l'oreille. Il se demande si Julien n'a pas eu le « coup de foudre ». Il décide de le taquiner un peu, pour voir :

« Ma parole tu as le béguin, on dirait, ne me dis pas que tu es “pincé” ! Remarque… tu n'aurais pas mauvais goût, tu pourrais trouver pire. Tu as l'intention de te déclarer ou d'aller faire ta demande à sa mère ? Ça, ce serait une surprise… Pour tout le monde, mais surtout pour sa mère… Bah ! tu as tes chances, les Borel sont bien d'accord avec les Lascombe, ils ont toujours bien estimé la famille et…

— Joseph ! arrête de me charrier ! D'abord, je ne suis pas "pincé", comme tu dis, ensuite c'est pas trop le moment. Qui voudrait avoir affaire à un déserteur sans autre avenir que le poteau, ou la prison dans le meilleur des cas. Je reconnais que si elle me sautait dessus au coin du bois, je me débattrais pas trop ; je peux toujours y rêver, mais c'est bien tout, surtout que tu me dis qu'elle est sérieuse. Alors, la prochaine fois que je la rencontre, je lui dis bonjour, puisque tu dis qu'on peut avoir confiance. On parlera de la pluie et du beau temps, c'est tout !

— Et tu lui proposes de porter son panier, dc la raccompagner à Chanteloube parce qu'elle risque de faire des mauvaises rencontres. Tu lui fais quelques compliments… qu'elle est bien jolie… qu'elle a une bien belle robe… Enfin… ce qu'on fait et ce qu'on dit dans ces cas-là… Peut-être qu'elle te sautera dessus… qui sait ? ! »

Julien dont le premier réflexe est de se fâcher, finit par éclater de rire devant l'air goguenard de son frère. Joseph aussi prend le fou rire et c'est le moment que choisit Augusta pour faire son entrée. Elle vient de donner à manger aux lapins et elle trouve les deux frères riant aux larmes, attablés devant un verre de vin.

« On peut dire que vous avez le vin gai, dit-elle surprise. À combien de verres vous en êtes ?

— On n'a pas encore fini le premier, Augusta, répond Julien toujours riant aux éclats, mais il en faudra peut-être bien un deuxième, d'abord parce qu'il est bon et puis parce que, de rire ça donne soif, et qu'on n'en a pas souvent l'occasion depuis quelque temps. Il faut en profiter !

— Et on peut savoir, ce qui vous rend si gais ? dit Augusta l'air soupçonneux. Elle craignait d'être la victime de cette hilarité ; elle n'aimait pas que l'on se moque d'elle. Joseph manque de s'étrangler en répondant :

— C'est Julien qui va se marier !... Il commence à trouver le temps long, tout seul dans les bois...

— C'est vrai, ça manque de distractions, continue Julien toujours en riant, je trouve que Lambert manque un peu de zèle alors je m'ennuie, et puis cet hiver, je risque d'avoir froid, il me faut quelqu'un pour me tenir chaud !...

— Vous me ferez jamais croire que vous avez bu qu'un verre, dit Augusta en haussant les épaules. »

Le soir, dans sa grange de Moureyre, Julien s'endort dans le foin, Le Chien à ses côtés, un petit peigne en écaille dans la main.

V

Albert

DEUX JOURS PLUS TARD, Julien décide d'aller voir Eulalie. La veille il avait refait le chemin jusqu'à Chanteloube, mais il n'avait rencontré personne. Il avait pensé qu'en travaillant à l'usine, Eugénie n'avait pas le loisir de se promener dans les bois tous les jours. Il pensait à elle en permanence et attendait le dimanche suivant avec impatience pour aller la guetter près de chez elle ; il ne savait pas encore s'il oserait l'aborder.

Joseph avait raison, il était « pincé », même s'il ne voulait pas encore se l'avouer. Il se tenait des raisonnements sans fin : que dans sa situation, ce n'était pas raisonnable de courir un jupon... qu'elle ne voudrait seulement pas lui parler... Il imaginait mille obstacles ou complications qui n'existaient que dans son imagination. Il ressasse tout ça dans sa tête sur le chemin d'Oubreyts. Il a l'esprit tellement plein d'Eugénie, en escaladant sa colline, que quand il débouche sur la crête, il se rend compte qu'il a fait tout ce chemin sans même s'en apercevoir.

À sa droite, il y a Sainte-Marguerite immuable. Le chemin vers Oubreyts descend à main gauche à travers les châtaigniers ; encore une demi-heure de marche avant d'arriver chez sa sœur. Le sentier est encore tout humide de l'orage de la veille. Longtemps, le tonnerre avait grondé en fin d'après-midi. Descendant de Lachamp-Raphaël, des nuages d'un noir d'encre s'étaient amoncelés au-dessus de la Bezorgues, déchirés par moments de longs éclairs mauves, suivis de coups de canon qui résonnaient tout au long de la vallée, rappelant à Julien d'autres canons beaucoup plus meurtriers ceux-là.

Le Chien s'était réfugié dans la grange et refusait d'en sortir. Il tremblait de tout son corps à chaque coup de tonnerre.

« Tu n'aurais pas fait un bon chien de guerre, lui disait Julien, c'est peut-être pour ça que tu fais un bon chien de déserteur. »

Julien, par contre, aimait bien l'orage, toute cette violence déchaînée par la nature était pour lui un spectacle grandiose qui lui semblait bien moins dangereuse que celle des hommes. Il avait admiré le spectacle sur le pas de sa porte, jusqu'à ce que des trombes d'eau l'obligent à rentrer. La foudre avait embrasé un châtaignier isolé sur la colline en face, de l'autre côté de la Bezorgues. Il avait flambé comme une torche. Les rideaux de pluie avaient rapidement éteint l'incendie. Puis, l'orage s'était éloigné vers Vals, comme à regret traînant longtemps encore de sourds grondements, une sorte de baroud d'honneur auquel le ciel se résignait avant de retrouver son calme. L'air devenait soudain respirable, d'une fraîcheur agréable après la fournaise de la journée et l'oppression d'avant l'orage. Des odeurs enivrantes montaient de la terre et des sous-bois soudain désaltérés. La nature semblait se réveiller d'une longue sieste. Les oiseaux surtout, qui s'en donnaient à cœur joie, ivres d'une fraîcheur retrouvée.

Ce matin, le ciel est sans nuage. Seule la terre garde des traces du déchaînement de la veille, le chemin est raviné par endroits et le sol fume sous les premiers rayons du soleil ; il fera chaud encore aujourd'hui. Julien coupe à travers bois pour éviter le hameau de Bruen Haut, il fait de même pour Le Serre et La Blachère. Il arrive à Chasselas après avoir traversé d'épais fourrés de genêts et de ronces, un peu égratigné, mais il n'a rencontré personne.

Eulalie est dans sa cuisine, occupée à faire ses tommes de chèvre. La première chose qui surprend Julien, c'est le désordre. Le ménage est négligé : la pièce n'est pas balayée, les meubles sont couverts de poussière, les poules se promènent dans la cuisine ; on ne peut pas dire que la propreté règne. Eulalie elle-même porte des vêtements sales et déchirés, elle a les cheveux en bataille. Il a connu sa sœur plus soigneuse pour son intérieur et pour sa personne. Ce laisser-aller le met mal à l'aise. Il pense que si Marie voyait ça, elle en serait malade. Eulalie aussi le met mal à l'aise. Elle n'a pas l'air étonnée de le voir, elle l'embrasse et lui dit bonjour comme s'ils s'étaient quittés la veille. Elle lui propose un bol de lait et du pain beurré, que Julien accepte volontiers ; la marche lui a ouvert l'appétit. Le petit Antoine dort encore dans la pièce à côté, il est vrai qu'il est tout juste sept heures et demie.

« Alors Lalie, comment ça va ? Je suis venu un peu aux nouvelles, il y a bien trois mois qu'on ne s'est pas vus. Tu sais que j'ai déserté ?

— Oui, on me l'a dit… Tu as bien fait… Il y a eu assez de morts comme ça. Seulement, fais attention de ne pas te faire attraper.

— Je fais attention, ne t'inquiètes pas. Je venais voir comment tu allais, ce que tu devenais… Si tout allait bien pour toi et Antoine.

— On fait aller, Julien… on fait aller… du travail, toujours du travail. Des fois, je me dis que cette ferme est trop grande pour nous, que je vais la vendre et travailler à l'usine, mais elle est à Victor, je ne peux pas la vendre et Albert ne veut pas, lui non plus. Tu sais que je vais me marier avec Albert. Il me veut bien, mais je ne peux pas encore, tant que je n'ai pas reçu les papiers pour Victor. Mais c'est comme si on était mariés maintenant… »

Ces propos ne sont pas faits pour rassurer Julien, il se sent de plus en plus gêné. Sa sœur n'a pas l'air dans son état normal.

« Tu sais Lalie, je ne te trouve pas bonne mine, si tu te sens fatiguée ou pas bien d'aplomb, il faudrait peut-être faire venir le docteur Bressot, il te donnerait quelques fortifiants pour te requinquer, qu'est-ce que tu en penses ?

— Non, non, je vais très bien, pas besoin de docteur, c'est juste que des fois, je ne dors pas bien, mais c'est à cause de la chaleur, la fatigue aussi, et puis l'été, c'est là qu'on a le plus de travail ; à l'automne ça ira mieux.

— Et Albert, tu es bien avec lui, je veux dire est-ce qu'il est gentil avec toi, ça me gêne de te parler de ça, mais comment ça s'est fait, vous deux... ? Il ne t'a pas...

— Violée, c'est ça que tu veux dire ?

— Forcée, je voulais dire forcée... Écoute, si tu ne veux pas en parler, envoie-moi promener, je me demandais seulement si tu n'avais pas envie au contraire, tu sais bien que dans la famille, c'est moi qui suis le plus large d'esprit et...

— Non !... je n'ai pas envie d'en parler, ce sont mes affaires, et ce qu'en pensent les gens, ça m'est égal... Dès qu'on pourra, l'Albert et moi, on se mariera sans faire de chichis ni cérémonies... On ne demande rien à personne, simplement qu'on nous foute la paix et qu'on ne s'occupe pas de nos affaires.

— D'accord Lalie, te mets pas en colère, moi ce que je veux, c'est que tu sois heureuse. La morale, je n'en ai jamais fait à personne, je ne vais pas commencer avec ma sœur. Pour moi, l'important, c'est que les gens soient bien dans leur peau et dans leur tête. Si c'est ton cas... bravo ! Et si Albert te rend heureuse, tant mieux. Je ne suis pas un ennemi Lalie, j'ai toujours pris ta défense et je continuerai...

— Quand bien même... si je ne suis pas bien dans ma peau, ni dans ma tête, ça ne regarde que moi... »

Elle se met à pleurer tout à coup. Julien est ému à son tour, il a un geste pour prendre la main de sa sœur, il voudrait bien la réconforter mais il sent bien que tout ce qu'il peut dire risque d'être mal interprété, alors il se tait, il se contente de lui serrer la main pour essayer de lui communiquer un peu de tendresse. Il aimerait tant la réconforter et il supporte mal cette agressivité. Il voudrait lui dire de ne pas le confondre avec les autres, que s'il n'y en avait qu'un de son côté, pour la défendre, c'était lui ! Elle pleure en silence… longtemps… Lui, n'ose plus bouger, ni parler, il attend que ça passe, il n'a pas lâché sa main, elle ne l'a pas retirée. Au début, cette main dans la sienne, il la sentait tendue, crispée, prête à griffer, comme des serres d'oiseau pris au piège. Puis, à mesure que coulaient les larmes, elle se détendait comme si les pleurs, en s'écoulant, drainaient toute cette agressivité. L'expression du visage, s'est peu à peu radoucie. De sa main libre, elle a pris un pan de son tablier pour s'essuyer les yeux, la crise s'éloigne…

« Pardon Julien… Parfois il me semble que le monde entier est contre moi, ça me rend méchante et injuste. Et puis j'ai peur…

— Mais de quoi… ?

— Je ne sais pas… de tout… de rien… de la famille… des gens… Des fois, je voudrais être morte ! comme ça, je ne serais plus un problème pour personne et moi je serais bien tranquille !

— Et Antoine ? qu'est-ce qu'il deviendrait sans toi ? Et la famille… tu y penses à la famille ? Tu n'es un problème pour personne Lalie, il faudrait juste te soigner un peu, que tu aies un peu de calme et de repos pendant quelque temps et tout rentrerait dans l'ordre, j'en suis sûr. Je voudrais bien dire bonjour à l'Albert, parler un peu avec lui, où est-il ?

— Dans le bois de Ferradouire, juste de l'autre côté du ruisseau, il fait un peu de débroussaillage ; il a peur des incendies avec la chaleur.

— Tu veux bien que j'aille le voir ? Après, je reviens te dire au revoir !

— Vas-y… tu le trouveras bien… je ne t'accompagne pas. Tu mangeras avec nous ce midi.

— Si tu veux. Je partirai tout de suite après, je ne voudrais pas que vous ayez des ennuis si on me trouve chez vous.

— Jamais personne ne vient ici, Julien. On vit comme des sauvages… tu ne risques rien, et si tu as besoin de te cacher, tu peux venir quand tu veux !

— Les gendarmes savent bien que tu es ma sœur. À mon avis, ils doivent surveiller toute la famille et si on me voit dans les environs, tu risques d'être embêtée. J'ai fait attention en venant, je n'ai rencontré personne… Bon ! je vais voir Albert.

— À tout à l'heure… »

Albert

Julien descend par les clos jusqu'au ruisseau de Ferradouire. L'été, ce n'est qu'un filet d'eau qui va se jeter dans le Voltour au pont de Verdeau. Sur l'autre rive, très pentue, commence le bois de Ferradouire qui monte sur deux cents mètres jusqu'au col de la Loube. En automne, l'endroit est renommé pour ses cèpes et ses girolles, mais il faut du souffle, la pente est raide et les taillis sont épais. Il y a très peu de sentiers, il faut vraiment connaître les coins à bolets, ceux qui les connaissent ne les dévoilent jamais. On dit que les coins à champignons sont les secrets les mieux gardés, même au sein des familles. On ne les révèle que sur son lit de mort disent certains. On avoue parfois à ses enfants où l'on a caché son magot, mais de là à donner un coin à champignons au Ferradouire… !

Julien a pénétré dans le bois, il est guidé par le bruit d'une hache qui coupe des branches un peu plus haut. Il a déjà repéré un tas de broussailles empilées au pied d'un arbre. Il aperçoit Albert occupé à élaguer les basses branches d'un châtaignier. Dès qu'il aperçoit Julien, Albert pose sa hache. Il a l'air préoccupé, il tire un grand mouchoir à carreaux de sa poche pour essuyer la sueur qui lui coule dans les yeux. Il se baisse pour attraper sa musette posée là, il en tire une bouteille de vin et boit au goulot une bonne gorgée. Arrivé près de lui, Julien lui tend la main, Albert a l'air surpris par cette main tendue, il est sur la défensive mais il la serre quand même de façon tout à fait cordiale.

« Bonjour, Julien…

— Bonjour Albert, je peux bien t'appeler par ton prénom et te dire “tu”, maintenant qu'on est presque beaux-frères ! »

Albert rougit un peu, il est mal à l'aise. Jusqu'à présent, la différence d'âge maintenait une certaine distance que Julien vient d'abolir. Il hésite encore sur l'attitude à adopter envers ce jeune beau-frère dont il perçoit mal l'état d'esprit : ami ou adversaire ? Son attitude est-elle cordiale, goguenarde ou franchement hostile ? Dans le doute et pour gagner du temps, il lui tend sa bouteille de vin. Sans hésitation, Julien porte le goulot à sa bouche et boit une bonne gorgée.

« Il est bon… », dit Julien en rendant la bouteille.

Albert se détend un peu et hasarde un sourire.

« Tu peux bien m'appeler comme tu veux, et me dire “tu” tant que tu voudras… Tu as vu ta sœur ?… alors tu es au courant ? ça c'est fait comme ça… pour ainsi dire tout seul… Tu sais, je ne l'ai pas forcée…

— Je sais… de toute façon, ça ne me regarde pas, c'est pas pour parler de ça que je suis venu. Moi, tout ce que je veux, c'est qu'elle ne soit pas malheureuse. Alors si c'est toi qu'elle veut, moi j'ai rien contre. La mère… ce sera peut-être pas pareil… J'essayerai de lui parler. À moins que tu ne préfères pas ! »

Ils se sont assis tous les deux sur la mousse, côte à côte, face à la pente. Albert semble soulagé de la tournure que prend la conversation. Il s'attendait à un affrontement, à devoir se défendre, se justifier… Que le frère vienne donner sa bénédiction… c'est inespéré !

« Si… je préfère !… Je la connais pas beaucoup la mère Lascombe, mais je me doute bien qu'elle ne sera pas contente. Dis-lui bien que pour moi, c'est pas de l'amusement. Dès qu'elle aura les papiers nécessaires, je la marierai, Eulalie, si elle est toujours d'accord.

— Je ferai pour le mieux, ce qui m'inquiète le plus, c'est que ça n'a pas l'air de tourner très rond dans sa tête, je l'avais déjà remarqué la dernière fois que je suis venu. Je pensais que c'était toujours son chagrin qui la rendait comme ça, mais avec le temps, ça aurait dû s'apaiser plus que ça. Aujourd'hui, je l'ai trouvée encore moins bien que l'autre fois…

— Oui, je trouve aussi… Il y a des jours où elle pleure, des jours où elle rit, elle a des sautes d'humeur mais souvent les femmes sont comme ça, alors ça m'inquiète pas trop, et puis en ce moment elle dort mal avec la chaleur. La fatigue s'accumule ;

si ça s'arrange pas en début d'automne, je ferai venir le docteur... voir s'il y comprend quelque chose.

— Elle déparle pas des fois ?

— Non j'ai pas remarqué. Je l'ai bien surprise une ou deux fois à parler toute seule, mais ça m'arrive aussi, alors j'ai pas fait cas !

— J'ai trouvé aussi qu'elle se laissait aller, avant elle était plus soigneuse de sa personne et de son ménage...

— La fatigue... elle se néglige peut-être un peu, mais le travail lui laisse peu de temps pour se pomponner, ça aussi ça reviendra... Une fois l'été passé, il y a beaucoup moins de travail, on a plus de temps pour penser à soi. On traverse tous des mauvaises passes dans la vie... Pour elle, c'en est une, c'est sûr. Peut-être qu'aussi, elle s'inquiète un peu de notre situation et de ce que vont penser les autres, sa famille et puis la mienne. Quand tout sera régularisé, elle sera plus tranquille. Je suis content que tu nous jettes pas la pierre, Julien. Quand je t'ai vu arriver, j'ai cru un moment que tu venais nous engueuler...

— À quoi ça servirait !... Vous êtes bien assez grands pour savoir ce que vous faites... À partir du moment où personne n'en souffre... Je te l'ai dit, je me fais juste du souci pour sa santé, mais si tu penses que ça passera... Promets-moi quand même de m'avertir si ça s'aggrave. Tu sais où est ma grange de Moureyre ?

— Oui… dans les bois, juste au-dessus du Chayne, je me doutais bien que c'était là que tu te cachais. Tu as bien fait de déserter, Julien, il y a eu trop de morts… Si ça continue, ça servira à quoi de défendre un pays où il n'y aura plus un seul homme valide ?

— J'ai confiance en toi Albert, c'est bien là que je me cache en effet. Tu peux venir en cas de quoi que ce soit. Si tu ne trouves personne, tu fais un petit tas de cailloux devant la porte, je comprendrai, je viendrai aussi vite que je pourrai… Tu promets… ?

— Oui, bien sûr, mais de quoi tu as peur, je peux faire front si ça va pas… tu t'inquiètes de trop…

— J'espère… Elle a jamais parlé de… de se tuer ?

— C'est de ça que tu as peur ?… Bon Dieu non ! mais si je m'aperçois qu'elle a ce genre d'idée, t'en fais pas, je te préviendrai… Tu vas me ficher la trouille maintenant !

— J'espère que je me trompe… peut-être que je m'exagère un peu la situation… Surveille-la un peu quand même… Je la connais depuis plus longtemps que toi et je peux te dire que je ne l'avais jamais vue comme ça. Bon ! tu veux un coup de main pour nettoyer ton bois, après, je suis invité à dîner avec vous.

— C'est pas de refus, t'auras qu'à tirer les branches que je coupe jusqu'au tas, ce sera vite fini, d'ailleurs ce sera bientôt midi. Elle a bien fait de t'inviter !

— Je repartirai tout de suite après manger, j'irai voir les parents… leur parler un peu de vos projets, essayer d'arrondir les angles. »

« J'en étais sûre… ! Il a fallu qu'elle se mette à la colle avec ce Dupré qui pourrait être son père. Faut-il qu'elle ait rien dans la tête celle-là, pour nous faire pareille honte ! Mais j'irai la trouver, moi… Je lui dirai ma façon de penser… Je peux encore lui mettre quelques gifles, que ça lui remettrait peut-être les idées en place… »

Mère Marie ne décolère pas depuis que Julien est arrivé en milieu d'après-midi avec des nouvelles d'Eulalie. Elle en a renoncé à aller garder ses chèvres. Le père Joseph s'est contenté de s'asseoir et de hocher la tête d'un air réprobateur. Ils sont là, tous les trois dans la cuisine où il fait plus frais que dehors. Quand il est arrivé, tout transpirant et l'air soucieux, elle a eu peur, elle croyait qu'il était poursuivi. Elle a bien inspecté la route pour être sûre qu'il n'y avait pas de képis à l'horizon. Puis rassurée, elle l'a fait asseoir au frais à l'intérieur et lui a versé un grand verre d'eau fraîche de la source qui coule devant la maison, teintée d'un peu de vin. Une fois rafraîchi et désaltéré, Julien a raconté, en édulcorant un peu, ce qui se passait à Chasselas. Marie avait bondi quand il avait parlé des projets de mariage. Pour elle, c'était prématuré. Le mortuaire de Victor n'étant pas encore arrivé, elle trouvait scandaleux que sa fille veuille déjà se remarier, avec un « vieux » de quarante-six ans en plus ! On verrait ça plus tard, elle avait le temps de changer d'avis disait-elle. Il a bien fallu alors, que Julien lui mette les points sur les i, et lui dire qu'ils vivaient déjà comme mari et femme et que le mariage, c'était surtout pour régulariser et étouffer un peu le scandale. De là, la colère de Marie et l'embarras de Joseph d'être mis devant le fait accompli.

« Mère, ne soyez pas si sévère envers elle, elle m'a fait plus de peine qu'autre chose, elle ne va pas bien, ses nerfs ont été mis à rude épreuve depuis la mort de Victor. Elle n'arrive pas à s'en remettre. J'ai l'impression que la présence d'Albert la rassure un peu, lui fait du bien…

— Tu veux dire qu'elle est devenue folle… complètement… Ça ne m'étonnerait pas ! pour faire ce qu'elle fait, je veux bien croire qu'elle n'a plus toute sa tête… Y a qu'à l'envoyer à Privas, à l'asile, peut-être qu'ils la remettront d'aplomb là-bas…

— Marie, c'est de notre fille que tu parles, intervient le père Joseph. Il a l'œil brillant de celui qui retient une larme. Si elle est malade, il faut la faire soigner, mais c'est pas la peine de te mettre dans des états pareils, elle n'a commis aucun crime et je ne crois pas que le père Dupré l'ait forcée. Sois un peu charitable…

— Ça te plaît à toi que notre fille nous ridiculise aux yeux du monde ? Ils doivent bien rire à Oubreyts… quant au père Dupré, c'est un vieux saligaud de profiter d'une gamine de vingt ans et quand je le verrai, je lui dirai son fait à celui-là… »

Ce qui était le plus impressionnant dans la diatribe de Marie, c'est qu'elle dévidait sa colère d'une voix sourde, monocorde, sans cris, sans éclats, comme si elle se parlait à elle-même. Julien n'avait jamais vu sa mère dans cet état. Cette violence contenue lui paraissait d'autant plus redoutable.

« Tu ne lui diras rien du tout, dit Joseph. D'abord ta fille, elle a vingt-deux ans, elle est majeure… Il pourra te répondre ça le père Dupré. Ensuite, je le crois honnête homme, qu'il parle de mariage le prouve bien. S'il s'agissait pour lui de seulement profiter d'une jeunesse, il ne parlerait pas de mariage.

— Mais tu ne vois pas qu'il veut la ferme et tout le reste ? ! Il aura tout pour lui, le vieux cochon : la jeunesse et les biens. Ah ! Sûr que c'est facile d'être honnête dans ces conditions et de proposer le mariage après avoir déshonoré. »

Le père Joseph est troublé par les arguments de sa femme, il ne sait plus que penser. Son caractère, plus conciliant, l'incite à arrondir les angles. Le père et le fils se ressemblent et ils ne sont pas trop de deux face à la colère de Marie. Julien intervient à son tour :

« Mère, je crois que le plus important, c'est la santé d'Eulalie. Il faut quelqu'un pour la surveiller, et l'Albert est bien placé pour ça. Il m'a promis de prendre soin d'elle, de faire venir le docteur et de nous prévenir si son état s'aggravait. C'est pas un mauvais homme et vu son âge, il a l'expérience de la vie. Avec lui, Eulalie se sent protégée, c'est un peu comme un autre père pour elle. J'ai peur qu'elle fasse des bêtises, surtout si elle se sent rejetée, mal jugée par la famille…

— Ah ! Et qu'est-ce qu'elle a fait d'autre jusqu'à présent si ce ne sont pas des bêtises ? Et la famille, elle ne va pas lui voter des félicitations quand même ! il manquerait plus que ça ! Tu vas voir ta sœur, Marie comme elle va être contente… En tout cas, ils peuvent se marier puisque je ne peux pas les empêcher, mais je ne risque pas d'aller au mariage. Ce jour-là, j'irai garder mes chèvres… au moins elles, elles ne me font pas tourner les sangs !

— À mon avis, ce mariage, il sera pas en grande pompe, dit Joseph, et tu pourras te dispenser d'y aller sans offusquer personne. Elle remettra sans doute pas sa robe blanche…

— Comment peux-tu faire des plaisanteries avec… »

Elle est interrompue par des coups tapés à la porte. Julien sursaute et se lève en renversant sa chaise. Il devient pâle tout à coup. Il comprend tout de suite que ce n'est pas un voisin ou un habitant du village qui frappe comme ça. Avant même que ses parents ne réagissent, il s'est précipité dans la pièce à côté, la chambre à coucher. Le Chien, qui avait dressé les oreilles une fraction de seconde avant qu'on ne frappe, ne fait qu'un bond pour le suivre. Pendant ce temps, les coups ont redoublé contre la porte.

« Ouvrez… au nom de la loi, gendarmerie nationale… »

Marie reste paralysée, prise de panique. Joseph conserve son sang-froid et essaie de gagner du temps.

« Oui voilà… On arrive… Holà ! laissez-moi enfiler mon pantalon ! »

Il va ouvrir la porte de la chambre, il veut conseiller à Julien de se cacher sous le lit, mais il n'en a pas le loisir, la fenêtre est ouverte, celle qui donne sur la Bezorgues. Il va jeter un coup d'œil rapide. Il aperçoit Julien là-bas, dans la rivière, il a de l'eau jusqu'à mi-cuisse, le chien nage derrière lui. Ils traversent. Joseph referme la fenêtre, prend sa canne qui pend derrière la porte et en traînant la jambe, se dirige vers la porte d'entrée où les coups redoublent.

« Ouvrez immédiatement ou on enfonce la porte... »

Marie est toujours figée, Joseph lui fait un clin d'œil pour la rassurer, il sait qu'elle va vite se ressaisir, c'est une forte femme.

Enfin, Joseph ouvre la porte pour se retrouver face à Lambert. Il est accompagné par un seul autre gendarme.

« Mais enfin qu'est-ce que c'est que ce tapage ?...

— Monsieur Lascombe on sait que votre fils est chez vous, on va fouiller votre maison. »

Le père Joseph le prend de haut, il se redresse de toute sa hauteur, ses yeux brillent de colère, il brandit sa canne au nez du gendarme.

« Gendarme, vous n'entrerez pas chez moi, si ce n'est de force... Je n'ai pas revu mon fils depuis des mois et je ne vais pas me laisser impressionner par un planqué. J'ai fait la guerre en soixante-dix, moi, gendarme. J'ai trois fils qui ont fait celle-là, un y est mort. Vous me devez le respect jeune homme, sinon vous ne pourrez plus revenir par ici sans vous faire jeter des pierres par les gens du village. Et d'abord qu'est-ce qui vous fait croire que mon fils est ici ?

— Monsieur Lascombe, c'est bien par respect pour vos cheveux blancs que je n'ai pas déjà forcé votre porte. Baissez cette canne je vous prie, vous pourriez être arrêté pour outrage et menaces à gendarme. On était en patrouille à Laulagnet, quand on nous a prévenus que quelqu'un était entré chez vous. Laissez-nous entrer ou nous serons obligés d'employer la force. »

À regret, le père Joseph baisse sa canne et s'efface pour laisser entrer les deux gendarmes. Lambert se retrouve face à Marie, qui pour se donner une attitude, s'est mise à essuyer la table avec un chiffon humide.

« Qui a pu vous raconter un tel mensonge ? demande Joseph en entrant derrière eux.

— Pourquoi avez-vous tant tardé à ouvrir la porte, demande Lambert ?

— Dame, je faisais la sieste, je ne suis pas de santé solide, l'asthme… je me reposais. Vous avez fait un tel raffut… Je ne trouvais plus mon pantalon.

— Et madame, elle faisait la sieste elle aussi, elle aurait pu ouvrir, et puis on a entendu parler avant de taper.

— Ma femme, vous l'avez paralysée de frayeur à nous défoncer la porte. On n'a pas l'habitude ici de tant de tapage. Les voix que vous avez entendues, c'est qu'elle me demandait si je voulais une tisane.

— Je dois visiter votre maison, monsieur Lascombe. Avec ou sans votre permission. N'oubliez pas qu'on est en guerre.

— Alors vous vous passerez de ma permission, brigadier et je raconterai partout quelles sont vos méthodes envers d'honnêtes gens, vous n'allez pas être populaire dans le pays ! »

Lambert se dirige vers l'unique porte qui donne sur la chambre par où Julien s'est enfui. Il l'ouvre brusquement et jette un rapide coup d'œil.

« Je ne suis pas payé pour être populaire, monsieur et je fais mon travail. Arrêter les déserteurs, qui sont des traîtres à la patrie, fait partie de mon travail… »

Pendant qu'il parle, son collègue est entré dans la chambre et a commencé à fouiller. Il regarde sous le lit, dans l'armoire, soulève même la paillasse, inspecte le plafond au cas où il y aurait une trappe. La chambre à coucher est austère, il n'y a pas beaucoup de cachettes possibles. La fouille ne prend pas longtemps.

« Il n'y a personne chef, dit le gendarme en ressortant.

— Nous allons fouiller votre grenier, dit Lambert, l'échelle qu'on a vue dehors, est-elle le seul accès ?

— Oui, répond Joseph, on monte au grenier que par cette échelle.

— Si vous prêtez l'oreille à tous les mauvais plaisants qui veulent vous faire courir, vous n'avez pas fini, dit Marie, qui a enfin retrouvé son aplomb. Il doit bien rigoler maintenant, celui-là !…

— Je ne vous accompagne pas gendarme, dit Joseph. Je vous l'ai dit, je ne suis pas en bonne santé et vous monterez bien sans moi, pour ce que vous allez trouver… Vous perdez votre temps. Si vous voulez retourner tout le foin, vous allez en avoir pour un moment… bon courage ! »

Les deux gendarmes sortent et Joseph les accompagne jusqu'à la porte. Il les regarde monter à l'échelle et revient dans sa cuisine.

« J'aimerais bien savoir quel est l'enfant de salaud qui a la langue si longue, dit Joseph à voix basse.

— Ça peut pas être quelqu'un du village, je pourrais jamais croire ça, répond Marie. En tout cas, Julien, il l'a échappé belle…

— Il en verra d'autres, la guerre n'est pas finie. Eux non plus n'ont pas fini de lui courir après, il a besoin de toujours rester sur ses gardes. »

Ils entendent les gendarmes marcher dans le grenier. Ils doivent sonder le foin, pense Joseph. Ils se fatigueront vite.

Mais le père Joseph ne peut pas s'empêcher de penser qu'à ce petit jeu, son fils sera perdant, tôt ou tard. Il espère seulement que le jour où ils le prendront, la guerre sera finie, sinon il n'a aucune chance de sauver sa peau… Puis, il s'efforce de penser à autre chose. Il y a des moments dans la vie où il vaut mieux ne pas envisager l'avenir.

Un moment plus tard, les deux gendarmes refont leur apparition, tout transpirants et l'uniforme un peu poussiéreux. Ils ne sont pas d'excellente humeur. Ils demandent à visiter l'écurie, persuadés à l'avance qu'ils n'y trouveront rien. Ils savent bien que si par hasard le déserteur s'était caché là à leur arrivée, il avait eu cent fois le temps de filer pendant qu'ils étaient dans le grenier. La porte de l'écurie est derrière la maison, sous la fenêtre de la chambre. Avant d'entrer, Lambert remarque des traces sous la fenêtre et puis plus loin, dans le pré, en direction de la rivière.

« Notre homme a sauté par la fenêtre, dit-il à son collègue. C'est même pas la peine d'aller voir dans l'écurie, on n'y trouvera que les chèvres. »

Ils se dirigent alors vers la rivière, en suivant les traces bien visibles dans l'herbe. Arrivés au bord de l'eau, ils scrutent l'autre bord, mais ils n'y voient point de traces. L'autre rive monte à pic dans les châtaigniers. Plus haut, on distingue le sentier qui mène à Guillou.

« C'est pas la peine de se fatiguer, dit Lambert. Il est peut-être allé se cacher à Guillou, mais il doit être sur ses gardes ; il sait qu'on est à ses trousses. On ne le coincera pas aujourd'hui. Il nous a échappé encore une fois. Mais on l'aura tôt ou tard, il n'aura pas toujours de la chance.

— En tout cas, il nous aura fait transpirer, fait remarquer l'acolyte. Ça se payera un jour ou l'autre ! »

Le père Joseph les accueille en essayant de ne pas sourire. Magnanime, il leur propose de se rafraîchir à l'eau de la source. Le tuyau coule à plein, l'eau est fraîche comme la glace, elle descend de Sainte-Marguerite. Tentés par un refus empreint de dignité, ils acceptent finalement de se désaltérer à tour de rôle, ils finissent même par se passer la tête sous l'eau après avoir ôté le képi.

« Merci pour le rafraîchissement, monsieur Lascombe. Mais nous ne sommes pas dupes. Nous avons bien vu les traces dans votre pré derrière la maison. Votre fils était bien chez vous et il a eu encore de la chance. Elle ne durera pas toujours, soyez-en sûr.

— Je ne sais pas de quoi vous me parlez, gendarme. Les traces dans mon pré, il y en a toujours, ma femme va rincer son linge à la rivière. Et je n'ai pas vu mon fils depuis des mois, je vous le répète. Mais si vous avez encore soif, ne vous gênez pas.

— Non, merci. Je pense que nous nous reverrons, monsieur et que nous aurons l'occasion de boire encore de votre eau.

— Vous ne la boirez pas toute, elle coulera encore longtemps après nous. Pour ce qui est de nous revoir, je n'en doute pas, et je ne peux pas dire que tout le plaisir sera pour moi. »

Après un salut très militaire, les deux gendarmes prennent congé et repartent sur la route de Vals où ils avaient laissé leurs chevaux.

Julien, lui, s'était réfugié dans les châtaigniers, au-dessus du chemin de Guillou. Cette fois, il a fait attention de ne pas se laisser coincer dans un cul-de-sac. Il avait pensé que si les gendarmes traversaient la rivière, ce serait sûrement pour emprunter ce chemin, et qu'ils finiraient encore par se casser le nez à Guillou. À l'abri derrière le plus gros châtaignier du coin, il pouvait surveiller l'arrière de la maison et la route de Vals. S'ils faisaient mine de venir vers lui, il n'aurait qu'à grimper plus haut dans la pente, à couvert, jusqu'au volcan d'Aizac, ils ne le suivraient jamais jusque-là. Il se demandait s'ils étaient venus par pur hasard ou s'ils avaient surveillé la maison. Ça n'était sûrement pas le cas car ils seraient intervenus tout de suite, alors qu'il s'était bien écoulé une heure entre son arrivée et le moment où ils avaient frappé. Et puis, s'ils l'avaient vraiment vu entrer chez ses parents, ils n'auraient certainement pas frappé et seraient entrés d'autorité. Il ne savait pas encore combien ils étaient. Deux sûrement car il pouvait voir les deux chevaux restés à l'écart de la maison sur la route de Vals. À moins qu'il y en ait d'autres cachés un peu plus bas, vers Le Montas, mais il ne le pensait pas. Ces deux-là devaient patrouiller dans les parages, et c'est en passant devant la maison Lascombe qu'ils avaient dû décider de faire une visite à l'improviste. Ce qui l'étonnait le plus, c'est que Le Chien n'avait pas grogné. Ils devaient être sous le vent et ils n'ont fait aucun bruit. Julien sourit à l'idée que c'est la deuxième fois qu'il a les gendarmes aux trousses et que la première fois, il a sauté de son toit et aujourd'hui par la fenêtre, à peu près de la même hauteur.

« Il faudra que je me méfie à l'avenir, à force de faire l'acrobate, je finirai par me casser le cou et ils n'auront même pas la peine de me fusiller. »

Un moment plus tard, il vit les deux pandores déboucher derrière la maison se dirigeant vers l'écurie, puis vers la rivière après avoir remarqué les traces de son saut sous la fenêtre et dans le pré. Il s'apprêtait à un repli stratégique s'ils avaient fait mine de traverser mais il les vit faire demi-tour et disparaître devant la maison. Il n'avait aucune crainte à propos de son père, il le savait capable de garder son sang-froid dans ces circonstances et d'imposer même un certain respect. Il ne se laisserait pas intimider. Sa mère, si elle se troublait plus facilement quand on la prenait au dépourvu, il ne lui fallait guère de temps pour reprendre tout son aplomb.

Il se passe encore quelques minutes avant qu'il ne voie les gendarmes rejoindre leurs chevaux. Une fois en selle, ils reprennent la direction de Vals ; l'alerte est passée. Par mesure de précaution, il décide de rester encore à l'abri pendant une bonne heure, des fois que ces messieurs auraient la mauvaise idée de revenir… Puis rassuré, il refait le trajet de tout à l'heure en sens inverse, mais sans se presser cette fois.

Il trouve son père assis devant sa porte, sa mère s'apprête à aller garder ses chèvres malgré l'heure avancée de l'après-midi. Elle est de mauvaise humeur. Julien la croise au moment où elle se dirige vers l'écurie. Il lui fait son plus beau sourire qui se voudrait rassurant, mais elle bougonne. En fait, elle a eu peur et elle s'en veut de son manque de contrôle. En passant à côté d'elle, il l'entend grommeler :

« Aujourd'hui, j'ai rien fait, qu'à perdre mon temps. Y a des jours, on ferait mieux de pas se lever, ce serait du pareil au même.

— Oh mère ! plaisante Julien, le jour où vous ne vous lèverez pas, le monde s'arrêtera de tourner tellement il sera surpris. Ils ont été polis avec vous les gendarmes au moins ?

— Les gendarmes, qu'ils aillent au diable... Mais tu devrais moins faire le fier, un jour ou l'autre, ils finiront par t'avoir. Tu ne pourras pas te moquer d'eux indéfiniment !

— Il coulera encore beaucoup d'eau dans la Bezorgues avant qu'ils m'attrapent, mère. Il leur faudra transpirer encore un peu.

— Tu ne devrais pas t'attarder ici, ils pourraient revenir... On pourrait te voir. S'ils sont venus, c'est que quelqu'un t'a vu tantôt et il t'a dénoncé. Je voudrais bien savoir qui !

— Personne ne m'a dénoncé. Je crois qu'ils étaient là par hasard. Ils vous ont raconté n'importe quoi pour semer la méfiance.

— J'aimerais en être aussi sûr que toi, fils, dit le père qui avait suivi la conversation. J'avoue que je ne sais que penser. Tu viens nous voir rarement, ça a dû se produire deux fois depuis ta désertion et cette fois, ils étaient là. C'est peut-être bien un hasard, qui sait ? Mais c'est quand même bizarre. En tout cas, tu cours vite, tu es plus leste que moi...

— J'ai appris à courir vite, père, y a eu des fois où j'ai dû battre des records de vitesse en course à pied, dans des conditions autrement périlleuses.

— Tu n'arriveras jamais à courir plus vite qu'une balle de fusil, fils...

— … Ou qu'un éclat d'obus. J'ai pas toujours évité… d'où ma blessure. Après, j'avais trouvé une tactique…

— Laquelle ?

— Quand le lieutenant donnait l'ordre de l'attaque, j'étais toujours le premier à bondir hors de la tranchée. C'était pas de l'héroïsme… dans cette guerre, il n'y a pas de héros. C'était surtout que ceux d'en face étaient surpris et n'avaient pas le temps d'ajuster leur tir. Alors, il fallait courir le plus vite possible jusqu'au prochain trou d'obus pour se mettre à l'abri. Entretemps, la mitraille s'était mise en batterie. Derrière, les copains tombaient comme des mouches. Y avait plus qu'à attendre que ça passe. »

Le père Joseph hoche la tête, tristement.

« Si encore tout ça pouvait servir à quelque chose… si c'était vraiment la der des ders, comme ils disent, mais ça aussi on nous le fait croire… à chaque fois. Nous, les petits, on avale des couleuvres depuis que le monde est monde. On se bat pour que les générations futures n'aient plus à le faire qu'ils disent… si seulement c'était vrai ! Mais depuis toujours, la génération future… on n'a rien de plus pressé que de la renvoyer sur les champs de bataille se faire trouer la peau. Tu as eu foutrement raison, fils, de ne plus marcher dans la combine. »

Marie sort ses chèvres maintenant, elle les laisse brouter dans le pré, derrière la maison. Elle les surveille du coin de l'œil, tout en se mettant à son éternel ouvrage : raccommodage et ravaudage, ces deux mamelles de la gardienne de chèvres.

VI

Eugénie

LE DIMANCHE SUIVANT, jour tant attendu, Julien est sur le chemin de Chanteloube. Il est plus de neuf heures, l'air de juillet est encore léger à cette heure-là. Il s'est mis en frais de toilette et a revêtu ses habits du dimanche : une chemise blanche, un pantalon de toile beige, des brodequins de cuir hérités de l'armée. Il a peigné ses cheveux en les mouillant pour mater les épis rebelles. Il brille comme un sou neuf, comme quand il allait voir les filles avant la guerre… la préhistoire… ! Le Chien trottine devant lui, il se retourne de temps en temps pour voir si son maître suit, puis repart rassuré.

Quand il arrive en vue du hameau, il n'a rencontré personne. Il quitte le chemin pour monter légèrement sur la droite. Plus haut dans la pente il y a un chêne vert, perdu au milieu des châtaigniers ; dessous, c'est un tapis de mousse. C'est autrement confortable que sous les châtaigniers où il y a plein de bogues cachées sous les feuilles, qui vous piquent les fesses dès qu'on essaye de s'asseoir. De là, il peut guetter Eugénie, si toutefois elle met le nez dehors, mais le contraire serait étonnant, il fait si beau !

Il ne sait pas encore comment il va l'aborder. Il va faire en sorte de se trouver sur son chemin et observer sa réaction. Peut-être va-t-elle s'enfuir rien qu'en le voyant. Il ne le croit pas ; ce n'est pas le genre des filles d'ici, elles ne sont pas peureuses en général. Il s'est à demi allongé sur la mousse, appuyé sur un coude. Il a retroussé les manches de sa chemise pour éviter de les salir. Un brin d'herbe entre les dents, il se laisse caresser par les rayons du soleil qui percent entre les feuilles. Il est prêt à attendre des heures. Il a pensé toute la semaine à Eugénie. Il a fait au moins une fois par jour le trajet entre sa grange et Chanteloube. Un soir, vers six heures, il l'a aperçue qui rentrait chez elle. Elle revenait certainement de l'usine par le chemin de Laulagnet. C'était à ce même endroit, d'où il a une vue plongeante sur le hameau de Chanteloube : cinq à six maisons accolées les unes aux autres.

L'une d'elles est à son frère Roger, fermée depuis quelque temps. Sa belle-sœur Noémie supportait mal de vivre seule, elle est retournée dans sa famille avec son fils, Albert, dit « Bellou ». Il a trois ans et n'a pas connu son père. Noémie reprendra sa place à Chanteloube quand son mari rentrera de captivité, s'il revient un jour, après la guerre. En attendant, la propriété est à l'abandon, mais Roger vivait surtout du commerce de bois et n'avait pas de champ à cultiver. Des quatre fils Lascombe, il était le moins sociable et se liait peu avec ses frères. Il s'était forgé une réputation d'homme dur en affaires. De plus, il faisait preuve d'un égoïsme forcené et d'une ladrerie inhabituelle dans la famille Lascombe. Bref, il était un peu le mouton noir. Son commerce de bois, son âpreté au gain et son avarice avaient fini par porter leurs fruits : à la déclaration de guerre, il était le plus riche des quatre. Il avait épousé Noémie six mois avant la guerre. C'est sa sœur, Marie, qui les avait présentés. Marie avait souvent raconté l'histoire à Julien, ils en riaient beaucoup tous les deux. C'était presque une fable avec sa morale à la fin.

Noémie était une voisine, amie de Marie, à l'époque où elle habitait Tesseaux avec Maurice. Elles avaient le même âge : vingt-quatre ans. Marie était mariée depuis deux ans, la petite Jeanne avait un an. Noémie, célibataire, était hantée par la peur de le rester. Elle ne voulait pas finir vieille fille. Encore un an, et elle coifferait Sainte-Catherine. Si ça n'était pas déshonorant, c'était quand même assez humiliant pour une jeune femme à cette époque. Pour Noémie, c'était un euphémisme de dire qu'elle avait un physique ingrat et ses craintes étaient peut-être justifiées. Son pouvoir de séduction était bien mince et les garçons ne se bousculaient pas autour d'elle. Un jour qu'elle s'en plaignait amèrement auprès de Marie, celle-ci pensa qu'elle avait deux frères encore célibataires et, pleine de compassion, proposa à Noémie de les lui présenter.

« Il y a Julien, le plus jeune et Roger qui a deux ans de plus, dit-elle à son amie soudain intéressée. Julien est le plus beau, le plus "brave", il n'a qu'un seul défaut : il n'est pas riche… En fait il n'a rien, à part une grange au bord de la rivière, mais c'est la crème des hommes. Roger n'est pas très beau, il a mauvais caractère, il est un peu avare, et du coup, il est plein de sous. C'est le plus riche de mes frères. Je préfère te prévenir honnêtement, une femme risque de ne pas avoir la vie facile avec celui-là, mais peut-être que si tu sais le prendre… Tu n'as qu'à y réfléchir ! »

Noémie n'avait pas réfléchi très longtemps. Elle était revenue voir Marie le lendemain :

« Je crois que je préfère ton Roger, avait-elle répondu. La beauté, un bon caractère, c'est bien agréable, mais ça ne fait pas bouillir la marmite. Un peu d'aisance fait passer pas mal de mauvaise humeur.

— Pour l'aisance, méfie-toi quand même, il est peut-être riche, ça ne veut pas dire généreux. Je te l'ai dit, il est un peu rapiat. C'est vrai qu'une femme, si elle sait s'y prendre, finit toujours par avoir ce qu'elle veut, mais avec lui, ce ne sera pas facile. Enfin, si tu es décidée, je l'inviterai à dîner un dimanche et toi aussi, vous ferez connaissance, tu verras bien s'il te plaît. »

Le dimanche suivant, Noémie et Roger faisaient connaissance, huit mois après, ils se mariaient. Elle était contente de ne pas avoir coiffé Sainte-Catherine !

Depuis, la vie de Noémie n'était pas un lit de roses. Elle vivait cloîtrée à Chanteloube, débordée de travail. Roger lui donnait juste de quoi manger et s'habiller (mal) alors que lui passait son temps dans les bistrots de Vals à Laulagnet à traiter ses affaires de coupes de bois. Marie la plaignait bien un peu, mais finissait par dire :

« Elle a eu ce qu'elle a voulu, quand on épouse par intérêt, il faut parfois en payer le prix. Je l'avais mise en garde, elle a choisi en connaissance de cause. »

Noémie était bien consciente qu'elle s'était piégée toute seule. Aussi, ne s'est-elle jamais plainte à qui que ce soit de sa situation. Elle endurait tout avec résignation, se persuadant elle-même que son état était préférable à celui de vieille fille. Quand son mari fut mobilisé, elle était enceinte de six mois. Au début, elle avait reçu quelques lettres puis plus rien. Entretemps, Bellou était né. Elle avait écrit pour annoncer la nouvelle, mais elle ne reçut pas de réponse. Quelque temps plus tard, les gendarmes étaient venus. En les voyant arriver, elle avait failli se trouver mal. On commençait à savoir qu'ils n'étaient jamais porteurs de bonnes nouvelles. Mais cette fois, ce n'était pas le pire : Roger avait été fait prisonnier en Champagne. Il était sur les listes de la Croix-Rouge, localisé quelque part en Allemagne où il devait travailler dans une ferme. C'était un soulagement… Il reviendrait sûrement à la fin de la guerre.

Elle s'éternisait cette guerre, et Noémie se débrouillait mal toute seule. Elle avait fini par retourner vivre chez ses parents laissant la maison de Chanteloube fermée jusqu'au retour du héros.

Ça faisait bien une heure que Julien rêvassait sous son chêne, jetant de temps à autre un regard plein d'espoir sur les maisons, s'attendant d'une minute à l'autre à voir sortir celle qui lui occupait tant l'esprit. Toutes les cinq minutes, il se disait :

« J'attends encore cinq minutes et je m'en vais. »

Il se l'était déjà dit plus de dix fois. Le Chien rôdait alentour flairant d'hypothétiques pistes de gibier, puis revenait se coucher aux côtés de son maître, se demandant ce qu'il pouvait bien attendre là.

La patience est souvent récompensée. Une longue robe beige, serrée à la taille, un panier en osier se balançant au bout d'un bras nu légèrement hâlé, apparaissent au détour de la première maison. C'est elle !

Il dévale à toute vitesse jusqu'au sentier, elle ne peut pas le voir. Arrivé sur le chemin, il prend un air dégagé, les mains dans les poches, une pâquerette entre les dents, il va à sa rencontre. Elle devrait se produire juste après le tournant, là-bas, encore cinquante mètres. Le cœur bat un peu plus vite. Et si elle se sauvait en courant, prévenir les gendarmes qu'elle avait rencontré le déserteur ?

Il n'y croyait pas, mais on ne sait jamais avec les femmes. Elles sont si imprévisibles.

Plus le tournant approche, plus il a envie de s'enfuir à travers bois. Il perd toute assurance. Sa démarche, qu'il voulait décontractée et naturelle, devient cahotante.

« Je vais m'étaler devant elle », se dit-il.

Il essaye de se contrôler, c'est encore pire. Il a l'impression d'être incapable de mettre un pied devant l'autre correctement. Il pense à la chanson qu'il fredonne dans sa tête : « Aux marches du palais... Aux marches du palais... » Ça l'aide un peu ! Plus que quelques mètres, il aborde le tournant... Elle est là à dix mètres. Elle vient de l'apercevoir. Un millième de seconde d'hésitation et elle continue d'avancer vers lui. Elle ne baisse pas les yeux et le regarde venir à elle. Un sourire s'esquisse sur ses lèvres à son approche, elle ralentit l'allure. Julien s'arrête à sa hauteur.

« Bonjour ! »

Elle n'a pas l'air effrayée du tout, c'est déjà ça. Son sourire illumine un visage éclatant de jeunesse. Les yeux sont d'un bleu lavande, elle les plisse légèrement, éblouie par le soleil.

« Bonjour... C'est vous le déserteur ?

— Oui, mais il faut le dire à personne !... Surtout n'ayez pas peur, je ne suis pas méchant du tout !

— Je n'ai pas peur... Je le sais bien, que vous n'êtes pas méchant, Julien Lascombe. Tout le monde vous connaît ici. Moi-même, je me souviens de vous quand vous alliez à l'école, mais vous, vous étiez chez les grands !

— Hou là ! ça fait longtemps ça ! »

Julien est sous le charme. Elle a une voix douce et chaleureuse. Elle incline un peu la tête en parlant et n'a pas l'air intimidée du tout, ni sur ses gardes. Julien reprend un peu d'assurance.

« On était à l'école ensemble ? On pourrait se tutoyer alors !

— Peut-être… si tu veux… après tout, nos familles se connaissent depuis toujours. C'est vrai, ça fait un peu guindé de se dire vous ! »

Eugénie, sans en avoir l'air examinait Julien avec curiosité. Elle le trouvait beau, il avait de l'allure avec sa chemise blanche aux manches retroussées sur ses bras bronzés, ses yeux gris-bleu au regard un peu triste où l'on pouvait percevoir tout de même un reste de malice.

Pour un homme vivant traqué dans les bois, il était soigné, rasé de près, pas du tout le sauvage qu'on pouvait imaginer. Elle l'avait trouvé sympathique dès qu'elle l'avait vu. Mais elle se demandait ce qu'il faisait là. Quand on est déserteur, on est censé se cacher non ? Elle lui pose la question :

« Un déserteur, ça se cache d'habitude, toi, tu te promènes tranquillement sur les chemins… Tu n'as pas peur qu'on te dénonce ?

— Tu vas me dénoncer ? demande-t-il en souriant.

— Non bien sûr !.. mais tu aurais pu rencontrer quelqu'un d'autre que moi, quelqu'un de malveillant qui n'aime pas les déserteurs, y en a. Ou même, tu aurais pu tomber sur des gendarmes. Et puis, tu vas peut-être me trouver trop curieuse, mais tu allais où comme ça ? À Chanteloube ?

— Tu es trop curieuse !... Disons que j'allais à la rencontre d'une jeune fille !

— Ah oui ! Et laquelle ?... »

Elle rougit, comprenant tout à coup qu'il avait voulu faire le galant et elle se dit que décidément sa curiosité lui jouait des tours. Lui ne répond pas et se contente de sourire en lui retournant la question :

« Et toi, tu vas où, avec ce panier ? C'est donc toi qui passes avant moi pour cueillir des fraises des bois ? J'avais repéré un coin que je laissais soigneusement mûrir, et quand j'ai pensé qu'elles devaient être à point, on m'avait devancé !... »

Elle a un petit rire qui vaut un aveu.

« Oui, j'aime bien les fraises des bois, mais il n'y en a plus, du moins dans les coins que je connais. En revanche, je sais un endroit où il y a des myrtilles, c'est là que j'allais. Je peux te le montrer pour me faire pardonner de t'avoir volé tes fraises... À moins que tu sois trop occupé...

— Ce n'étaient pas mes fraises, les fraises des bois sont aux premiers qui les ramassent, les myrtilles aussi, ma mère fait de très bonnes tartes avec. Je t'accompagne avec plaisir puisque tu me le proposes… j'ai tout mon temps. Tu as un peigne pour les ramasser ?

— Non… C'est plus long à la main mais tant pis, moi aussi j'ai tout mon temps aujourd'hui. On était à l'école ensemble, mais tu ne dois pas te souvenir de mon nom… Je m'appelle…

— Eugénie… Eugénie Borel… »

Il rougit un peu à son tour, il voulait faire semblant de ne pas la connaître, c'était raté ! Il allait devoir s'expliquer.

« Tu te souviens de mon nom depuis l'école… C'est pas possible…

— Non, non, c'est mon frère Roger, il nous a quelquefois parlé de ses voisins, les Borel, et de leur fille… Eugénie, ça ne pouvait être que toi… Alors… Je ne me suis pas trompé, c'est bien toi Eugénie ?

— Oui, c'est bien moi, mais ça m'étonne de ton frère… qu'il t'ait parlé de moi. On ne le voyait pas beaucoup, il ne s'occupait pas trop de nous : bonjour bonsoir, ça s'arrêtait là. Ta belle-sœur, Noémie, était plus causante et bonne voisine, toujours prête à rendre service ; on la regrette. Lui, je ne veux pas en dire du mal, c'est ton frère, et maintenant qu'il est prisonnier, il est à plaindre, mais il ne lui faisait pas la belle vie à sa femme.

— C'est vrai que Roger n'est pas toujours bien aimable. Dans la famille, il est un peu à part.

Noémie le savait quand elle l'a marié, je ne la plains qu'à moitié. »

Julien riait intérieurement en pensant à l'histoire.

« Un jour peut-être, je te raconterai comment ça s'est fait. »

Tout en bavardant, ils s'engagent sur le chemin qui mène à Moureyre. Eugénie en tête puisque c'est elle qui connaît l'endroit à myrtilles. Derrière elle, Julien peut admirer à loisir la démarche souple et assurée de la jeune fille, sa taille fine et son port de tête. Il se sent gai comme un pinson ; il a tant attendu ce moment. C'est dimanche, il fait beau, la forêt est toute frémissante de vie plus ou moins cachée. Depuis qu'il est sorti de l'enfer, Julien ressent le monde qui l'entoure de manière bien différente. Avant, tous ces détails seraient passés inaperçus ; la vie allait de soi. Depuis, il avait appris que ce n'était pas le cas et qu'on pouvait vivre en permanence avec l'idée de la mort, celle des copains, la sienne, qu'elle pouvait vous surprendre à n'importe quel moment. Pour l'instant, ce n'est pas à la mort qu'il pense, mais à des choses beaucoup plus agréables. Il se demande s'il va oser l'embrasser ou peut-être lui prendre la main pour commencer ? Peut-être pas le premier jour... Il faudra sûrement un peu plus de temps pour l'apprivoiser. Enfin, il verra bien. Elle avait pris le chemin qui va directement à Ainac. En passant à Moureyre, ils peuvent apercevoir sa grange, en contrebas, à travers les arbres. Il se demande si elle sait que c'est là qu'il se cache. Il le lui dira un peu plus tard, quand ils se connaîtront un peu mieux. En arrivant à Ainac, elle contourne le village au lieu de le traverser.

« Je suppose que tu ne tiens pas à rencontrer du monde ? dit-elle.

— Je préfère éviter… bien qu'ici je connaisse tout le monde. Je n'ai rien à craindre, mais on pourrait rencontrer des gens, qui ne sont pas du village… En uniforme de gendarme par exemple… Mais où tu nous emmènes comme ça ?

— Aux Champeaux, c'est là qu'il y a plein de myrtilles, dans le bois juste avant le village.

— Eh bien ! ça fait un peu loin de Chanteloube ça, pour quelques myrtilles…

— Moi, le dimanche, j'aime bien me promener et Les Champeaux, c'est pas si loin que ça, il me faut une heure pour y arriver, une heure et demie en traînant un peu.

— Mon frère Joseph a un bois de châtaigniers aux Champeaux. C'est peut-être là que tu trouves tes myrtilles.

— Je ne sais pas, c'est bien possible, c'est juste avant d'arriver au village, il faut monter un peu la pente à droite du chemin.

— Je crois bien que c'est ça, mais tu ne risques pas de le rencontrer. L'été il n'y va jamais. Il va juste y ramasser ses châtaignes à l'automne, des champignons aussi, il y en a beaucoup par là. L'hiver, il va nettoyer un peu, ramasser le bois mort. Il ne doit même pas savoir qu'il y a des myrtilles.

— Tu ne me dénonceras pas hein ! ? dit-elle en riant.

— Joseph ! Il est terrible, s'il savait que tu lui voles ses myrtilles, sûr qu'il t'enverrait les gendarmes… Tu serais obligée de te cacher avec moi !… »

Ils étaient partis pour la plaisanterie, elle avait pris un air espiègle qui le ravissait. Elle avait un caractère gai et cela lui plaisait.

« Mais tu ne laisserais pas ton frère m'envoyer les gendarmes, tu lui dirais que c'est toi qui m'as donné la permission…

— Peut-être pas… Ça me plairait bien, que tu sois obligée de te cacher avec moi… ça me ferait de la compagnie. »

Elle rougit légèrement, mais sans cesser de sourire.

« Ça ferait jaser, tu ne crois pas ? Déjà si on nous voit ensemble…

— … Ta réputation est perdue. Aussi, te promener seule dans les bois, avec un homme, un déserteur en plus… Tu trouves ça prudent toi ? »

Ils approchaient maintenant des Champeaux, ils pouvaient apercevoir les premières maisons du hameau. Eugénie quitte le chemin pour monter sur sa droite, à travers bois. Il n'y a plus de chemin, mais les sous-bois sont bien dégagés, ça monte, mais la progression est facile, ils marchent sur de la mousse en prenant rapidement de la hauteur, déjà l'air semble plus léger. Ils arrivent dans une petite clairière remplie de myrtilles, Les Champeaux sont légèrement en contrebas.

Tout de suite, Eugénie s'est mise au travail, elle a sorti de son sac un pot à lait en fer blanc et commence sa cueillette. Julien, comme il n'a pas de récipient, se tient près d'elle et l'aide à remplir le pot, posé entre eux. De temps en temps, leurs mains se frôlent au moment de déposer les baies, il faut dire que Julien le fait un peu exprès. Ils mangent les myrtilles presque autant qu'ils en ramassent, ça leur fait la langue noire et ils se l'exhibent mutuellement en s'amusant comme des enfants. Il y a longtemps que Julien ne s'est pas senti aussi bien. Oublié la guerre, les tranchées et la boue, il n'y a plus que cette matinée d'été et cette clairière à myrtilles et le rire d'Eugénie comme une cascade d'eau claire.

Quand arrive midi, ils ont rempli le pot à lait et se sont gavés de myrtilles. Eugénie a plié son châle pour s'asseoir dessus et protéger sa robe. Julien s'est assis à côté d'elle, sans égard pour son pantalon clair. Tant pis, il aura les fesses vertes. Eugénie sort de son sac une miche de pain, du saucisson et de la tomme de chèvre.

« On va partager ce que j'ai amené, dit-elle, je n'avais pas prévu que j'aurais un invité, ça ne sera pas un festin…

— Avec toutes les myrtilles que j'ai mangées, je n'ai plus très faim, et je ne voudrais pas te priver…

— Je n'ai plus très faim moi non plus, ça ne me privera pas beaucoup !

— Tu vas souvent dans les bois en portant ton dîner… Ta mère te laisse faire ?

— Non, ça ne lui plaît pas, mais maintenant elle a l'habitude. C'est mon plaisir à moi les dimanches d'été, quand il fait beau temps comme aujourd'hui, d'aller manger dans les bois. J'aime mieux ça que d'aller au bal… Ma mère préfère malgré tout que je prenne mon plaisir là.

— Et tu n'as pas peur de faire de mauvaises rencontres ?

— À part aujourd'hui, je n'en ai jamais fait, dit-elle en riant, on en fait beaucoup plus dans les bals justement ! »

Elle avait partagé le pain. Ils mangeaient, chacun leur rondelle de saucisson qu'elle avait découpé avec un couteau de cuisine. Un long moment de silence, seulement troublé par le chant des grillons et de quelques oiseaux, dans les fourrés.

Elle a amené une bouteille d'eau, elle boit au goulot, comme un homme, puis la tend à Julien. Il la porte à sa bouche, ému à l'idée de poser ses lèvres là où elle avait posé les siennes. Il boit sans la quitter du regard. Troublée à son tour, elle baisse la tête et fait mine de s'intéresser à sa tomme qu'elle partage en deux pour lui en offrir la moitié.

« C'est ma mère qui les fait, dit-elle pour rompre le silence qui devenait pesant.

— C'est comme ça que je les aime, sèches et dures comme des cailloux, un peu fortes mais pas trop, elle les réussit bien.

— Elle en est fière, et elles ont du succès au marché de Vals. Elle fait aussi des fraîches, avec un peu de sel, c'est un régal ! »

Julien se rendait compte qu'elle alignait des banalités pour éviter que la gêne s'installe avec le silence. Il sentait confusément qu'il devrait prendre une initiative pour lui faire comprendre qu'il avait envie d'elle, mais pas seulement pour faire l'amour. Il avait peur qu'elle se méprenne, qu'elle croie que pour lui, elle soit juste un amusement. Il avait tant de choses à lui expliquer, il y avait tant de malentendus à éviter.

D'un autre côté, il avait quoi à lui proposer comme avenir ? Avait-il seulement un avenir ? Qu'est-ce qu'il était pour elle ?... Un garçon du pays, vaguement entrevu au temps de l'école ? Un déserteur recherché par les gendarmes, qu'ils attraperaient tôt ou tard et qui finirait peut-être ses jours devant un peloton d'exécution, ou en prison s'il avait de la chance ? Qui est-ce qui voudrait lier son sort à un tel individu ? Oui, mais à raisonner comme ça, autant se livrer tout de suite et au moins, il saurait à quoi s'en tenir. Mais dans ce cas-là, c'est le peloton assuré. Non… Non… Il n'a pas d'autre choix que d'attendre la fin de la guerre et tenter sa chance tout de suite avec Eugénie. Il faut qu'il se décide !

Il s'approche d'elle, au plus près. Elle a l'air un peu surprise, mais elle sourit toujours.

« Eugénie… Je ne voudrais pas… Enfin, ne crois pas que j'ai de mauvaises intentions… Je voudrais juste te dire… C'est difficile, mais voilà… Je crois que j'ai de l'affection pour toi…

— Mais moi aussi, Julien, répond-elle en rosissant. On ne se connaît pas beaucoup, en tout cas pas depuis longtemps, mais je me sens bien avec toi. On s'est rencontrés voilà à peine deux ou trois heures, mais il me semble qu'on se connaît depuis toujours… »

Elle se tait tout à coup, de peur d'en dire plus qu'elle ne le voudrait. Julien par contre pense qu'elle n'a pas bien compris ce qu'il voulait dire, aussi il en rajoute, s'empêtre avec les mots :

« Je veux dire… C'est même un peu plus que de l'affection… Je ne suis pas très fort pour parler aux filles, Eugénie… Je ne sais pas bien faire des phrases… trouver les mots qu'on dit dans ces cas-là… »

Elle a baissé la tête, embarrassée, il n'ose pas la regarder non plus. Elle est là, assise à sa droite, à regarder fixement la pointe de ses chaussures qui dépassent de sa robe. Sans oser la regarder, il tend sa main droite et reste comme ça figé, la main tendue. Eugénie ne bouge pas, ne fait pas un geste, une vraie statue de sel. Il ne peut pas rester comme ça indéfiniment, la main tendue dans le vide. Celles d'Eugénie sont croisées sur ses genoux. Alors, lentement, il se décide enfin et sa main va chercher délicatement la main gauche d'Eugénie qui se laisse faire en contemplant toujours le bout de sa chaussure. Puis, toujours très lentement, il porte cette main à ses lèvres et en embrasse tout doucement la paume… un baiser léger comme une aile de papillon.

Eugénie n'a toujours pas bougé, mais il a senti comme un frémissement tout le long du bras, jusqu'à cette main qu'elle lui retire maintenant, mais sans brusquerie, comme à regret. Elle n'a pas l'air offusquée, elle lui sourit même.

« Tu vas trop vite Julien… On se connaît à peine, dit-elle dans un souffle.

— La vie est courte Eugénie. Surtout par les temps qui courent. Si je suis là, c'est que j'ai essayé de me la rallonger un peu. Mais on prendra tout le temps que tu voudras pour faire connaissance, si toutefois tu as envie qu'on se revoie. Si tu n'en as pas envie, moi je retourne à la guerre ! »

Elle rit de la boutade. Julien sait que c'est bon signe. D'ailleurs elle lui rend sa main spontanément. Il est aux anges.

« Je crois que je préfère qu'on se revoie, dit-elle. Si tu retournais à la guerre et qu'il t'arrive quelque chose, je me le reprocherais toute ma vie !

— Alors, on n'a pas le choix. Quand est-ce qu'on pourrait se voir ? Tu ne dois pas avoir beaucoup de temps libre ?

— Non… j'ai mes dimanches… mais la semaine, je fais mes dix heures de travail à l'usine. Le soir, je termine à six heures. L'été il fait jour tard, mais l'hiver, il fait nuit quand je rentre à Chanteloube. Ma mère travaille dur à la ferme. Mon père aussi quand il vient en permission. Depuis que Pétain a instauré un tour de permission plus régulier, il vient plus souvent qu'avant.

— Qu'est-ce qu'elle va dire ta mère si elle sait que tu fréquentes un déserteur ?

— Je crois qu'elle ne te donne pas tort, et puis la famille Lascombe est bien estimée dans le pays. Je m'entends bien avec ma mère, elle ne s'occupe pas trop de ce que je fais, du moment que je ramène ma paye à la maison, elle dit que maintenant je suis assez grande pour me diriger seule. Alors la semaine, si tu viens rôder vers Chanteloube autour de six heures, peut-être tu me verras rentrer du travail et on pourra papoter un peu. Mais pas tous les jours… Ça finirait par se savoir.

— Et ça te gênerait ?… »

Il réalise, en la posant, que sa question est stupide, mais déjà elle répond.

« Non, mais si tu viens régulièrement, un jour, ça risque d'être les gendarmes qui viendront à ma place.

— Tu as raison, ma question était idiote. Je te ferai donc des surprises de temps en temps.

— Il faut que je rentre maintenant, sinon ma mère va s'inquiéter. »

Ils se lèvent, Eugénie secoue son châle et le remet sur ses épaules. Ils refont le chemin en sens inverse, main dans la main. Il lui rend sa liberté à l'approche d'Ainac au cas où ils rencontreraient des gens du village, mais la reprend une fois le village dépassé. Arrivés à hauteur de sa grange de Moureyre, il lui propose de venir visiter son domaine, elle accepte même de boire un verre d'eau teintée de vin. Elle regarde autour d'elle, curieuse de découvrir l'endroit où il vit. Car si elle ne veut pas encore se l'avouer ouvertement, elle sent bien qu'il s'est passé quelque chose aujourd'hui, en elle, mais elle attend d'être seule pour pouvoir y réfléchir à tête reposée. Analyser ce sentiment bizarre qu'elle ressent pour ce garçon qu'elle ne connaissait pas vraiment il y a seulement quelques heures.

Est-ce que ça peut arriver si vite ces choses-là ? Eugénie n'a aucune expérience des garçons. Oh ! il y en a bien quelques-uns qui lui ont fait la cour à la sortie de l'usine, des soldats en permission qui viennent comme avant la guerre tenter leur chance, elle a même dû se laisser voler un ou deux baisers quelquefois par les plus entreprenants, mais Julien est différent des autres, tous plus ou moins hâbleurs et forts en gueule. Lui, on a envie de le protéger. Elle se sent bien à ses côtés. Il ne parle pas beaucoup et a l'air maladroit avec les filles, comme il l'a avoué tout à l'heure, mais c'est cette maladresse qui est attendrissante.

Toujours main dans la main, ils sont repartis sur le chemin de Chanteloube. Ils ne se parlent pas beaucoup. Ils ont la tête trop occupée par ce qu'il leur arrive. De temps en temps, ils échangent un sourire, ils voudraient que Chanteloube soit au bout du monde mais déjà ils aperçoivent les premières maisons. L'après-midi est déjà bien avancée, le soleil a commencé à basculer vers Sainte-Marguerite. Sans même s'en apercevoir, ils ont ralenti le pas pour retarder la séparation. Puis il a bien fallu s'arrêter et se dire au revoir.

« À bientôt Eugénie.

— À bientôt Julien. »

Il a pris la tête d'Eugénie dans ses deux mains et a posé ses lèvres sur les siennes, doucement, tendrement. Il les trouve chaudes et douces, comme la soie qu'elle file dans son usine. Elle a passé ses bras autour de la taille de Julien, elle se serre contre lui un bref instant, lui rend son baiser et se sauve en courant. Arrivée aux premières maisons, elle se retourne, il est toujours là à la regarder. Elle lui fait un dernier petit signe de la main, il répond de même et elle disparaît dans le hameau. Il ressent alors comme un grand vide en rentrant à Moureyre.

« Mère, devine qui j'ai rencontré dans les bois ? »

Eugénie a décidé de se confier à sa mère. Ce qu'elle ressent, il lui semble que ça risque de l'étouffer si elle le garde pour elle. Ça déborde.

« J'espère que ce n'est pas une mauvaise rencontre au moins ? » répond la mère en souriant.

Victoria est pleine d'indulgence pour cette fille unique, elle est fière de son Eugénie, si sérieuse et travailleuse. Inquiète aussi, comme toutes les mères. Sa fille a vingt ans, il faudra bien songer à lui trouver un mari, par les temps qui courent, ça n'est pas chose facile. Et puis parfois, elle se dit que rien ne presse, qu'il faut laisser la vie couler d'elle-même. En vérité, elle appréhende le jour où sa fille partira vivre ailleurs sa vie de femme. Le temps où elle se retrouvera seule avec son mari, s'il revient un jour de la guerre, sera le commencement de la vieillesse. Pour l'instant, elle voit bien que sa fille n'est pas dans son état normal, elle est excitée comme une puce. Il s'est passé quelque chose.

« Si justement, mère, répond Eugénie en riant, j'ai fait une mauvaise rencontre, celui-là, les gendarmes le recherchent, c'est tout dire !

— Ça ne peut être que le Julien Lascombe alors, il n'y a que lui que les gendarmes recherchent et qui se cache vers Moureyre. Si c'est lui, il n'est pas bien dangereux. Dans le temps, il y avait des loups plus féroces dans la forêt. Mais il y a danger et danger, à voir ta tête, j'ai bien peur que tu en aies couru quand même.

— Il est très gentil, il m'a accompagnée jusqu'aux Champeaux, il a partagé mon repas et...

— ... Et il t'a fait la cour !

— Oui, mais... il n'est pas comme les autres, il est un peu timide, pas du tout grossier, et plutôt joli garçon...

— Eh bien ! À la façon dont tu en parles, on dirait qu'il a déjà fait du dégât, pour quelqu'un d'inoffensif. Comme quoi, il n'y a pas que les bandits qui soient dangereux ! »

Eugénie est devenue toute rouge. Comme d'habitude, sa mère a tout deviné, à croire qu'elle lit dans ses pensées. En l'occurrence, ça n'était pas très difficile.

Victoria connaissait bien la famille Lascombe, et ce petit Julien lui était assez sympathique. Tout le monde ici avait de l'estime pour les Lascombe. Roger mis à part. Celui-là, il n'avait pas beaucoup d'amis, mais c'était quand même un « honnête homme ». On ne pouvait guère que lui reprocher son avarice et son égoïsme, deux choses qui souvent vont ensemble. Julien, lui, attirait tout de suite la sympathie et ce besoin de protéger qu'ont les femmes. C'est vrai qu'il n'était pas comme les autres paysans du coin plus ou moins rustres ; Eugénie l'avait bien remarqué.

Malgré tout, Victoria se rendait compte que si leur relation devenait sérieuse, ça n'allait pas être facile pour Eugénie. Julien était recherché comme déserteur, son avenir était pour le moins incertain. Elle pressentait des larmes et du chagrin à venir pour sa fille. Elle savait aussi qu'il ne servirait à rien de la mettre en garde contre ça. De toute évidence, Eugénie était amoureuse, et comme elle connaissait sa fille, ça ne serait sûrement pas qu'un feu de paille.

« Et quel avenir tu crois qu'il va t'offrir ton déserteur ? demande Victoria. Il n'en a même pas d'avenir, surtout s'ils l'attrapent avant que la guerre soit finie… On se demande si elle finira un jour cette guerre !

— Elle finira bien, pourtant. Son avenir n'est pas pire que s'il y était retourné.

— Tu l'aimes donc ?

— Je... Je crois que oui, maman, dit-elle en rougissant.

— Ma fille, tu as les yeux qui brillent, c'est un signe... Et lui ? Il t'a dit qu'il t'aimait ?

— Oui... Non... Enfin... il a dit qu'il avait plus que de l'affection pour moi...

— Jolie formule... Tu as raison, il est timide...

— Après, il a pris ma main, puis au moment de nous quitter, il m'a embrassée...

— Les progrès sont rapides... Sois prudente ma fille ! Au train où il va, il ne va pas tarder à te faire un enfant !

— Maman !... s'indigne Eugénie, rougissant de plus belle devant le sourire goguenard de sa mère.

— La vie, c'est pas un lit de roses Eugénie. Tu l'apprendras bien assez tôt. Mais à ton âge, être amoureuse, c'est la meilleure part... Fais-la durer. »

Le lendemain, à six heures, Julien est là, sur le chemin entre Laulagnet et Chanteloube. Il s'est mis un peu en retrait dans les fourrés au cas où elle ne serait pas seule. Il s'était endormi tard, la veille, allongé dans son grenier, les mains derrière la tête, la porte grande ouverte pour laisser entrer la fraîcheur de la nuit. Il a pensé à elle longtemps, puis le sommeil a fini par gagner. Il avait rêvé de la guerre, comme presque toutes les nuits. Il était au front, dans la tranchée. Les marmites tombaient tout autour de lui. Il écrivait une lettre avant l'assaut, une lettre à Eugénie. Il lui disait de ne pas s'inquiéter, que le secteur était calme, qu'il aurait bientôt une permission. Les artilleurs avaient fini par ajuster leur tir, les mitrailleuses, en face, se taisaient peu à peu. Il allait falloir sortir, l'ordre n'allait pas tarder. Il s'était réveillé quand le lieutenant avait crié : « On y va... ».

Il avait décidé de passer la journée à Guillou, il y avait du travail là-bas. Son frère y allait de temps en temps, pour donner le change à ceux qui se seraient demandé qui pouvait entretenir le potager, mais Joseph avait déjà beaucoup de travail chez lui, il ne pouvait pas y aller tous les jours.

Julien avait pris un casse-croûte, sifflé Le Chien, et s'était mis en route de bon matin. Ils avaient traversé le petit pont, Joseph l'avait consolidé. Il n'y avait toujours pas de main courante, mais son frère avait cloué des planches plus solides et plus larges. En remontant vers la grange, le sentier longe le ruisseau qui descend du Ranc. Il fait une belle cascade une cinquantaine de mètres au-dessus de la maison, on la voit bien de la route l'hiver et au printemps quand il y a du débit. En été, ce n'est plus qu'un filet d'eau, mais il n'est jamais à sec.

En contrebas de la grange, il s'est creusé une petite vasque bordée de mousse, de saponaires et d'herbe verte, trou d'environ deux mètres de diamètre et d'une cinquantaine de centimètres en profondeur. L'eau y est claire comme du cristal. Elle tombe d'un mètre de hauteur en troublant à peine la surface, avec un bruit de chants d'oiseaux. Ils viennent y boire d'ailleurs. Pour les voir, il suffit d'avoir de la patience, de rester là sans bouger. Il y a bien quelques serpents aussi, couleuvres et même vipères qui viennent s'abreuver, mais ils s'enfuient au moindre bruit. Julien n'en a pas peur. Il sait qu'il ne faut pas surprendre une vipère qui dort au soleil, marcher dessus ou la toucher par mégarde. C'est le seul cas où elle mord. Sinon elle se sauve. C'est surtout dangereux pour les bêtes, les chèvres en particulier. On dit que les vipères sont attirées par leur lait. Il a toujours été sceptique.

Julien s'était donc assis là, au bord de cette vasque à regarder boire des rouges-gorges. Le Chien, après avoir bu à longues lampées, se tenait tranquille, couché à côté de lui, regardant d'un œil blasé, les jeux des volatiles. Derrière eux, le soleil avait surgi au-dessus du Ranc, éclairant toute la vallée. Il eut soudain l'envie, lui aussi, de s'ébattre dans l'eau claire.

Chez les paysans, à cette époque, on prenait rarement des bains. La toilette était plus que sommaire. Elle était un peu plus poussée le dimanche. À la guerre, il avait découvert avec surprise que certains bourgeois de la ville prenaient des bains tous les jours. Ils avaient du temps à perdre pensait-il, comme beaucoup. Sans compter que tous ces bains, surtout à l'eau chaude, devaient sérieusement ramollir le bonhomme. En tout cas, c'était une idée largement admise. Dans les tranchées, la question ne se posait pas. Ils faisaient un peu de toilette seulement quand ils étaient relevés et qu'ils rejoignaient leur base arrière, après des jours à patauger dans la boue et même pire.

Suivant son impulsion, Julien se déshabilla complètement, sous le regard curieux du Chien, et c'est nu comme Adam qu'il descendit dans l'eau froide de la vasque pour s'asseoir en plein milieu. L'eau lui arrivait à mi-torse, il avait été surpris par sa fraîcheur mais très vite, son corps commençait à s'habituer. Il s'aspergea entièrement, trempa même la tête sous l'eau, s'ébrouant ensuite comme une otarie. Il attrapa une poignée de saponaires et commença à se frictionner avec, en commençant par les cheveux puis tout le corps. Ça moussait fort et ça sentait bon.

Julien se dit que si quelqu'un passait à ce moment-là, son frère ou sa mère, il penserait qu'il était tombé sur la tête ou qu'il était resté trop longtemps au soleil. Il s'était rincé de toute cette mousse en se tenant la tête sous l'arrivée d'eau. Il avait bien essayé d'entraîner Le Chien dans ses ébats aquatiques, mais celui-ci n'avait rien voulu savoir. Il avait même violemment aboyé pour faire sortir son maître de sa baignoire improvisée, puis, voyant qu'il n'y avait rien à faire, il s'était assis en lui tournant le dos pour manifester sa désapprobation.

Après ce bain bucolique, Julien s'était fait sécher au soleil. Il s'était rarement senti aussi bien. Allongé sur une pierre plate, la sensation de son corps nu, exposé aux rayons du soleil, était une chose nouvelle pour lui et il la trouvait extrêmement agréable. Il se dit qu'il renouvellerait volontiers ce genre de fantaisie à l'occasion.

Propre comme un sou neuf, presque à regret, il s'était rhabillé et avait commencé à débroussailler les sous-bois autour de la grange. Il y avait du travail. Les clos qui surplombaient la maison étaient envahis par les ronces, de véritables murs. Il fallait déblayer tout ça s'il voulait récolter ses châtaignes à l'automne.

Il y travailla toute la journée, ne s'arrêtant que pour partager son casse-croûte avec Le Chien. Il avait pensé que sa mère viendrait peut-être garder ses chèvres, mais il ne vit personne. En fin d'après-midi, fatigué par sa journée de labeur, il pense dormir sur place, il y a des tomates au jardin et quelques restes de son dîner. Il était près de cinq heures, le soleil était encore haut et la chaleur accablante. Eugénie… Il s'aperçut qu'il n'avait pas cessé de penser à elle tout en travaillant. Ils avaient bien convenu de ne pas se voir tous les jours, mais Julien ressentit une envie irrépressible, un besoin physique de la voir… lui parler… l'embrasser. Elle lui manquait déjà.

Alors, au diable la prudence, il prit son sac, fit une nouvelle halte à son trou d'eau pour une toilette plus sommaire que celle du matin, et maintenant il est là dans les fourrés, à guetter le passage de celle qu'il aime.

Il y a bien un quart d'heure qu'il attend. Quand elle débouche sur le chemin inondé de soleil, son cœur s'accélère. Le Chien qui l'a reconnue, court au-devant d'elle en remuant la queue et lui faisant fête. Julien reste caché dans son fourré, à observer la scène. Il ne se lasserait pas de la regarder. Eugénie a reconnu Le Chien. Elle s'est baissée pour le caresser, puis se relève en regardant autour d'elle.

« Tu es là toi ?… alors ton maître ne doit pas être très loin… Julien ? »

Julien ne répond pas, il s'amuse à la voir tourner sur elle-même pour essayer de le découvrir. Il se débrouille pour surgir dans son dos, elle a un sursaut quand il lui passe ses bras autour de la taille en lui donnant un baiser dans le cou. Puis, il lui parle à l'oreille :

« Hier, je t'ai dit que j'avais plus que de l'affection pour toi... Aujourd'hui, je crois bien que je t'aime... !

— C'est vrai que tu fais de rapides progrès... Mais tu crois... ou tu en es sûr ?

— Demain je serai sûr, c'est toi qui trouves que je vais trop vite, alors j'essaye de me freiner. Demain je serai sûr... Peut-être après-demain, je te demanderai en mariage !

— Julien !... On avait dit pas tous les jours... !

— Alors la demande en mariage attendra quelques jours ! »

Eugénie s'est retournée pour lui faire face, elle se serre contre lui, l'embrasse longuement puis pose sa tête sur son épaule. Julien l'entraîne par la main vers le fourré où il l'avait attendue. Ils s'assoient dans l'herbe, reprennent le baiser interrompu, basculent tous deux sans cesser de s'embrasser. Eugénie rattrape au vol une main qui s'égare.

« Tu vas encore trop vite Julien !

— Pardon... je... tu me fais perdre un peu la tête... Je ne sais pas si je pourrai attendre demain.

— Pour ? demande Eugénie inquiète.

— Pour te dire que je suis sûr... ! »

Eugénie se met à rire, soulagée, elle caresse d'un doigt le visage de Julien au-dessus d'elle.

« Mais toi, continue Julien, tu ne m'as encore rien dit, tu ne m'as pas dit si tu m'aimais !

— Et qu'est-ce que tu crois que je ferais là, si je ne t'aimais pas…

— Mais je veux te l'entendre dire, ça ne va pas de soi ces choses-là… »

Elle est redevenue sérieuse, elle semble réfléchir un instant.

« Je t'aime Julien Lascombe, je te connais que depuis hier mais il me semble que c'est depuis toujours. J'ai presque pas dormi la nuit dernière à force de penser à toi. Tu peux être content. Ce matin, j'étais pas fraîche ! J'en ai même parlé à ma mère, tellement je débordais de toi…

— Et j'ai pas encore les gendarmes aux trousses ?… Elle ne m'en veut pas trop alors de lui voler sa fille ? dit Julien en picorant le visage d'Eugénie de petits baisers. Du coup, tu as raison, je peux être content de moi. Je crois même que je n'ai jamais été aussi heureux de ma vie.

— Ma journée a été horrible, j'arrivais pas à me concentrer sur mon travail, heureusement qu'il y faut pas trop réfléchir. Il me semblait que l'heure n'avançait pas. Et puis, j'avais peur que tu ne viennes pas ce soir ; on avait bien dit, pas tous les jours. Si tu n'étais pas venu, je crois bien que je serais allée te chercher à Moureyre. Mais toi, qu'as-tu fait aujourd'hui ?

— Tu ne m'y aurais pas trouvé à Moureyre, j'étais à Guillou, j'ai débroussaillé les bois autour de la grange. Moi aussi, j'ai pensé à toi tout le jour, une vraie obsession. Pas tous les jours !... Attendre jusqu'à demain... c'était impossible ! Il faudra que je t'emmène à Guillou, tu n'y es jamais allée ?

— Non... ta grange, on la voit de la route... l'hiver surtout... Maintenant elle est cachée par les feuillages, je n'y suis jamais allée.

— C'est sauvage, isolé, difficile d'accès, difficile d'y vivre, ça se mérite. Il y a un ruisseau qui descend du haut de la montagne et qui va se jeter dans la Bezorgues. Juste en dessous de la grange, il a creusé un trou... oh pas bien profond ! Ce matin, j'y ai pris un bain. Je n'en avais jamais eu l'idée jusqu'à aujourd'hui. C'est les oiseaux qui m'ont donné envie. Ils s'en donnent à cœur joie dans ce bassin. L'eau était glacée. Si les gendarmes étaient arrivés à ce moment, j'aurais même pas eu le temps de me rhabiller. J'aime cet endroit. C'est là que j'aimerais rester. Mais les gendarmes m'y ont repéré, ils ont bien failli m'y coincer. Moureyre... ils connaissent pas... pas encore. Je m'y plais moins qu'à Guillou, mais c'est plus facile de se sauver s'ils font une battue. Je pourrais toujours les semer, mais ils ne sont encore jamais venus jusque-là. Maintenant qu'on se connaît, je trouve l'endroit bien plus agréable.

— Pourquoi ?

— Parce que c'est plus près de Chanteloube.

— Tu n'as donc vu personne aujourd'hui ?

— À part toi… personne. Ma mère a dû aller garder ses chèvres à Moureyre, elle m'apporte toujours quelques provisions. Je suis venu directement de Guillou ; je ne voulais voir que toi aujourd'hui ! »

Le jour commençait à baisser, la chaleur se faisait plus douce, ils seraient restés là toute la nuit, allongés dans l'herbe sans rien faire d'autre que d'échanger de longs baisers passionnés et des regards langoureux. Pour l'instant, ça leur suffisait. Ils n'imaginaient pas un bonheur plus grand et croyaient être les seuls au monde à ressentir cela.

VII

Eulalie

CET ÉTÉ 1917 s'était terminé sur quelques succès de Pétain à Verdun, mais on ne voyait toujours pas la fin de cet holocauste des peuples d'Europe.

Depuis le printemps, des mutineries s'étaient déclenchées dans certains régiments, implacablement réprimées. Certains disaient que c'était l'influence de la révolution russe qui avait contaminé les troupes. On avait en effet, çà et là, agité un drapeau rouge et entonné l'*Internationale*. Mais ces mutineries étaient essentiellement spontanées. Les mutins n'obéissaient à aucun mot d'ordre. C'était surtout par lassitude et par révolte devant ces massacres inutiles et ces ordres stupides venus « d'en haut » que les soldats se rebellaient.

Tous ces événements n'étaient, bien sûr, pas racontés dans les journaux. Les récits étaient faits par quelques permissionnaires qui en avaient été témoins. Le père d'Eugénie était de ceux-là. Il était venu en permission début septembre. Eugénie lui avait parlé de Julien pour connaître son opinion et tâter le terrain à son sujet.

« Il a bien fait de déserter, avait-il dit, et je ne sais pas ce qui me retient d'en faire autant ! »

Elle lui avait alors tout dit sur leur relation. Il avait élevé les mêmes réserves que sa femme, à savoir que leur avenir n'était pas des plus lumineux.

« Mais il ne l'est pour personne… avait-il ajouté. Tu es assez grande maintenant pour te diriger seule. Essaie seulement de ne pas donner de soucis supplémentaires à ta mère et ne va pas te faire faire un enfant, c'est tout ce que je te demande. »

Il n'avait pas voulu rencontrer Julien ; il n'avait rien à lui dire.

De son côté, Julien était soulagé, il ne tenait pas, lui non plus, à cette rencontre. Il savait bien ce que pensaient les soldats du front des planqués de l'arrière, et il se considérait maintenant dans cette catégorie. Il tenait pour rien toutes ces années passées en première ligne, il était passé dans l'autre camp… il avait déserté. Dans son esprit, ça annulait tout. Il n'aurait pas été à l'aise face à quelqu'un qui devait y retourner, même si celui-là le comprenait et ne le jugeait pas. Le père Borel était reparti au front, la peur au ventre, comme beaucoup d'autres, après avoir embrassé sa femme et sa fille comme s'il les voyait pour la dernière fois mais sans rien laisser paraître, s'efforçant même d'être rassurant. Pour la majorité des soldats, c'était leur honneur à eux de faire croire à leur famille qu'ils étaient dans un endroit calme, alors que souvent ils avaient dans leur sac la lettre d'adieu écrite à l'avance, au cas où…

Maurice, lui, se battait en Italie. Marie avait reçu quelques belles cartes postales où il y avait écrit « Amami », « T'adoro » ou tout simplement « Saluti da Sandrigo ». Du coup, elle croyait savoir lire l'italien.

Au dos, Maurice, de sa belle écriture, lui envoyait mille baisers en lui jurant un amour éternel, il n'y avait rien d'autre à dire. Il ne comprenait rien à ce qui se passait autour de lui, comme tous les autres. Il n'y avait que Marie et sa petite Jeanne qui comptaient et pour qui il fallait rester vivant.

Les gendarmes, Lambert en tête, avaient fait quelques battues avec un peu plus de conviction du côté du Chayne. Un jour, ils avaient ratissé les bois entre Le Chayne et Guillou. Ils étaient cinq ou six. Ils étaient montés jusqu'au Ranc, pour, bien sûr, rentrer bredouilles sous l'œil goguenard des femmes du village. Julien était à Moureyre. En prenant un peu de la hauteur vers Sainte-Marguerite, il pouvait les voir progresser sur le flanc opposé, de l'autre côté de la Bezorgues. Il s'attendait bien un jour ou l'autre à les voir faire la même chose à Moureyre, mais si personne ne le dénonçait, ils n'auraient pas l'idée de venir jusque-là et la grange était difficile à trouver si personne ne la leur indiquait.

Le lendemain de cette battue était un dimanche, le dernier dimanche de l'été. Julien emmena Eugénie visiter Guillou étant bien persuadé que les gendarmes n'y viendraient pas deux jours de suite. On dit que la foudre ne tombe pas deux fois au même endroit… Voire ! Au front, on disait aussi, partant du même postulat, que deux obus ne tombaient pas dans le même trou… À Verdun si ! Il en tombait bien plus que ça dans le même trou. Mais, pour les gendarmes, on pouvait penser qu'ils n'auraient pas envie de se ridiculiser deux jours de suite.

En cette fin de saison, Guillou était magnifique, Eugénie succomba au charme du lieu. Les châtaigniers prenaient déjà leurs couleurs d'automne. Ils étaient tout chargés de bogues qui commenceraient à tomber à la fin du mois suivant, jonchant le sol de piquants. Débuterait alors, la récolte des châtaignes, principale ressource de la région.

Au bord du ruisseau où Julien s'était baigné, Eugénie se donna pour la première fois.

« Ne me fais pas d'enfant », lui avait-elle murmuré au moment ultime.

Julien avait été très doux. Ensuite, ils étaient restés longtemps enlacés sans rien dire, à regarder les oiseaux boire dans la vasque. Elle s'était baignée, elle aussi, un peu intimidée, sous le regard émerveillé de Julien. Elle ne se serait jamais crue capable de se mettre nue devant lui, dehors, en plein jour. Maintenant, ça lui paraissait presque naturel. Elle pensait aux termes de la Bible : ils se connaissaient à présent.

Il s'était baigné à son tour. C'était la première fois qu'elle voyait un homme entièrement nu devant elle. Elle le trouvait beau. Puis, ils s'étaient fait sécher au soleil, allongés main dans la main, et ils avaient refait l'amour, et ça avait été mieux que la première fois.

L'été pouvait s'en aller.

Ils étaient rentrés au soleil couchant. À Chanteloube, ils n'arrivaient pas à se séparer. Eugénie avait insisté pour que Julien reste pour souper.

« Ma mère sera d'accord, avait-elle dit, viens… Je… je suis ta femme maintenant !

— Et tu comptes le lui dire ce soir ?

— Non… Pas encore… Mais elle ne tardera pas à le deviner, rien qu'à me regarder ! J'ai l'impression que ça se voit sur ma figure ! »

Victoria avait reçu Julien, très simplement. À table, elle s'était beaucoup amusée de voir leur mine à tous les deux : Eugénie n'avait d'yeux que pour son amoureux, elle était pleine de prévenances ; une vraie jeune mariée. Lui, plutôt coincé entre ces deux femmes, pas très à l'aise. Il cherchait quelle attitude adopter en bafouillant quelques compliments sur la nourriture. Au dessert, il avait ressenti le besoin de justifier sa présence et s'était lancé en rougissant beaucoup, dans une presque demande en mariage assez embrouillée :

« Madame Borel, vous devez savoir que j'aime Eugénie, sincèrement, et si ma situation le permettait… enfin quand tout sera rentré dans l'ordre… ça arrivera bien, j'espère… je pourrai vous la demander en mariage. C'est ce que je souhaite de tout mon cœur. En attendant… vous savez bien que c'est pas possible… Peut-être qu'il faudra que j'aille en prison… quand la guerre sera finie… du moins si les gendarmes ne m'attrapent pas avant… »

Puis il s'était arrêté net, conscient qu'il était en train de patauger lamentablement. Victoria était tout indulgence devant ce jeune homme visiblement embarrassé qui deviendrait peut-être son gendre. En attendant, il fallait le tirer d'embarras :

« Julien, je suis sûre que vous ferez un bon mari pour Eugénie, pour l'instant, je comprends bien que vous ne puissiez pas faire des projets. Il vous faudra de la patience mes enfants, ne faites pas de bêtises en attendant. Vous êtes le bienvenu dans cette maison, vous pouvez même venir ici pour vous cacher si c'est nécessaire.

— Je ne voudrais pas vous attirer des ennuis avec les gendarmes. Je vous remercie de tout cœur, mais je ferai tout pour l'éviter. Si un jour je ne peux pas faire autrement, que je me sente vraiment coincé, je m'en souviendrai, mais j'espère bien que ça n'arrivera pas.

— Je prierai Dieu pour que tout s'arrange au mieux. »

Vers les dix heures, Julien avait pris congé en refusant la lanterne qu'on lui proposait. Il y avait un clair de lune qui éclairait le chemin presque comme en plein jour et d'ailleurs Julien l'aurait parcouru les yeux fermés.

En arrivant à Moureyre, il découvrit le petit tas de cailloux devant sa porte.

Albert a besoin d'aide… Eulalie !…

Il est trop tard pour partir maintenant. De gros nuages ont soudain caché la lune. À présent, il fait nuit noire, il ne connaît pas assez bien le sentier pour se diriger dans le noir et de toute façon, que pourrait-il faire au milieu de la nuit ? Il faut qu'il aille informer les parents. Peut-être que demain, la mère pourra aller voir ce qui se passe ou contacter Marie à Laulagnet. Marie saura se débrouiller en cas de coup dur. Elle pourra s'occuper du petit Antoine si Eulalie n'est plus en état de le faire. L'obligation pour Julien de rester dans la clandestinité lui ôte tout moyen d'agir efficacement. Il ne pourrait même pas aller chercher un docteur à Vals sans courir de gros risques.

Un quart d'heure plus tard, il est au Chayne. Ses parents sont surpris et légèrement inquiets de sa visite tardive. Ils le voient moins souvent depuis qu'il « fréquente ». Julien, bien obligé d'expliquer pourquoi on ne le voyait plus le dimanche, leur avait parlé, d'abord à demi-mot, de ses amours champêtres. Puis devant l'avalanche de questions, avait fini par révéler le nom et les détails de la rencontre. La mère Marie avait bien ressenti un peu de jalousie, qu'elle n'aurait avoué pour rien au monde, ni aux autres, ni à elle-même. Le père Joseph avait souri, trouvant normal que ces choses-là arrivent. Mais ils connaissaient la famille Borel et étaient d'accord pour dire qu'Eugénie était une « bonne petite ».

« Fais attention de ne pas lui faire un petit, avait dit le père Joseph. C'est pas pour la morale, mais ta situation ne le permet pas. »

Sa mère veut à tout prix le faire souper, persuadée que seul, il ne se nourrit pas convenablement.

« Non, mère, je vous assure que j'ai soupé, même plus que d'habitude. Je suis venu parce que je crois qu'Eulalie a besoin d'aide. Il faudra que quelqu'un de la famille aille à Chasselas voir ce qui se passe. Moi j'irais bien, mais obligé de me cacher, je ne pourrai peut-être pas faire tout ce qu'il faudrait.

— Qu'est-ce qui te fait croire qu'Eulalie ne va pas bien ? Quelqu'un t'a donné des nouvelles ? demande le père.

— Quand j'étais allé les voir au mois de juillet, je vous avais dit que j'avais trouvé son état inquiétant. J'avais fait promettre à l'Albert que si son état s'aggravait, il me préviendrait. Que s'il ne me trouvait pas à Moureyre, il n'aurait qu'à laisser un petit tas de cailloux devant la porte de la grange. J'ai trouvé un petit tas de cailloux devant ma porte ce soir, en rentrant.

— Il ne faut pas que tu y ailles, dit Marie, tu courrais trop de risques et tu ne servirais pas à grand-chose, si vraiment elle est malade. Moi j'irai, demain à la première heure. Le père gardera un peu les chèvres, derrière la maison, je préparerai son repas avant de partir, j'emporterai aussi de quoi manger, si ça se trouve, ils ne se nourrissent plus là-haut. Si ça va vraiment très mal, je ramènerai Antoine, s'il faut le garder quelques jours…

— Mère, je pensais plutôt demander à Marie d'aller voir…

— Marie a son travail à l'usine, elle ne peut pas se permettre de perdre une journée de salaire, et elle a Jeanne… Je partirai à cinq heures du matin, il commence juste à faire jour à cette heure-là.

— Je vous accompagnerai jusqu'à Oubreyts, mère et j'attendrai un peu dans les bois vers Bruen Haut que vous veniez me donner des nouvelles. Si vous êtes obligée de rester la nuit, je pourrai revenir prévenir le père et ramener Antoine si c'est nécessaire. Demain soir, je pourrai aussi demander à Eugénie de prévenir Marie, si elle peut venir dormir au Chayne pour que le père ne reste pas seul.

— Vous en faites pas pour moi, dit le père Joseph, je suis assez grand pour me débrouiller seul…

— Et si tu fais une crise d'asthme dans la nuit, dit Marie, tu t'étoufferas tout seul aussi. Julien a raison, on fera comme il dit. En attendant, il faut aller se coucher, il est près de minuit et on a une bonne journée qui nous attend demain. Julien, tu devrais dormir ici, tu ne vas pas retourner à Moureyre maintenant. Il est trop tard pour que les gendarmes viennent maintenant, et demain on sera plus matinal qu'eux. »

Julien dormit donc dans le lit du grenier. Il rêva encore de la guerre. Lambert avait fini par l'avoir, et on l'avait envoyé sur le front de Verdun, en première ligne, un régiment sacrifié. Les obus de 140 tombaient autour de lui, soulevant des montagnes de terre et de boue, l'apocalypse… Il était le seul survivant de sa compagnie. En deuxième ligne, Lambert était là, à le surveiller, prêt à lui tirer dessus à la moindre tentative de fuite. Les éclats continuaient à l'épargner comme par miracle. Il n'avait pas peur, il était invulnérable.

« Je reviendrai, Lambert, disait-il dans son rêve. Je la finirai cette putain de guerre, même si je dois la gagner à moi tout seul, et j'épouserai Eugénie. »

À quatre heures du matin, il est réveillé par sa mère qui s'active déjà dans la cuisine. Elle prépare un sac de provisions et les repas de Joseph pour la journée, qu'il n'aura plus qu'à réchauffer. Julien avale un grand bol de lait de chèvre après avoir souhaité le bonjour à sa mère. Dehors, le jour n'est pas encore levé. Il procède à une toilette sommaire à la source qui coule devant la maison. L'eau glacée finit de le réveiller. Il termine son petit déjeuner par de grandes tartines de pain, du saucisson et un verre de vin.

Peu à peu, l'aube se lève au-dessus d'Aizac où le ciel commence à rougeoyer. À cinq heures, il fait assez jour pour se mettre en route. Julien porte le sac de sa mère, elle le lui a cédé en bougonnant qu'elle était bien capable de le porter. Il est toujours surpris de voir cette femme de soixante ans, grimper les sentiers les plus escarpés apparemment sans effort, sans donner le moindre signe de fatigue ou d'essoufflement. À mi-hauteur, dans la montée vers Sainte-Marguerite, le soleil surgit derrière le volcan d'Aizac, dans un halo de brume rouge sang.

« Rouge le matin, la pluie est en chemin, dit Marie, on va avoir la pluie avant ce soir. »

Le fait est qu'en arrivant sur la crête, déjà de gros nuages s'annoncent, poussés par le vent d'ouest, celui qui amène les premières pluies de l'automne. Il souffle par rafales sur le versant d'Oubreyts agitant les feuilles des châtaigniers.

« Il faudra te trouver un abri vers Bruen Haut si tu veux rester au sec, dit Marie.

— Je trouverai bien une grange pour m'abriter, et puis un peu de pluie ne me fait pas peur. À la guerre, on restait parfois plusieurs jours sans pouvoir se sécher. »

À huit heures un quart, ils sont au-dessus de Bruen Haut, il y a une petite cabane à outils au milieu des châtaigniers. Marie a encore une demi-heure de marche jusqu'à Chasselas.

« Je vous attendrai ici, mère, tout le jour s'il le faut. Je serai à l'abri et je pourrai toujours me cacher s'il vient quelqu'un. Je voulais vous dire aussi… soyez pas trop dure avec l'Albert, ça n'est pas un mauvais homme. Ce qui est arrivé, ça devait forcément arriver. Chasselas, c'est le bout du monde… Il faut pas leur en vouloir. »

Marie hausse les épaules.

« Je n'ai pas l'intention, ni de leur faire des sourires, ni de leur faire la guerre. Si ma fille a besoin d'aide, je ferai ce que je dois. En plus, il y a mon petit-fils, c'est pas à cet Albert de s'en occuper si elle en est pas capable. »

Elle sort de son sac de la nourriture qu'elle avait préparée pour lui ; sa journée risque d'être longue à attendre sans rien faire. Puis, elle prend le chemin qui rejoint les premières maisons de Bruen Haut sans se retourner. Julien la regarde s'éloigner dans les rafales de vent et les premières gouttes de pluie. Cette femme deviendra centenaire, se dit-il.

De Bruen Haut, pour aller à Chasselas, il faut passer par le Serre qui est un quartier d'Oubreyts, un peu en contrebas par rapport au village. C'est là que se trouvent l'église et le cimetière situé au bout d'un piton qui domine toute la vallée avec une vue admirable sur les hameaux environnants : La Blachère, juste en dessous ; Montgrand et son château perché sur la crête en face, et tout en bas, Vals, Labégude, et l'Ardèche.

Mais Marie n'a pas le cœur à admirer le paysage. Il s'est mis à pleuvoir de plus en plus fort et elle se hâte vers le cimetière. Il faut en longer le mur pour aller jusqu'à La Blachère et de là, rejoindre Chasselas juste en contrebas. Elle a mis son châle sur la tête pour s'abriter de la pluie. Devant l'église, elle croise deux gendarmes à cheval qui en la voyant, mettent pied à terre. Elle reconnaît Lambert. Il se dirige vers elle et la salue très militairement, à trois pas.

« Madame Lascombe, puis-je vous demander ce que vous faites si loin de chez vous, sous la pluie et de si bon matin. Et ce sac qui m'a l'air bien garni… Ne serait-ce pas pour approvisionner un certain déserteur qui se cacherait dans les environs ?

— Gendarme, répond fièrement Marie, je suis libre de me promener où je veux, quand je veux et par n'importe quel temps. Pour le sac, si vous voulez savoir à qui il est destiné, vous pouvez toujours me suivre, si vous avez du temps à perdre. Au cas où vous ne le sauriez pas, j'ai une fille à Chasselas. Je venais prendre de ses nouvelles et dans la famille, on n'a pas pour habitude d'arriver les mains vides.

— Est-ce que justement, votre fille ne cacherait pas son frère, par hasard. Parce que du côté du

Chayne, votre fils a l'air de s'être volatilisé. Personne ne l'a vu depuis qu'il a été mobilisé… En fait, il n'y a que votre famille et nous qui l'avons aperçu lors de sa dernière permission.

— Pourtant, je vous dis qu'il est bien parti prendre le train quand vous avez amené l'ordre. Nous non plus, nous ne l'avons pas revu depuis… Peut-être est-il tombé du train, ça peut arriver ce genre d'accident, à la vitesse où ils vont maintenant. Il est peut-être mort sur la voie, dévoré par les bêtes… Qui sait… ?

— Ne vous moquez pas de nous, madame Lascombe, ça pourrait vous coûter cher. On n'apprécie pas beaucoup la plaisanterie dans la gendarmerie, surtout en temps de guerre.

— Je n'ai pas envie de rire moi non plus, surtout sous la pluie. Si vous n'avez rien d'autre à me dire, gendarme, je vais continuer mon chemin. J'ai hâte d'arriver chez ma fille pour me mettre à l'abri. »

Marie salue d'un signe de tête et reprend son chemin vers le cimetière, plantant là les gendarmes qui la regardent s'éloigner sous la pluie droite comme un i.

Il doit être aux environs de neuf heures quand Marie arrive dans la cour de la ferme à Chasselas. La cheminée fume, les chiens se précipitent au-devant d'elle en aboyant. La porte s'ouvre sur Albert qui les rappelle et fait beaucoup d'efforts pour les calmer. Il a l'air sombre et préoccupé. Il a reconnu la mère d'Eulalie, et il ne s'attend pas à autre chose que des reproches. Il aurait préféré voir Julien, lui, n'est pas contre lui ; il cherche du regard s'il n'est pas sur le chemin derrière la visiteuse, mais il doit se rendre à l'évidence, Marie est bien venue seule.

La pluie se met soudain à redoubler de violence, de gros nuages noirs obscurcissent le ciel, la matinée prend des airs de crépuscule. Albert s'empresse de faire entrer Marie à l'abri avant même de lui adresser la parole. Ce n'est que lorsqu'elle est devant l'âtre où brûlent de grosses bûches et où elle pourra se sécher rapidement qu'Albert hasarde les premiers mots.

« Bonjour madame Lascombe, je suis bien content de vous voir… je…

— Où est ma fille, monsieur Dupré ? »

Le ton est sec, l'air sévère. Elle a posé son sac à ses pieds et se tient debout face au foyer, lui tournant le dos. Sa robe trempée commence à fumer et elle sent une chaleur bienfaisante l'envahir petit à petit. Elle se retourne pour recevoir sa réponse et en même temps, se réchauffer le dos.

« Elle dort. Le docteur lui a donné de l'opium, il faut qu'elle dorme, il a dit…

— Et Antoine ?

— Il dort encore lui aussi, il a eu peur… moi aussi… mais il va bien. Je vais vous faire chauffer un bol de lait, ça vous réconfortera, après, je vous raconterai… »

Il met une casserole de lait à chauffer dans l'âtre et va chercher un bol, du sucre et une cuillère dans le vaisselier, pose le tout sur la table et apporte une chaise près de Marie.

« Vous devez être fatiguée, asseyez-vous et finissez de vous faire sécher près du feu. »

Marie, toujours sur la défensive, apprécie malgré tout, la prévenance dont elle est l'objet ; cet homme n'est pas aussi rustre qu'elle aurait cru. Elle reste décidée quand même, à lui dire sa façon de penser. Mais elle veut avant tout en savoir plus sur ce qui est arrivé à Eulalie.

« Alors qu'est-ce qui est arrivé à ma fille, monsieur Dupré ?

— Elle est malade… très malade… la tête… Ça ne tournait pas rond dans sa tête depuis quelque temps. Votre fils, Julien, s'en était inquiété la dernière fois qu'il est venu. Moi, je pensais à une fatigue passagère… du surmenage. Mais depuis sa visite, c'est allé en s'aggravant, elle a commencé à déparler, elle ne dormait plus la nuit, ne mangeait presque plus, elle entendait des voix, elle se négligeait beaucoup, ne faisait plus de toilette. Par contre elle accablait Antoine d'une manie de propreté, elle voulait lui donner des bains plusieurs fois par jour. Au début, il ne comprenait pas, il disait pas trop, il détestait pas de se baigner. Il a commencé à protester à partir de quatre bains par jour. Ces derniers temps, il se cachait. Elle le cherchait pendant des heures. C'étaient des hurlements quand elle lui mettait la main dessus et qu'il devait entrer dans le bassin. Il faut dire que c'était souvent trop froid ou alors bouillant. Moi, je pouvais rien lui dire, elle m'aurait tout envoyé à la tête, elle m'agonissait d'injures. Pourtant, croyez-moi madame, je la traite bien votre fille, on peut même dire que je suis patient, j'ai jamais levé la main sur elle, même si des fois, c'était pas l'envie qui m'en manquait. Je pouvais plus la laisser seule, j'étais toujours à me demander quelle bêtise elle allait inventer. Pourtant, c'est pas le travail qui manque ici, mais depuis un mois, j'ai rien pu faire. C'est surtout pour le petit que j'avais peur... Mais il faut bien s'occuper des bêtes, ça, on peut pas les négliger, les bêtes, il faut bien qu'elles mangent, et les chèvres, il faut bien les traire...

— Pourquoi n'avez-vous pas appelé le docteur ?

— Elle voulait rien savoir, pourtant, j'ai bien insisté. Elle disait que s'il en venait un, elle lui jetterait des pierres, qu'elle le laisserait pas s'approcher, que d'abord, elle était pas malade et qu'elle savait bien ce que j'avais derrière la tête. Je voulais l'envoyer à l'asile à Privas pour pouvoir lui voler tous ses biens, et d'autres balivernes... Ah ! J'en ai entendu, croyez-moi ! Madame Lascombe, je sais bien que la différence d'âge peut vous choquer, mais j'ai du sentiment pour votre fille, ce qui s'est passé entre nous, vous le croirez peut-être pas, mais c'était pas juste une histoire de coucherie et malgré tout ce qui s'est passé, j'espère qu'on la guérira, et qu'on pourra se marier. »

Marie écoute attentivement. Son agressivité envers Albert commence à s'émousser. Si ce qu'il raconte est vrai, il a un certain mérite à s'être occupé d'elle de la sorte. Il aurait pu tout laisser tomber et la laisser se débrouiller. L'idée de l'avoir pour gendre qui la hérissait encore il y a une heure commence à faire son chemin. C'est d'une voix moins sèche qu'elle demande :

« Mais vous avez fini par en faire venir un... de docteur ?

— Hier matin, très tôt, elle a fini par s'endormir après une nuit agitée, elle avait beaucoup déliré sur les voix qu'elle entendait, son Victor qui l'appelait, et autres balivernes. Moi, j'ai dû dormir deux heures, cette nuit-là. J'ai profité qu'elle avait l'air bien endormie pour aller m'occuper un peu des chèvres et donner de l'herbe aux lapins. J'ai dû rester deux heures. Quand je suis revenu, de loin, j'ai entendu Antoine qui hurlait. Elle doit encore vouloir lui donner un bain, que je me suis dit. Je me suis quand même mis à courir pour voir ce qui se passait.

Quand je suis rentré dans la cuisine, Antoine était dans sa bassine remplie d'eau froide, il criait qu'il avait froid. "Attends... Je vais mettre de l'eau chaude !" qu'elle lui répondait. En fait, elle s'apprêtait à lui verser une grosse marmite d'eau bouillante sur la tête. Je suis arrivé juste à temps. Je crois que toute ma vie, je remercierai le ciel de pas être arrivé dix secondes plus tard. J'ai pas fini d'en faire, des cauchemars...

— Dieu tout-puissant !... Rien que pour ça, je vous pardonne tout le reste... et ça vous a décidé à aller chercher un docteur ?

— Oui, j'ai empoigné Antoine, l'ai séché, habillé en vitesse et je l'ai emmené chez une femme que je connais bien à La Blachère qui a bien voulu le prendre, je lui ai dit que sa mère était malade, qu'il allait sûrement falloir l'hospitaliser. Elle a dit qu'elle le garderait le temps qu'il faudrait. C'est là qu'il est à cette heure. Je ne voulais pas vous le dire tout à l'heure avant de vous avoir tout expliqué. Après, je suis allé jusqu'à Vals, chez le docteur Bressot, je lui ai expliqué ce qui se passait. Le temps de prendre sa trousse et quelques médicaments, il est venu tout de suite, avec son boghei ; il m'a ramené avec lui. Je me demandais bien ce qu'on allait trouver en arrivant ; je m'attendais au pire. On l'a trouvée dans la cour, tout échevelée, sale comme un peigne. Elle cherchait Antoine pour lui donner son bain. C'était son idée fixe, elle pouvait penser à rien d'autre, à ça, et aux voix qu'elle entendait la nuit. Le docteur… elle l'a pas mal reçu… pas comme je le craignais. Il s'est enfermé avec elle dans la chambre pour l'ausculter et ils ont discuté longtemps… Moi j'entendais pas. Quand il est sorti, il m'a dit :

"Son mari est mort à la guerre n'est-ce pas ? Vous vivez ensemble ?

— Oui, j'y ai répondu, il est mort il y a deux ans… C'est moi qui lui sers de mari à présent, on se mariera dès qu'elle ira mieux et qu'elle aura ses papiers… On vit pas dans la débauche, docteur !

— Je ne vous juge pas, et puis moi, la morale, vous savez, c'est pas mon truc. Il se passe des choses infiniment plus immorales de par le monde en ce moment. Je voulais juste dire que si elle a de la famille, il faudrait la prévenir. Son état est sérieux."

Il m'a dit des mots que je comprenais pas, schizo… psycho… quelque chose dans ce genre. Il m'a dit aussi qu'il allait falloir l'emmener à Privas et que c'était assez urgent, qu'on avait déjà trop tardé. Que ces maladies, si on les soigne dès le début, elles ont plus de chances de guérir. Il allait faire le nécessaire pour qu'une ambulance de Privas vienne la chercher demain, mais qu'avant, je devais prévenir sa famille, il fallait qu'elle soit d'accord. En attendant, il lui avait fait une piqûre pour la faire dormir… de l'opium. Elle devrait dormir vingt-quatre heures, il m'a dit. C'est-à-dire qu'elle devrait se réveiller tout à l'heure, vers midi. L'ambulance doit arriver après midi. Voilà ! Je vous ai tout dit.

Hier soir, voyant qu'elle dormait toujours profondément, je suis allé jusqu'à Moureyre pour essayer de voir Julien ; il me l'avait recommandé en cas de besoin. Il n'était pas là. J'ai fait un tas de cailloux devant sa porte, il m'avait dit qu'il comprendrait et il a compris puisque vous voilà. Je pensais qu'il serait venu avec vous.

— Julien est obligé de se cacher, mais il n'est pas loin, il m'attend à Bruen Haut. Il a bien fait de s'arrêter là, parce que j'ai rencontré les gendarmes au Serre. Je vais attendre l'ambulance avec vous. Après, on ira chercher Antoine, il rentrera avec nous, il restera au Chayne jusqu'à ce que sa mère soit guérie. Merci pour tout ce que vous avez fait monsieur Dupré.

— Vous ne m'estimez pas beaucoup, n'est-ce pas ?

— C'est parce que je vous appelle monsieur que vous dites ça ?... Je ne peux pas encore vous appeler mon gendre, ni Albert, il me faudra un peu plus de temps. Pour ce qui est de l'estime... elle remonte beaucoup... croyez-moi... moi-même, j'en suis étonnée... C'est Julien qui va être surpris. Jusqu'à maintenant, c'était le seul à prendre votre défense. Bien que je n'approuve pas tout, je dois vous reconnaître quelques mérites. Allons… il va falloir préparer des affaires pour Eulalie, elle en a sûrement pour un bout de temps à Privas. Ce genre d'endroit, on sait quand on y rentre mais jamais quand on en sort ! »

Elle a envie de pleurer soudain. Elle revoit Eulalie petite fille, et maintenant ?… Elle n'arrive pas à l'imaginer à l'asile, avec les fous… Marie refoule ses larmes, comme d'habitude. On ne pleure pas devant les gens. Mais elle ne peut pas lutter contre ce chagrin qui l'envahit.

Albert emmène Marie dans la chambre où dort Eulalie. Sa tête est posée sur un oreiller de plume, elle porte une chemise de nuit blanche en coton avec le col brodé. Marie la reconnaît, c'est elle-même qui a fait les broderies, elle faisait partie du trousseau, c'est celle de ses noces avec Victor. Ses longs cheveux défaits font comme une auréole sur la blancheur de la taie. Elle dort paisiblement, bouche ouverte où passe un léger souffle. Marie s'attarde près du lit et la regarde longuement. Le chagrin lui fait une boule au creux de l'estomac. Elle se dit que Dieu n'est pas tendre avec elle et sa famille : un mari asthmatique, un fils tué à la guerre, un autre prisonnier, un autre déserteur, un autre marié à une alcoolique, et celle-là qui perd la raison. Il n'y a que sa fille Marie à être épargnée… Pour combien de temps ?

Elle tend la main comme pour la poser sur le front de sa fille, un vieux geste, quand ils étaient enfants et malades, pour voir s'ils avaient la fièvre. Mais sa main reste suspendue au-dessus de la tête d'Eulalie, comme pour une bénédiction. Elle n'ose pas la toucher, de peur de la réveiller. Elle préfère retarder le plus possible le moment où il faudra faire face à la nouvelle Eulalie. Elle a l'air si calme, si sereine dans son sommeil ; Marie en arrive presque à souhaiter qu'elle ne se réveille jamais ou alors dans cent ans… comme dans ce conte que Joseph leur racontait le soir au coin du feu. C'était quoi déjà… « La Belle au bois dormant »… Quand elle pense aux épreuves à venir, à ce qui l'attend à l'asile, elle se dit que oui… il vaudrait mieux ne pas se réveiller.

Albert a tiré de dessus l'armoire, une grosse valise en carton et Marie, s'arrachant à ses pensées, entreprend de la remplir avec des affaires qu'elle trouve en fouillant dans l'armoire à linge. Elle est étonnée du désordre indescriptible qui y règne. Le linge et les vêtements y sont mélangés en vrac, roulés en boule et jetés tels quels sur les étagères, du haut en bas. L'armoire, que Marie avait déjà vue auparavant si bien rangée avec ses piles de draps et de serviettes soigneusement empilées, du linge et des vêtements bien propres, bien repassés et bien pliés, cette armoire est devenue un immense capharnaüm, un chiffonnier innommable où elle doit trier longuement pour trouver du linge à peu près propre parmi d'autres d'une saleté repoussante. Elle songe que si le cerveau de sa fille est dans le même état, les médecins de Privas auront du mal pour tout remettre en ordre.

Albert la regarde s'activer et reste sur le pas de la porte, un peu gêné de se sentir inutile. Ils ne se parlent pas pour ne pas réveiller la malade. Sous une pile de linge, Marie découvre un chapelet en buis. Elle a un coup au cœur : c'est celui de la communion d'Eulalie. Elle hésite un moment, le met dans la valise, puis se ravise et le replace dans l'armoire. Elle a peur qu'il disparaisse, à Privas.

Peu à peu, la valise se trouve à peu près complète, elle peut la fermer facilement, elle est loin d'être pleine. Elle ne pouvait décemment pas la remplir de linge sale. Elle rejoint Albert dans la cuisine après avoir doucement refermé la porte de la chambre. Marie est désemparée :

« Il y a longtemps que ma fille se néglige comme ça ? demande-t-elle, elle n'a plus rien de propre, elle si soigneuse dans le temps. Je n'ai jamais vu un tel bazar dans une armoire. Dès qu'elle sera partie, il faudra que j'embarque tout pour tout laver, on lui fera parvenir du linge propre dès que possible… C'est une honte.

— Je lui en ai fait des remarques et des reproches sur ce sujet, réponds Albert, mais y avait rien à faire… elle m'écoutait pas… autant parler au mur. »

Marie en regardant autour d'elle, s'aperçoit que partout règne la crasse et le désordre. Elle retrousse ses manches, empoigne un balai posé là contre le mur depuis très longtemps sans doute et attaque un nettoyage en règle, en commençant par les toiles d'araignées qui pendent dans tous les coins.

« Allez faire ce que vous avez à faire, dit-elle à Albert, qui restait là, emprunté, ne sachant comment faire pour l'aider. D'abord, vous m'apporterez deux grands seaux d'eau pour laver le parterre, son écurie ne doit pas être plus sale !

— Je vous les apporte tout de suite, et je vais m'occuper des bêtes », dit-il, puis il sort, plutôt soulagé d'interrompre le tête-à-tête.

Midi a sonné depuis plus d'un quart d'heure au clocher du Serre, quand Albert a terminé son travail et regagne la maison pour voir où en sont les choses. En entrant dans la cuisine, il la reconnaît à peine, tant son aspect a changé. Tout est propre, rangé, on peut même voir à travers les vitres à présent et la table est mise avec un couvert. Il se demande un instant s'il lui est destiné ou si elle a décidé de l'ignorer. Marie a sorti du sac les provisions qu'elle a apportées : jambon, saucisson, fromage. Sur le trépied, dans l'âtre, une marmite de soupe aux légumes mijote doucement. Ça sent bon. Par quel miracle, cette femme peut-elle abattre autant de travail en si peu de temps ? À l'instant, Marie sort de la chambre en laissant la porte entrouverte.

« Je crois qu'elle commence à se réveiller, elle s'agite un peu et dit des mots incompréhensibles. Quand elle sera réveillée pour de bon, je lui amènerai un bol de soupe. En attendant, mangez, dit-elle en lui montrant le couvert.

— Et vous ? dit-il en s'asseyant, surpris d'être l'objet de tant de prévenances.

— J'ai déjà mangé », répond-elle de façon laconique.

En fait, elle aurait été incapable d'avaler quoi que ce soit. La seule façon pour elle d'oublier un peu son chagrin, est de s'abrutir de travail. Ce qu'elle a fait toute la matinée. Ce n'est qu'en préparant les légumes pour la soupe, qu'elle a retrouvé toute sa peine, intacte. Ce genre d'activité n'occupe pas assez l'esprit et incite à la méditation. Ça et le repassage, lui avaient toujours fait cet effet-là. Elle va prendre un bol dans le buffet, le remplit de soupe fumante et le pose devant Albert qui murmure un

« merci » embarrassé. Le potage est excellent. Albert apprécie d'autant plus que depuis quelque temps, Eulalie négligeait aussi la cuisine. Avec Antoine, ils devaient la plupart du temps se contenter de crudités ou d'omelettes souvent brûlées.

De la chambre parvient un gémissement, Marie se précipite. Eulalie a ouvert les yeux, elle contemple le plafond fixement. Au bout d'un moment, elle semble prendre conscience de la présence de sa mère auprès d'elle. Elle la regarde de la même manière que le plafond tout à l'heure, un regard fixe, inexpressif, mais peu à peu, ses yeux se voilent de tristesse, sa bouche articule des mots, mais aucun son n'en sort. Marie s'approche, elle s'assied au bord du lit. Elle a encore ce geste réflexe de poser sa main sur le front de la malade, elle constate qu'elle n'a pas de fièvre, mais ce geste semble apaiser Eulalie, comme quand elle était petite fille. Son regard devient plus serein et elle parvient à articuler :

« Maman, vous êtes là ?

— Oui ma fille, je suis venue dès que j'ai appris que tu étais malade. Tu n'as plus de souci à te faire, on va bien s'occuper de toi, on va bien te soigner…

— Mais… je suis pas malade… j'ai seulement envie de dormir… j'arrive pas à me réveiller… Et Antoine ? où est Antoine ? Il faut lui faire prendre un bain… tout est si sale ici… lui, je veux qu'il soit propre…

— Si tu as envie de dormir… dors ma fille, dors autant que tu voudras. Antoine est resplendissant de propreté, ne t'en fais pas pour lui. On va bien s'en occuper… »

Eulalie a fermé les yeux, comme si elle s'abandonnait de nouveau au sommeil. Pendant une minute, elle a vraiment l'air de s'être rendormie, mais elle reprend :

« Mais je peux bien m'en occuper toute seule, il faut seulement que je dorme encore un peu, puis tout ira bien.

— Tu as été très fatiguée, Eulalie… Le docteur t'a prescrit quelques jours de repos à l'hôpital… Ici, tu ne pourrais pas te reposer, il y a trop à faire. On va venir te chercher tout à l'heure… juste pour quelques jours, après, tout ira bien, tu verras.

— Je veux pas aller chez les fous… Je veux pas aller à Privas… »

Elle fait non de la tête, la balançant sur l'oreiller, de droite à gauche. Une larme roule sur sa joue, elle regarde sa mère d'un air suppliant.

« Qui te parle d'aller chez les fous ?… C'est une maison de repos, à Privas… il n'y a pas que les fous là-bas… Je sais bien que tu n'es pas folle… tu crois que je te laisserais partir chez les fous ?

À Aubenas, y en a pas, de maison de repos, alors il faut bien aller à Privas !... »

Albert est venu sur le pas de la porte et regarde la scène. Il a l'air ému, il ne sait quelle contenance prendre. Eulalie l'aperçoit, elle le regarde, puis elle regarde sa mère, comme si elle ne savait plus qui supplier pour ne pas partir.

« Il a été patient avec moi... oui... bien patient... S'il faut me reposer quelques jours... s'il me faut aller dans cette maison de repos... pour qu'on s'entende bien comme au début... alors... je... je veux bien... Est-ce qu'il t'a dit ?... Je ne veux pas le perdre !... Je ne veux pas le perdre !...

— Mais il ne va pas s'envoler ton Albert, il t'attendra... N'est-ce pas que vous l'attendrez ? demande-t-elle, le prenant à témoin.

— Oui, bien sûr, répond-il d'une voix brisée par l'émotion, et ça sera comme au début, et on se mariera dès que possible... tu peux en être sûre. Tu n'as pas de souci à te faire, même ta maman est d'accord !... »

Marie a comme un haut-le-corps devant ce consentement extorqué, mais elle se tait, remettant à plus tard l'explication avec cet homme qu'elle n'arrive plus à détester tout à fait. Eulalie s'est rendormie, un vague sourire aux lèvres, l'air apaisé, comme si le consentement implicite de sa mère lui avait rendu la paix.

Une heure plus tard, elle se réveille à nouveau. Marie lui apporte un bol de soupe qu'elle refuse d'abord, puis, qu'elle finit par avaler devant l'insistance de sa mère. Dehors, la pluie continue à tomber en longs rideaux avec par moments des roulements de tonnerre. Le ciel a viré au mauve, là-bas au-dessus de Vals. Marie pense un instant à Julien, il doit trouver le temps long dans son abri de Bruen Haut. Elle aimerait bien que l'ambulance arrive maintenant. Que tout soit terminé.

Elle redoute le moment où il faudra y embarquer Eulalie. Elle craint la crise de nerfs. Pour l'instant, sa fille a l'air calme, enfermée dans un mutisme proche de l'hébétude. Personne n'ose rompre ce silence pesant, troublé seulement par les roulements du tonnerre et le bourdonnement obsédant d'une grosse mouche qui bute contre la vitre.

Albert est sorti, il ne supportait plus cette attente et ce silence, il a les nerfs tendus. Le bruit de la mouche sur la vitre lui était devenu insupportable. Il a eu la tentation à un moment de prendre un torchon pour essayer de la tuer, puis il y a renoncé et a préféré sortir. Il va dans la remise et se met à fendre du bois. Il se défoule à grands coups de hache.

Un bruit de moteur dans la cour… Les chiens aboient…

L'ambulance est là.

Albert pose sa hache, il a réussi à se dénouer un peu les nerfs ; il a débité un demi-stère de bois. Il va au-devant des deux infirmiers en blouse blanche descendus de l'ambulance en essayant de calmer les chiens. Marie est sortie, elle aussi. La pluie a cessé au moment où l'ambulance s'est arrêtée, mais de lourds nuages noirs continuent à galoper dans le ciel. Un des deux infirmiers s'approche de Marie, lui demande où est la malade.

« Suivez-moi, dit-elle, en désignant la maison d'un signe de tête.

— Est-ce qu'elle est agitée, demande l'infirmier, sinon on a amené une camisole…

— Ça ne sera pas nécessaire, dit Marie d'un ton indigné… Je ne veux pas qu'on utilise ça pour ma fille… jamais !

— Des fois, on est bien obligé, dit l'infirmier.

— Pas pour elle !

— Peut-elle marcher ou faut-il une civière ?

— Elle pourra marcher », dit Marie en entrant dans la maison suivie d'un infirmier et d'Albert. L'autre infirmier est resté près de la voiture.

Eulalie a compris. Quand ils entrent dans la chambre, elle est assise au bord du lit, le regard toujours fixe, dirigé vers la fenêtre. La grosse mouche a disparu. Marie a pris dans l'armoire un gros manteau en laine, celui des dimanches, elle le passe à Eulalie par-dessus sa chemise de nuit. La malade se laisse faire, inerte. À peine si elle lève un bras après l'autre pour pouvoir enfiler les manches. Quand elle est prête, Marie l'aide à se lever. Elle chancelle, l'infirmier s'approche pour la soutenir.

« Laissez ! » dit Marie.

Elle fait signe à Albert qui s'empresse pour aider. Alors, soutenue par sa mère et son amant, Eulalie progresse à petits pas jusqu'à l'ambulance. L'autre infirmier a ouvert la porte arrière. On aide Eulalie à s'allonger sur la civière posée à même le sol du véhicule. On la recouvre d'une couverture grise, un peu rêche. Eulalie se laisse faire, sans un mot, sans aucune réaction. Pendant que Marie est retournée à l'intérieur chercher la valise, Albert s'est agenouillé à son chevet. Il lui embrasse la bouche, légèrement. Elle n'a toujours pas de réaction.

« À bientôt, dit-il, je t'attends, je saurai bien te rendre heureuse… Tu seras vite guérie. »

Elle a un pauvre sourire et les yeux pleins de larmes, mais elle ne répond pas. Il sort de la voiture pour laisser la place à Marie, revenue avec la valise. Elle a échangé quelques mots avec le chef infirmier.

Marie à son tour vient embrasser sa fille, un long baiser maternel, sur le front. Eulalie a sorti une main de dessous la couverture pour prendre celle de sa mère et la serrer un moment.

« Antoine, mon Antoine, occupez-vous bien de lui, dit-elle, des sanglots dans la voix !… Je ne veux pas le perdre… » murmure-t-elle encore une fois avant de tourner la tête contre la paroi.

Marie, la gorge serrée par l'émotion, incapable d'articuler une parole, descend de l'ambulance à reculons. Elle esquisse un signe de la main avant que les portes ne se referment. Elle reste là, Albert à ses côtés, et ils regardent la voiture sortir de la cour escortée par les chiens. Quand elle disparaît au détour du chemin, ils restent figés à fixer l'endroit où l'ambulance a disparu comme si elle allait revenir d'un instant à l'autre.

C'est Marie qui la première se détourne et rentre sans un mot préparer un baluchon des affaires d'Antoine.

Albert s'est assis à la table, il y a une bouteille de vin et un verre pas lavé, restant du repas de midi. Il est abasourdi, désemparé, il reste là, accoudé, le front appuyé sur sa main gauche. Son visage n'exprime rien qu'une infinie tristesse, pendant que Marie s'active à rassembler des vêtements et tout le linge sale d'Eulalie. Ça fait un paquet volumineux qu'elle pose près de la porte avant de se retourner vers cet homme qui a l'air brisé. Il a rempli son verre, le descend cul sec, le repose devant lui et le remplit à nouveau. Marie éprouve un peu de pitié pour cet homme qui a l'air de souffrir, et qui ne trouve pas d'autre remède à sa tristesse que de vider sa bouteille.

« C'est pas une solution ! » dit-elle, mais d'un ton adouci, presque affectueux. Il la regarde, les yeux plissés, un regard qui n'exprime rien et surtout pas le défi, mais il vide son deuxième verre et le remplit encore.

« Chienne de vie ! dit-il en s'absorbant dans la contemplation du vin dans son verre.

— Il ne faut pas vous laisser aller, dit Marie, elle finira bien par guérir et elle vous reviendra. C'est une question de temps. Il faut garder espoir. Elle tient à vous, vous savez… plus que je n'aurais cru. Trois fois elle m'a répété “Je ne veux pas le perdre !” Vous l'attendrez, n'est-ce pas ?

— C'est pas de moi qu'elle parlait !… »

Marie croit avoir mal entendu, puis elle se dit que c'est l'ivresse naissante qui lui fait dire ça. Il a l'air ennuyé à présent, comme quelqu'un qui a trop parlé. Il continue de regarder son verre, le troisième, auquel il n'a pas encore touché.

« Qu'est-ce que vous voulez dire ?… De qui voulez-vous qu'elle parle ? »

Il vide son troisième verre, regarde Marie droit dans les yeux avec un air de défi maintenant. Il lance :

« Eulalie est enceinte ! »

VIII

Le visiteur de l'hiver

EULALIE EST REVENUE de Privas à temps pour fêter Noël. Elle est guérie, ont dit les docteurs, mais ils ont dit aussi qu'il faudrait consulter immédiatement en cas de nouveaux troubles. Pour l'instant, elle est resplendissante avec son ventre arrondi. Elle est venue au Chayne en convalescence, heureuse d'avoir retrouvé Antoine. Lui, il est tout content de revoir une maman transformée, souriante et détendue, qui ne parle plus de bains.

Le père et la mère Lascombe se sont fait beaucoup de souci. Marie avait très mal reçu l'annonce de la grossesse de sa fille par un Albert à moitié ivre. Elle en avait eu les jambes coupées et un besoin urgent de trouver une chaise à proximité, sinon, elle serait tombée assise à terre. Elle ne l'avait d'abord cru qu'à moitié, soupçonnant une sorte de provocation inspirée par le désespoir et le tragique de la situation. Elle n'avait pas posé d'autres questions et avait seulement demandé qu'on aille lui chercher Antoine.

Julien l'avait beaucoup questionnée sur le chemin du retour. Elle avait seulement dit qu'Eulalie avait été emmenée à Privas. Elle avait refusé d'en dire plus devant le petit, et jusqu'au Chayne n'avait plus desserré les dents. Il faisait presque nuit quand ils arrivèrent. Elle prit le temps de faire manger l'enfant et de le coucher, car il tombait de sommeil, fatigué par la longue marche. Ensuite elle put enfin vider son sac et raconter tout ce qui s'était passé.

La surprise avait laissé sans voix Julien et le père Joseph. Ce dernier finit par dire qu'il faudrait quand même aller voir le docteur Bressot pour confirmer la nouvelle. Le docteur avait confirmé : une grossesse évaluée à trois mois. Si elle était menée à terme, l'enfant naîtrait fin mars. D'ici là, elle aurait le temps de se rétablir.

Il avait expliqué à Marie, la mère, accompagnée de Marie, la fille, que ce genre de maladie nerveuse, prise à temps et bien soignée, pouvait disparaître sans laisser de traces ou devenir chronique, il fallait espérer que pour Eulalie, ce ne serait pas le cas. La maternité pouvait avoir un effet bénéfique et il avait une entière confiance dans les médecins de Privas. La mère et la fille n'étaient ressorties de son cabinet qu'à moitié rassurées.

Elles avaient aussi tenté d'accélérer les démarches pour obtenir le mortuaire de Victor, par l'intermédiaire du maire de Juvinas en relation avec le maire d'Oubreyts. Tous ces efforts conjugués avaient porté leurs fruits et le dossier avait fini par aboutir. Victor Jaubert reposait maintenant officiellement au cimetière d'Oubreyts, de façon tout à fait symbolique puisque le corps n'avait pas été retrouvé. La mort de Victor reposait uniquement sur les témoignages de ses camarades de combat, mais Eulalie et Antoine auraient une tombe sur laquelle ils pourraient se recueillir.

Albert avait recours de plus en plus fréquemment à la bouteille quand la solitude devenait intolérable. Dans la journée, il travaillait beaucoup, le soir, il buvait beaucoup. Ça lui passerait quand Eulalie reviendrait et qu'ils se marieraient, avait-il expliqué à Julien qui était allé par deux fois lui rendre visite.

Marie avait fait plusieurs voyages en train à Privas pour rendre visite à sa sœur et se rendre compte des progrès de la malade. Au début, elle était revenue horrifiée par ce qu'elle avait vu. Pour quelqu'un qui n'y est pas habitué, le spectacle d'un asile d'aliénés, même rebaptisé « hôpital psychiatrique », est toujours éprouvant. Puis l'habitude aidant, et l'état d'Eulalie s'améliorant, l'espoir était revenu. Début décembre, un docteur en blouse blanche, lorgnons et barbichette en avant, avait annoncé à Marie au cours d'une visite que sa sœur pourrait rentrer chez elle pour Noël. La nouvelle avait été accueillie avec soulagement par toute la famille : le bébé ne naîtrait pas à l'asile.

On était donc passé aux projets de mariage, d'où la deuxième visite de Julien à Albert. Celui-ci était bien d'accord, et Eulalie aussi, pour que cela se fasse le plus vite possible, dans le courant de janvier 1918, et de façon la plus discrète possible, sans cérémonies ni repas de noces. Les circonstances ne s'y prêtaient pas.

Lambert et ses gendarmes patrouillaient toujours régulièrement du côté de Juvinas, mais ils manquaient d'hommes pour organiser des battues d'importance et Julien n'était pas un si gros gibier. Celui-ci se méfiait des fêtes de Noël où les familles se réunissaient pour la veillée aux châtaignes. Il pensait que Lambert ne raterait pas l'occasion de faire une visite chez les Lascombe. Aussi, avec Eugénie, ils avaient comploté pour passer la nuit ensemble.

Le père d'Eugénie n'avait pas eu de permission, elle et sa mère étaient invitées chez des cousins à Thieure où elles auraient dormi. La mère s'était laissé convaincre d'y aller seule. Eugénie avait beaucoup argumenté… énormément imploré : elle ne voulait pas laisser Julien tout seul, un soir comme celui-là. Elle avait réussi, à force de supplications et de promesses, à arracher l'autorisation d'inviter Julien à un petit dîner qu'elle préparerait elle-même. Sa mère n'était pas dupe et se doutait bien que Julien ne rentrerait pas finir sa nuit à Moureyre, mais elle n'avait plus d'illusions sur la vertu de sa fille et, sans que le sujet n'ait jamais été abordé, il était évident pour elle qu'Eugénie n'était plus une jeune fille. Et puis, c'était une drôle d'époque… Ce que la mère avait fini par accepter aurait été inconcevable quelques années plus tôt dans ce pays si puritain. La guerre avait commencé à changer les esprits. Les femmes étaient en train de gagner leur autonomie.

Elle avait donc décidé de fermer les yeux pourvu que la discrétion soit assurée vis-à-vis des voisins. C'était en quelque sorte le cadeau de Noël que Victoria faisait à sa fille. Eugénie promit tout ce qu'on voulut : les voisins ne s'apercevraient même pas d'une quelconque présence chez les Borel. Le cadeau avait bien un caractère un peu indécent, immoral même, mais Eugénie n'en avait jamais eu de plus beau.

Il n'était pas question de réveillon, là non plus les circonstances ne le permettaient pas, mais le soir de Noël, la famille Lascombe est réunie autour de la table familiale. Même Albert est venu d'Oubreyts passer la soirée avec sa fiancée.

Joseph II et Augusta avec leurs deux filles, Marie et la petite Jeanne, Eulalie et Albert avec le petit Antoine, cela fait onze personnes.

La famille n'ayant jamais été très portée sur la religion, il n'est pas question de messe de minuit, d'ailleurs l'église est trop loin. Un peu avant minuit, alors qu'ils finissent les dernières châtaignes cuites dans la cendre accompagnées de vin de clinton, Lambert et son gendarme attitré font irruption. Le père Lascombe a du mal à contenir son indignation :

« Vous venez chanter “minuit chrétien” gendarme, dit-il d'un ton sarcastique. Vous ne respectez même pas la trêve de Noël. Vous n'avez donc pas de famille pour être sur les routes une nuit comme celle-là ?

— Non monsieur Lascombe, je n'ai pas de famille et il n'y a pas de trêve pour l'armée française. La gendarmerie, c'est l'armée, et ce soir, il y aura encore beaucoup de soldats tués pendant que d'autres font la fête.

— Vous n'avez pas de leçon de civisme à nous donner, brigadier. Vous le voyez, ma famille n'est pas au complet ce soir, il me manque trois fils, et deux gendres. Un fils et un gendre ont été tués. Quant aux soldats qui seront tués cette nuit, pour eux et pour les autres, vous n'êtes qu'un planqué de l'arrière. Je vous souhaite un joyeux Noël gendarme. »

Lambert est devenu soudain très pâle, il va pour répliquer, puis se ravise et sort sans ajouter un mot.

« Drôle de père Noël », dit Joseph.

Puis, s'adressant aux enfants :

« Les enfants, il est temps d'aller au lit parce que le vrai père Noël ne va pas tarder et si vous n'êtes pas encore couchés, il passe son chemin. Il n'aime pas que les enfants le voient. N'oubliez pas de laisser vos souliers devant la cheminée. »

Et tous se précipitent pour placer leurs souliers à ce qui leur semble la meilleure place pour être les plus en vue. Demain, ils y trouveront une orange, merveille des merveilles en cette époque de pénurie.

Pendant ce temps, Julien et Eugénie passent une soirée en amoureux devant la cheminée. Ils ont fermé tous les volets à cause des voisins. La pièce est éclairée seulement par les flammes de l'âtre et une lampe à pétrole sur la table. Eugénie a mis les petits plats dans les grands. Au menu : salade aux croûtons, poulet farci aux marrons, pommes de terre sautées, fromage, et pour la veillée, châtaignes grillées sous la braise. Le tout, arrosé d'une bouteille de vin de clinton. Elle est heureuse de faire étalage de ses talents de cuisinière.

Le repas terminé, ils ont mis leurs chaises côte à côte, devant la cheminée. Ils entretiennent le feu de temps à autre en ajoutant une bûche, faisant jaillir des gerbes d'étincelles dans la hotte.

« Si le père Noël se pointe, il aura chaud aux fesses ! dit Julien en riant.

— Tu y as cru jusqu'à quel âge, toi au père Noël ? demande Eugénie en posant sa tête sur l'épaule de Julien.

— Je ne sais pas... Peut-être jusqu'à ce que je parte à la guerre... Non sérieusement, je ne me rappelle pas. Toi, je suis sûr que tu y crois encore !

— J'aimerais bien, des fois, pouvoir y croire, j'aurais des choses à lui demander.

— Et quoi par exemple ?

— Eh bien ! Que cette guerre finisse, qu'on puisse se marier et que mon père revienne à la maison. »

Julien ne répond pas, il regarde le feu fixement, il pense soudain aux camarades qui doivent fêter Noël dans les tranchées. Pour certains, ce sera le quatrième passé ainsi... les survivants. Il se sent coupable tout à coup, d'être là, comme un coq en pâte, il pense qu'il lui faudra le payer tôt ou tard. Il aimerait bien pouvoir penser à autre chose, vivre le moment présent, oublier l'avenir…

« Pourquoi tu ne me parles jamais de ta guerre, ce qui t'est arrivé… les batailles… Mon père, quand il vient, lui non plus ne veut pas en parler. On dirait que vous renfermez ça en vous-mêmes…

— Parce que ce n'est pas racontable, Eugénie… c'est tout ce qu'il y a à dire. Et si on pouvait raconter exactement ce que c'est, on ne nous croirait pas. Ceux qui n'ont pas vécu ça, ne peuvent pas comprendre. Le Chemin des Dames… après, j'ai pas voulu y retourner… pas pu ! Pourtant, c'était rien à côté des deux mois passés à Verdun l'année d'avant. Verdun… c'était pas humain ! L'enfer, ça peut pas être pire… Tu ne veux pas qu'on parle d'autre chose ?…

— Viens !… »

Eugénie s'est levée, elle entraîne Julien par la main dans la pièce à côté, sa chambre. En laissant la porte ouverte, la lueur du feu et de la lampe à pétrole éclaire à peine la pièce. Dans la pénombre, Eugénie se blottit tout contre Julien, ils s'embrassent longuement, passionnément. Julien essaie maladroitement de défaire les boutons dans le dos de la robe, il n'arrive pas, il y en a trop. Eugénie, avec un petit rire, se retourne pour lui faciliter la tâche. Un instant plus tard, la robe glisse à terre. Julien se colle au dos d'Eugénie, lui mordille l'oreille, ses mains caressent deux seins ronds et fermes. Elle profite d'un moment où son étreinte se desserre un peu pour lui échapper, il la perd dans la pénombre et ressent comme un grand vide tout à coup. Il la cherche désespérément du regard.

« Où es-tu ?... Reviens !... »

Il a un mouvement pour aller chercher la lampe à pétrole dans la pièce voisine, il hésite une minute, puis il entend une petite voix :

« Viens... qu'est-ce que tu attends ? »

Ses yeux qui se sont habitués un peu à la pénombre aperçoivent alors deux taches claires sur le sol. Il reconnaît une culotte, plus loin, un bustier. Il suit la trace qui le mène jusqu'au lit. Elle a remonté le drap jusque sous son nez, elle le regarde, un peu ironique. Il se déshabille alors rapidement, soulève le drap pour entrer dans le lit, suspend son geste pour admirer ce qu'il découvre.

« J'ai froid ! proteste-t-elle.

— Attends... Je vais te réchauffer !... »

Ils s'endormirent très tard. Pour la première fois depuis longtemps, Julien ne rêva pas de la guerre.

Le 17 janvier 1918, jour de foire à Aubenas. Albert et Eulalie se marient à l'église d'Oubreyts. Ce mariage qu'ils avaient souhaité célébrer dans l'intimité réunissait malgré tout presque toute la famille

Lascombe. La sœurs d'Eulalie, Marie et son frère Joseph ont servi de témoins. Augusta est là aussi, avec les deux petites. Il ne manque que Julien et les parents. Le curé n'a pas fait de commentaire sur l'embonpoint de la mariée. Mais son regard désapprobateur est éloquent. C'est un vieux curé, avec des idées sur la morale, héritées du siècle dernier. Auparavant, le maire, la soixantaine bien sonnée, avait été moins regardant. Il avait félicité les nouveaux mariés sans état d'âme. C'est Marie qui a préparé le repas de noces. Un repas simple, mais c'est une bonne cuisinière. Sa spécialité : le civet de lapin. Un gros lapin a donc été sacrifié pour la circonstance.

Lambert et son gendarme préféré sont venus à la sortie de l'église, sans doute pour vérifier que Julien n'était pas le garçon d'honneur. Il en a été pour ses frais. Le garçon d'honneur, c'est Antoine, qui rayonne de bonheur à l'idée d'avoir un petit frère ou une petite sœur et surtout d'avoir retrouvé une maman qui sait à nouveau sourire, et qui chante *Lilas blancs* à la fin du repas. Il est aux petits soins pour ses cousins et cousines et joue les maîtres de maison.

Albert force un peu sur la bouteille, mais personne ne s'en inquiète outre mesure un jour comme celui-là. Bref, à Chasselas, la vie reprend son cours.

Fin janvier il est tombé vingt centimètres de neige. Julien se réveille avec le sentiment que quelque chose n'est pas comme d'habitude. Le silence n'est pas le même. Le toit de la grange craque légèrement. Pendant une fraction de seconde, il s'imagine que quelqu'un marche sur les tuiles. Il ne fait qu'un bond hors de son lit et sans même prendre le temps d'enfiler son pantalon, il se précipite au-dehors en caleçon. Il ne fait pas tout à fait jour, et se retrouve pieds nus dans la neige. La lumière blafarde d'avant l'aube lui permet de voir que tout est blanc autour de lui. Il a dû neiger une bonne partie de la nuit vu l'épaisseur de la couche sur le toit. Ça explique les craquements de charpente.

Rassuré, il rentre mettre ses pieds au sec et allumer du feu. Il pense à Eugénie qui devra marcher dans la neige pour aller à l'usine. Le Chien, lui, a l'air ravi, il gambade allègrement, s'enfonçant jusqu'à mi-patte, avec des bonds de cabri.

Dans le milieu de la journée, il recommence à neiger, ajoutant quelques centimètres de blancheur toute neuve. Julien est allé au Chayne voir si ses parents avaient besoin d'aide. À la pelle, il a dégagé la terrasse devant la maison et l'accès à l'écurie. Sa mère l'a gardé à dîner, puis inquiète, l'a incité à partir :

« Si les gendarmes viennent aujourd'hui, remarque-t-elle, ils te suivront à la trace. »

De retour à Moureyre, il peut être tranquille, la neige qui retombe en abondance efface toutes traces. Dans la soirée, la couche atteint les vingt-cinq centimètres, mais il ne neige plus.

Après la soupe du soir, Julien s'est installé devant la cheminée, un verre de vin à portée de main, fasciné par les flammes et par les gerbes d'étincelles qui jaillissent par moments quand la bûche de châtaignier éclate sous l'effet de la chaleur. Cette soirée de solitude, devant le feu de bois, avec Le Chien couché à bonne distance pour ne pas être atteint par un éclat de braises, et tout ce blanc dehors, Julien sent bien que c'est un moment privilégié, une image de calendrier des postes. La solitude, il l'aime bien. Au front, quand il fallait dormir dans les abris, les uns sur les autres, mangés par les poux et les rats, il rêvait à des moments comme celui-là. Du coup, il se demande s'il n'est pas en train de rêver et s'il ne va pas être réveillé dans un moment par un marmitage en règle.

D'un autre côté, il sait que quand il ira dormir, il va rêver de tranchées et de bombardements. Jeux de miroirs vertigineux entre le rêve et la réalité. Il regarde son verre de vin d'un œil soupçonneux et décide de penser à autre chose...

Eugénie par exemple. Il aimerait bien qu'elle soit là, à ses côtés devant le feu de bois. Ils poseraient une couverture par terre, et ils feraient l'amour là, devant la cheminée, éclairés par les flammes. Julien, les yeux mi-clos, se cale contre le dossier de sa chaise, et laisse sa pensée vagabonder autour de cette idée. Il voit la scène en spectateur et quand il sent le désir monter en lui, il se dit que là aussi, il est temps de penser à autre chose sinon il va se retrouver dans la neige en pleine nuit sur le chemin de Chanteloube et il se voit mal en train d'expliquer pourquoi à Eugénie mais l'idée le fait sourire.

À ce moment, Le Chien dresse l'oreille et se met à grogner. D'un coup, Julien revient sur terre. Il entend bien comme un bruit de pas dehors, étouffé par la neige. Pendant un quart de seconde, il croit qu'Eugénie a eu les mêmes pensées que lui et que c'est elle qui est venue le rejoindre mais il réalise aussitôt la stupidité de la chose.

Lambert ?…

Il sent la peur monter en lui. Si c'est ça, il est fait comme un rat. Pourtant, ça lui semble peu probable : il fait nuit, il y a vingt-cinq centimètres de neige, il ne le croit pas capable de trouver la grange en pleine nuit par un temps pareil. Les pas semblent tourner autour de la maison. Le Chien s'est dressé, il grogne toujours, poil hérissé. Julien aussi s'est levé et lui impose silence. Il hésite sur la conduite à tenir. Et si c'était son frère Joseph ?… Peut-être a-t-il besoin d'aide ?… Il est peut-être arrivé quelque chose ?…

Non !… Joseph ne tournerait pas autour de la grange et il aurait déjà appelé pour se faire connaître.

On frappe à la porte… faiblement… presque discrètement. Julien se dit que s'il s'agissait de Lambert, il ne frapperait pas comme ça, il irait plus franchement et même, il ne frapperait pas du tout. La porte n'étant pas verrouillée, il serait déjà entré. Julien est maintenant persuadé que ce ne sont pas les gendarmes, alors, ce n'est plus pour lui qu'il a peur… Eugénie… Il est arrivé quelque chose !… Il va ouvrir la porte, la peur au ventre.

C'est un inconnu qu'il découvre sur le seuil. Il a l'air épuisé et à moitié gelé. Il s'appuie de la main sur le mur à côté de la porte pour ne pas tomber…

« Je suis perdu… s'il vous plaît, vous voulez bien me donner un coin pour dormir ?… »

Il est au bord de l'évanouissement prêt à tomber. Julien a juste le temps de l'attraper par un bras pour l'aider à entrer. Il le soutient à bras-le-corps jusqu'à la chaise qu'il vient de quitter devant la cheminée. L'homme s'y écroule littéralement et reste là, les bras croisés sur son ventre, le buste se balançant légèrement de l'avant vers l'arrière.

« Vous êtes blessé ? demande Julien en voyant ces bras croisés et cette attitude qu'il a observée maintes fois chez des camarades blessés au ventre.

— Non… seulement fatigué. C'est bon… votre feu… merci… sans vous, j'allais mourir de froid.

— Ne parlez pas… reposez-vous, je vais vous faire chauffer un reste de soupe, en attendant, il y a du fromage et du pain sur la table, servez-vous, mangez, prenez un peu des forces…

— Je ne suis pas un brigand, il faut que je vous explique…

— Demain, quand vous serez reposé, on aura tout le temps… »

L'homme a arrêté son balancement, il a décroisé les bras et tend ses mains vers les flammes. Elles sont bleues de froid. Peu à peu, il semble reprendre quelques vigueurs. Julien a mis la casserole contenant le reste de soupe à chauffer près du feu. Pendant ce temps, l'homme a trouvé assez d'énergie pour tirer sa chaise près de la table, il se coupe un morceau de pain et de fromage. Julien remarque qu'il fait des efforts pour ne pas manger gloutonnement malgré sa faim. Il y voit le signe d'une bonne éducation.

Maintenant que toute peur l'a quitté, il peut observer tout à loisir son étrange visiteur. Il lui donne entre trente et trente-cinq ans, mais peut-être est-il plus jeune, c'est son allure négligée et sa barbe qui doivent le vieillir. Il est habillé d'un reste d'uniforme de fantassin, sale et déchiré. Il a gardé la grosse capote de drap alourdie d'humidité et qui commence à fumer sous l'effet de la chaleur. Ses chaussures sont usées. Celle de droite a la semelle qui bâille, on voit même dépasser le gros orteil qui a troué la chaussette. Pour marcher dans la neige, ce n'est pas l'idéal et cet homme semble avoir beaucoup marché.

Pour le moment, il a terminé sa tranche de pain et son fromage et il lance un regard d'envie vers la casserole de soupe qui commence à fumer au coin du feu. Julien lui approche une cuillère, un bol et le sert en versant directement la soupe de la casserole dans le bol. L'homme lui lance un regard empli de gratitude et commence à avaler sa soupe à grandes cuillerées avec une satisfaction évidente.

« Il y avait longtemps que je n'avais pas avalé quelque chose de chaud, dit-il. Ça fait du bien. »

Pendant ce temps, Julien lui a servi un verre de vin, plein à ras bord. L'homme n'y touche pas avant d'avoir entièrement vidé son bol de soupe. Ensuite, il boit lentement, d'un seul trait, et repose le verre vide. Son visage a repris quelques couleurs, il arrive même à ébaucher un sourire en direction de son hôte. Il jette un regard à la casserole posée sur la table et qui contient encore un reste de soupe.

« Je peux ? demande-t-il, en amorçant le geste de se resservir.

— Faites, réponds Julien, reprenez du fromage et du pain. Il y a du saucisson aussi.

— Vous devez vous demander d'où je sors et ce que je fais dans la forêt par un temps pareil et en pleine nuit…

— Vous êtes un déserteur ?

— Oui ! Je peux bien vous le dire, vous n'avez pas une tête à aller me dénoncer. »

Julien se met à rire sous l'œil étonné et légèrement inquiet de son visiteur qui se demande ce qu'il a pu dire de si drôle.

« Pourquoi riez-vous ? Et comment avez-vous deviné ? J'aurais pu être un voyageur égaré ou un colporteur…

— Pardonnez-moi, c'est l'idée d'aller vous dénoncer aux gendarmes qui m'a fait rire. Vous rirez aussi quand vous saurez pourquoi… Et on n'a jamais vu de voyageurs égarés ni de colporteurs venir se perdre ici, à Moureyrc. On n'y a pas encore vu de gendarmes non plus mais ils pourraient bien finir par y venir. Si tous les déserteurs viennent s'y réfugier… ça finira par se savoir.

— Parce que vous aussi, vous avez déserté ? Je comprends votre rire maintenant…

— Finissez de manger, après, vous pourrez dormir au grenier, dans le foin. J'ai dans l'idée que vous en avez grand besoin. Demain, on aura tout le temps pour se raconter nos histoires. Vous avez l'air un peu plus gaillard que quand vous êtes entré mais vous tombez de sommeil. Une bonne nuit de repos vous fera le plus grand bien. »

Sans plus parler, l'homme termine son deuxième bol de soupe, il reprend du pain et une tranche de saucisson ainsi qu'un autre verre de vin. Il a l'air rassasié à présent, mais Julien voit bien qu'il a du mal à garder les yeux ouverts.

« Venez, je vous montre le chemin », dit-il en se dirigeant vers l'échelle qui accède au grenier.

Julien lui indique un coin dans le foin, à l'opposé de l'endroit où il dort habituellement. L'homme s'allonge aussitôt, enveloppé dans sa capote, sans même retirer ses chaussures.

« Là vous serez tranquille, dit Julien, dormez tout le temps que vous voulez, je tâcherai de ne pas vous réveiller demain. Dites-moi ? Avant de vous laisser dormir, je suis curieux de savoir par où vous êtes arrivé pour atterrir à Moureyre ?

— Lachamp-Raphaël… je suis venu par là… merci… merci pour tout ! »

Déjà, l'homme s'est endormi, laissant Julien songeur. « S'il est venu de Lachamp à travers la montagne, avec toute cette neige qui est tombée, je comprends qu'il se soit perdu et qu'il soit épuisé, se dit-il. Le bois de Cuze quand on ne connaît pas, on peut y tourner en rond pendant des jours. Là-haut sur le plateau, il doit y avoir au moins un mètre de neige, marcher là-dedans, c'est pas de tout repos. Il aurait pu y mourir de faim et de froid. On aurait retrouvé son corps au printemps, à la fonte des neiges, à moitié bouffé par les bêtes, renards et buses. Ça n'aurait pas été la première fois. Ici la neige ne tient pas longtemps. Si le temps se remet au beau, elle aura fondu dans quelques jours.

N'empêche que si les gendarmes avaient l'idée de venir faire un tour par ici, demain, ils feraient "coup double". »

Avant de se coucher à son tour, Julien sort pour satisfaire un besoin naturel. L'air est vif, la nuit est étoilée, et sous le clair de lune, la forêt scintille comme une carte de Noël à paillettes. Avec un ciel aussi clair, la nuit s'annonce froide, il risque de geler très fort. Avant de remonter au grenier, il ajoute une grosse bûche dans l'âtre, qui brûlera doucement toute la nuit. Le Chien dort déjà près du feu, la meilleure place. En regagnant sa couche, Julien jette un coup d'œil à son compagnon de chambrée, il n'a pas bougé, et dort comme une souche, allongé sur le dos. Il ne ronfle pas, et seule la respiration qui soulève sa poitrine à une cadence régulière indique qu'il n'est pas mort. Rassuré, Julien peut s'allonger à son tour et éteindre sa lampe à pétrole. Il s'endort en pensant à Eugénie.

Le jour naissant filtre à peine par la lucarne du grenier quand Julien ouvre les yeux. Il fait froid, mais ça pourrait être pire. Il se dit qu'il a bien fait d'entretenir le feu hier soir avant de se coucher.

Sa montre posée à son chevet, indique sept heures trente. Il rejette la couverture, s'habille rapidement et va jeter un coup d'œil à son invité. Celui-là dort toujours, dans la même position, la respiration toujours aussi régulière. Il n'y a qu'à le laisser dormir tout son soûl, se dit Julien, il ne doit pas être pressé de repartir. Puis, il descend raviver le feu.

Il règne encore une douce chaleur dans la pièce du bas, il reste de la braise dans l'âtre. Il suffit de rajouter une bûche bien sèche et les flammes ne tardent pas à repartir en crépitant. Le Chien vient lui faire fête, Julien l'apaise d'une caresse et se laisse un peu lécher la figure. Ils sortent tous les deux satisfaire leurs besoins matinaux. Julien est saisi par le froid, il doit faire au moins dix sous zéro, se dit-il. Un nuage de brume monte de la rivière, mais déjà le soleil pointe ses premiers rayons, au-dessus d'Aizac, le ciel rougeoie comme si le vieux volcan se réveillait, il n'y a plus un seul nuage. Ça va vite se réchauffer, se dit Julien, ce soir la neige aura fondu, du moins aux endroits bien exposés.

Le Chien gambade dans la neige, histoire de se dégourdir un peu les pattes, puis rentre se remettre au coin du feu pour attendre sa première pâtée. Julien le suit de près, il fait vraiment trop froid pour s'attarder dehors. Il pense encore à Eugénie qui doit s'emmitoufler pour aller travailler. Ce n'est que mercredi, il ne pourra pas attendre dimanche pour la voir, il ira à Chanteloube ce soir, si la neige a fondu.

En attendant, il fait un brin de toilette dans le seau d'eau qu'il prend soin de laisser près de la cheminée. Il ira en tirer un autre dans le puits tout à l'heure, pour son invité. Elle sera sûrement plus froide, mais il ne doit pas être trop habitué au confort, il s'en contentera sûrement. Il met à chauffer une grande casserole d'eau pour faire le café, en fait c'est surtout de la chicorée, le vrai café est beaucoup trop cher et de toute façon, difficile à trouver à Vals.

Il est près de midi quand l'homme descend du grenier. Julien a passé sa matinée dans la forêt à couper du bois à la hache. Ça réchauffe son homme. Ça réchauffe encore pour le transporter en plusieurs voyages. Ça chauffera son homme encore une fois quand il brûlera dans la cheminée. Maintenant, il y a un beau tas, bien empilé contre le mur, à côté de la porte.

Il s'était efforcé de ne pas faire trop de bruit pour respecter le repos de son hôte, mais celui-ci devait avoir le sommeil profond, car il affirme n'avoir rien entendu. Il a un sifflement d'admiration devant le travail accompli.

« J'ai honte d'avoir dormi autant pendant que tu faisais tout ce travail, dit-il. J'aurais aimé te donner un coup de main pour te payer de ton hospitalité.

— Ici, l'hospitalité, on ne la fait pas payer, répond Julien en souriant, et si tu as dormi si longtemps, c'est sûrement que tu en avais besoin. Je suis content de te voir avec une meilleure mine qu'hier au soir. Je vais finir de ranger mon bois. Pendant ce temps, tu trouveras un seau d'eau près de la cheminée, pour faire un peu de toilette et il y a du café au chaud dans l'âtre. Fais comme chez toi. Au fait, je m'appelle Julien Lascombe…

— Moi, c'est Pierre Jaume… Merci pour ton accueil, si je n'avais pas trouvé ta maison, je serais sûrement mort de froid et de fatigue à l'heure qu'il est.

— Tu m'as déjà remercié hier soir… va boire un peu de café… quand j'aurai fini avec mon bois, on se fera une poêlée de pommes de terre au lard pour le dîner, on pourra parler… raconter nos histoires… »

Julien fait un dernier voyage à sa coupe de bois. La neige, en plein midi, fond presque à vue d'œil. La température est remontée bien au-dessus de zéro, au soleil, il fait même chaud.

Après le repas, Jaume a tiré une pipe de son sac et un paquet de tabac presque vide. Ils font durer leur verre de vin après le fromage de chèvre.

« C'est mon dernier paquet de tabac, dit-il. J'aime bien fumer la pipe de temps en temps, surtout après un bon repas, mais je sais m'en passer… Si j'en ai plus, j'arrête.

— Si tu veux t'approvisionner, je peux demander à mon frère, il doit avoir quelques paquets de gris… sa provision. Il acceptera sûrement de t'en céder quelques-uns. Maintenant, explique-moi comment tu as fait pour atterrir chez moi, je n'ai pas pour habitude de poser des questions et tu n'es pas obligé de me répondre, mais je suis curieux de savoir ça.

— Mon histoire doit ressembler à la tienne, sauf que toi, tu ne t'es peut-être pas perdu dans les montagnes. Tu as déserté quand ?

— L'an dernier, à la fin du mois d'avril, après l'offensive Nivelle au Chemin des Dames, j'ai eu une permission. À peine arrivé, ils me rappelaient. J'ai pas rejoint. Je suis allé jusqu'à la gare, puis je suis revenu. Pour ça, je me suis pas perdu !

— Moi, je me suis sauvé du front, j'étais à Arras, au 159e régiment d'infanterie alpine, il y a eu des mutineries. On avait un capitaine… un dément… Je sais bien que dans cette guerre, on n'était que de la chair à canon, mais il nous le répétait tout le temps, un vrai sadique. Un jour, il a donné l'ordre d'attaque alors que la mitrailleuse en face fauchait les copains dès qu'ils sortaient de la tranchée. Ce jour-là, on a perdu les trois quarts du régiment. Il y avait un jeune sergent, classe 16, Baldo, il s'appelait, tout le monde l'aimait bien, il avait fait ses preuves, le feu… il connaissait. Là, il a tardé à sortir de la tranchée, le capitaine lui criait dessus… “ À l'attaque Baldo… à l'attaque bordel de merde… qu'est-ce que vous attendez… ” J'étais cinq mètres plus loin, moi non plus j'étais pas chaud pour sortir, mais j'aurais fini par y aller, Baldo aussi, sûrement, mais déjà, les copains se repliaient, c'était impossible, l'artillerie tapait trop long ou trop court… comme d'habitude ! Le capitaine, devant l'échec évident, est devenu littéralement fou de rage, il a sorti son revolver, et il a abattu Baldo, froidement, là, dans la tranchée. Le lieutenant Liogier qui venait juste de sauter dans la tranchée après s'être replié a vu toute la scène.

"Je ferai un rapport au colonel", qu'il a dit, au capitaine.

J'ai bien cru qu'il allait se faire descendre, lui aussi, mais il m'a vu et il n'a pas osé.

"Moi aussi, j'en ferai un, qu'il a répondu, refus d'obéissance… Pour celui-là, c'est réglé, mais pour vous : fuite devant l'ennemi, et celui-là là-bas, qui nous regarde et qui est bien resté planqué, lui aussi (c'est de moi qu'il s'agissait), son compte est bon." Et il en a dit comme ça pendant un bon moment.

Moi, j'en avais marre, c'est Baldo qui me restait en travers. La nuit suivante, j'ai filé à travers les lignes, vers l'arrière. J'ai réussi à feinter les gendarmes. Ceux-là aussi je les ai en travers. Ah ! Ils font du zèle pour t'empêcher d'échapper à la boucherie, mais eux… ils ne sont pas partants pour le cassepipe… ça non ! En plus il y en a partout de cette engeance, dans le moindre village… à te demander tes papiers pour un oui pour un non.

Ça fait un mois que j'erre à travers la France, j'ai même pris des trains en marche sans trop savoir où ils allaient. Un vrai vagabond, je suis devenu. Mais j'ai mal choisi ma saison pour déserter. L'été, tu peux dormir à la belle étoile, mais en janvier, il vaut mieux trouver un abri. Dans les fermes, les femmes sont restées seules, elles ont toujours besoin d'un coup de main, ne serait-ce que pour couper du bois… Elles payaient avec de la nourriture quand elles ne pouvaient pas donner d'argent et même une fois… celle-là, elle a payé de sa personne, en plus du repas. Elle aurait même bien aimé que je reste un peu plus longtemps, mais je ne voulais pas m'attarder… à cause des gendarmes…

Quand tu n'es pas du pays, ils t'ont vite repéré. Couper du bois… ça je sais faire… Je ne suis pas paysan, je suis instituteur, à Digne, dans les Basses-Alpes. Tu connais ce département ? C'est un beau pays.

— Non, je connais juste Marseille. Les Basses-Alpes, il faut y aller exprès. Mais j'ai connu un type au front qui venait de là, j'ai oublié son nom. On a été dans le même régiment pendant quelque temps. Blond, œil bleu très clair, doux comme un mouton, il avait un air perdu, comme un qui se demande ce qu'il fait là. Il était de Manosque, je crois, il me l'a dit une fois et ce nom m'est resté. Il avait toujours un livre à la main aux moments de repos. J'ai jamais vu personne lire autant. Il voulait écrire des livres plus tard, quand tout serait fini. La dernière fois que je l'ai vu, c'était vers Sommerdieu, un obus venait de péter à côté de lui. Il doit être mort… Qui sait ? Il aurait peut-être écrit de beaux livres, après tout ce qu'il a vu !

Mais continue ton histoire… Ta famille… elle t'attend ? Elle sait que tu as déserté ?

— Manosque, je connais, j'y ai enseigné quelque temps. C'est dans la vallée de la Durance, une rivière qui a des colères terribles, mais la ville est un peu à l'écart… À l'abri pour ainsi dire…

Ma famille ?… Mes parents sont morts, j'ai pas d'enfants, ma femme vit avec ses parents à l'abri du besoin. Eux, ils ne vont pas comprendre que j'aie pu déserter. Ils vont avoir honte de moi…

Tu as vu ce qu'a fait la propagande dans les esprits, à l'arrière ? Ils ne peuvent pas savoir ce que c'est que cette guerre. On ne peut pas leur expliquer, c'est l'incommunicabilité totale. Ça a frappé tous les permissionnaires : on ne peut pas leur dire… Ils ne comprennent pas, ils croient qu'on exagère. Ce sont les propos qu'on entendait le plus souvent chez ceux qui revenaient. Il y en avait — eux-mêmes trouvaient ça bizarre — qui étaient contents de revenir, de retrouver les camarades. Ils vous comprenaient, eux… c'était devenu leur vraie famille. Les plus choqués, c'étaient les Parisiens, il y en avait un, Maurice, on l'appelait Momo, il était revenu complètement écœuré…

“Ils s’amusent, qu’il disait, ils ne se sont jamais autant amusés… Les types, à l’arrière, ils ont toutes les femmes qu’ils veulent, et ils se pavanent en faisant les jolis cœurs. Ils n’ont jamais autant fait la fête… Pour sûr qu’ils voudraient bien qu’elle dure encore cette guerre. Et toi, quand tu débarques avec ton uniforme tout sale, tu as l’air d’un martien qui vient faire chier tout le monde avec sa guerre… et Verdun alors ?… et le Chemin des Dames ?… et les tranchées ?….

Ça les emmerde, je vous dis ! Un jour, je suis allé au cinéma, pour me changer les idées, il y a eu des actualités où ils montraient le front, sur la Somme, quelques scènes de tranchées… Dans la salle, j’ai entendu des réflexions comme “ils nous emmerdent avec leur guerre, ils pourraient pas nous montrer autre chose… ”

Mon vieux… j’ai jamais autant regretté de pas avoir de grenade sur moi, ça leur aurait donné une petite idée…”

« Voilà ce qu’il racontait Momo à son retour de perme. Et je vais te dire, Julien Lascombe, les autres, s’ils ne te croient pas, s’ils ne comprennent pas, c’est pas par indifférence ou par égoïsme, c’est qu’ils ne peuvent pas. Il y a des choses qu’on ne peut pas raconter avec des mots, il faudrait en inventer, en trouver qui n’aient jamais servi, qui ne soient pas usés. Mais ça, on ne sait pas faire. Même nous, qui avons cru qu'on faisait cette guerre pour tuer la guerre… encore un bon mot de propagande, ça !

Je te fiche mon billet qu'avant trente ans y en a une autre…

— Non ! Je ne crois pas, les hommes ont trop souffert, il faudra plusieurs générations pour oublier celle-là !

— Foutaises je te dis !… L'homme oublie plus vite que ce qu'il apprend. Toi-même, y a pas encore un an que t'es sorti de cet enfer et tu as commencé à oublier…

— On en a trop bavé, dit Julien… Y a des choses que je ne pourrai plus jamais oublier, aussi longtemps que je vivrai !…

— Oh que si ! que tu vas t'empresser de les oublier, et vite même… sans le vouloir. Tout ce qu'on a vu, tout ce qu'on a vécu, on ne peut pas garder ça en soi et vivre normalement, c'est trop lourd… c'est trop gros ! Tu verras, dès que ce sera fini, ceux qui ne seront pas trop touchés, et nous aussi, si on ne se retrouve pas devant un peloton d'exécution ; on va tous reprendre une vie normale, comme s'il ne s'était rien passé et un an plus tard… on n'en parlera plus.

Bien sûr, on se souviendra des faits, mais tout ce qu'on a ressenti alors, mais la peur qui te serre le ventre juste avant l'attaque, et le froid, et la faim, et la vermine, et les rats, et le manque de sommeil qui te fait t'endormir n'importe où, même debout, et la saleté, et la boue, et le "Trommelfeuer" qui nous rendait littéralement fous ?... Je suis sûr que déjà, tu n'en rêves plus la nuit.

— Comment tu sais ça ?

— C'est pas dur à deviner... crois-moi, si on n'oubliait pas, il y a longtemps qu'il n'y aurait plus de guerre, que les hommes refuseraient de se battre.

— Alors tu crois que ça changera jamais ?.... Y a pas d'espoir alors ?

— Quand tu vois ce que l'homme est capable de faire subir à l'homme !... et ça, depuis la nuit des temps... Pourquoi veux-tu qu'il change ? L'histoire de l'humanité est faite de massacres et le progrès en matière d'armements, ne sert qu'à augmenter le rendement.

— Mais toi, et moi, et beaucoup d'autres qui se sont mutinés ou qui ont déserté, ça veut dire quelque chose quand même... Tous ceux-là, ils ont refusé de continuer à se battre, peut-être que ça va s'amplifier, ce mouvement. Cette guerre aura quand même fait changer les esprits...

— C'est parce qu'elle dure trop... ils sont fatigués... Mais ils oublieront je te dis... laisse-les un peu se reposer et tu verras ! »

Ils se taisent à présent, comme s'ils n'avaient plus rien à dire sur cette guerre et celles à venir.

Julien pense à ce qu'a dit Pierre tout à l'heure, sur l'usure des mots, et des choses qu'on ne sait pas, ou qu'on ne peut pas raconter. Il comprend maintenant sa réticence à parler avec Eugénie et même avec ses parents de ce qu'il a vécu au front.

Mais Pierre a une vision de l'avenir trop pessimiste ; il ne peut pas le suivre sur ce terrain. Julien croit encore en l'homme, il ne croit pas qu'une telle folie furieuse soit à nouveau possible dans un avenir proche. Il sait bien qu'il y a toujours eu des guerres et qu'il y en aura encore d'ici la fin des temps, mais celle-là, il pense qu'il faudra au moins un siècle pour que l'humanité s'en remette, qu'elle ne s'effacera pas de sitôt des mémoires. Julien est un humaniste ! Utopiste, dirait Pierre.

« Il est beau ton pays, dit-il pour rompre le silence. Mais il doit être encore plus beau en été. Lachamp, c'est vraiment le plateau… ! Je me suis perdu dans la neige, puis j'ai fini par trouver un sentier où la trace était faite et je me suis retrouvé à suivre le lit d'un torrent qui m'a mené jusqu'ici. C'est en voulant éviter le village, au bord de la route, que je me suis perdu dans le bois de châtaigniers, il n'y avait plus de trace.

La nuit tombait et j'étais prêt à retourner jusqu'au village pour trouver un abri quand j'ai aperçu le toit de ta maison avec la fumée qui sortait de la cheminée. Il était temps, j'étais à bout.

— Le torrent, c'est la Bezorgues, le village, là en bas, c'est Le Chayne, mes parents y habitent, ils t'auraient bien reçu, les autres aussi d'ailleurs, il n'y a pas de mauvaises gens au Chayne, mais je me mets à ta place... quand on ne connaît pas, vaut mieux être prudent. Où comptais-tu aller avec un temps pareil et à la nuit tombée ?

— Tout le long du chemin, j'ai vu des granges où j'aurais pu m'abriter pour la nuit, mais je voulais descendre le plus bas possible dans la vallée. Je pensais qu'il n'y aurait plus de neige à basse altitude. Je me suis trompé et je ne voyais plus de granges.

— Tu as eu de la chance... si tu avais passé la nuit dehors, tu aurais gelé sur place, il a dû faire quinze sous zéro au moins... On t'aurait retrouvé à la fonte des neiges !

Tu peux rester ici le temps que tu voudras. Les gendarmes sont à mes trousses, mais ils sont pas trop vaillants ! Remarque, s'ils apprennent qu'il y a deux gibiers au lieu d'un, ça peut leur redonner de l'élan, mais comment ils l'apprendraient ?

Si je ne suis pas trop curieux, quels sont tes projets ?

— Je compte rejoindre les Basses-Alpes. J'ai des amis là-bas, sur qui je peux compter... Enfin, je connais du monde. Ma femme ? elle ne m'aidera pas beaucoup. Pour elle, il n'y a que sa famille qui compte et ils ont dû la monter contre moi. Ils ont sûrement reçu la visite des gendarmes depuis que j'ai déserté. Pour eux, ça doit être la honte ! Le beau-père… je l'entends d'ici : "Dis-moi que tu ne reverras plus cet individu qui a trahi sa patrie ! Il n'a même pas été capable de me donner un petit-fils ce lâche ! S'il vient rôder par ici, je n'hésiterai pas à prévenir les gendarmes !"

— C'est pas pour lui manquer de respect, mais si elle se laisse influencer comme ça, c'est qu'elle a pas beaucoup de caractère, et pas beaucoup d'amour pour toi… Ça ne me regarde pas, mais je te le dis comme je le pense. Ça a toujours été comme ça entre vous ou c'est venu petit à petit ?

— C'est venu petit à petit. Tu vois ce qui a tué l'amour c'est qu'on n'a pas pu avoir de petit. On ne sait pas si ça vient d'elle ou de moi. On a vu des docteurs. Ils nous ont donné toutes sortes de remèdes, mais ça n'a pas marché. Pour sa famille, bien sûr, il n'y a pas de doute : il n'y a jamais eu de femme stérile chez eux ! Dans ma famille non plus, il n'y a jamais eu d'homme stérile, que je leur ai répondu… ça ne prouve rien, ni d'un côté ni de l'autre.

Je faisais l'école à Digne, on logeait à l'école. Ses parents habitaient à deux rues de là. Mon métier me prenait beaucoup. J'aime enseigner et j'aime les enfants. Avec eux, ça me faisait une compensation. Elle, je la sentais frustrée, elle passait de plus en plus de temps avec sa famille. C'est comme ça que l'amour a fini par s'user. Si la guerre n'était pas arrivée, ça aurait sûrement continué comme ça... l'indifférence polie... on s'habitue à tout. Je suis venu une fois en permission, j'ai eu le sentiment d'être de trop, je ne comptais plus. Au moins, je faisais mon devoir... Ils étaient bien obligés de prendre quelques gants. Mais maintenant !... Ils doivent se sentir déshonorés... Tu vois pourquoi, je suis pas tellement pressé de rentrer, mais t'en fais pas, je vais pas m'incruster... Je repartirai demain, le temps de me reposer un peu.

Je connais un village, près de Digne, aussi perdu que le tien. Thoard il s'appelle. Il est perché sur un piton dans la vallée des Duyes vers le col de Fontbelle. Il y a toute la montagne autour pour se cacher et les gendarmes ne doivent pas trop s'y aventurer. J'ai là des amis d'enfance, ma seconde famille. Je sais que je peux compter sur eux.

— Pourquoi veux-tu partir demain ? Je t'ai dit que tu peux rester tant que tu veux ! C'est pas des paroles en l'air. Ici, la nourriture ne coûte pas cher : on mange des châtaignes, j'attrape quelques lapins avec des collets et des truites dans la Bezorgues. De plus, je ne suis pas fâché d'avoir un compagnon, instituteur par-dessus le marché... Ça me plaît bien de pouvoir discuter un peu avec quelqu'un d'instruit... On n'a pas souvent l'occasion par ici.

Reste donc quelques jours, le temps de bien te requinquer puis tu pourras regagner tes Basses-Alpes si tu as le mal du pays. Attends au moins que la neige fonde ; ici, elle ne tient jamais très longtemps.

— Eh bien ! puisque tu insistes… Je crois que je vais accepter ton invitation. Il est vrai que ça ne me dit rien de repartir dans la neige, je risque encore de me perdre et je ne trouverai pas toujours un autre déserteur aussi accueillant et sympathique.

— À la bonne heure… ça c'est plus raisonnable ! Je suis sûr qu'on va bien s'entendre et si tu me promets de pas essayer de me la chiper, je te présenterai ma fiancée ! »

IX

Pierre

La neige a fondu sur les chemins à nouveau praticables. Une fine couche persiste dans les sous-bois, aux endroits qui ne voient jamais le soleil.

Aujourd'hui, c'est dimanche, Pierre est là depuis cinq jours. Une véritable amitié s'est installée entre les deux hommes. Ils ont fait des promenades dans la montagne, Julien lui a montré les paysages sauvages et grandioses de la vallée, les villages perchés et les trous d'eau de la Bezorgues pleins de truites et d'écrevisses.

Il l'a emmené chez ses parents. Ceux-ci, intrigués tout d'abord par ce visiteur tombé du ciel, puis impressionnés par l'instituteur, lui donnèrent du Monsieur jusqu'à ce qu'il demande comme une faveur d'être appelé Pierre, ce qui le rendit définitivement sympathique.

Le vendredi soir, Julien était allé à Chanteloube, attendre Eugénie rentrant du travail. Ils s'étaient embrassés longuement, appuyés au tronc d'un châtaignier, les pieds dans la neige. Elle avait gémi sous les caresses de plus en plus appuyées de Julien :

« Arrête… il fait nuit… il fait froid… c'est pas le bon endroit, ni le bon moment pour me faire des choses pareilles… Attends dimanche !

— Tu m'as manqué, ma Génie ! »

Ils étaient rentrés, la mère d'Eugénie avait insisté pour qu'il partage leur repas du soir. Il avait fini par accepter et leur avait parlé de Pierre.

« Tu le verras dimanche, avait-il dit à Eugénie. Il va rester quelques jours avant de reprendre la route. Je le regretterai, c'est un compagnon agréable, il fait bon discuter avec lui. Il est instituteur. Ses élèves devaient bien l'aimer, on le sent passionné par son métier… »

Pierre était resté seul à Moureyre, plongé dans la lecture de l'unique livre en sa possession : *Les tragédies de Shakespeare*. Il l'avait lu et relu et connaissait des tirades par cœur.

En rentrant de Chanteloube, Julien l'avait trouvé toujours plongé dans sa lecture, tel qu'il l'avait quitté. Il lui avait posé des questions sur cet auteur anglais au nom imprononçable dont il n'avait jamais entendu parler. Pierre lui avait expliqué qui était Shakespeare, les pièces qu'il avait écrites et qui contenaient toutes les passions humaines : des amours lumineuses et contrariées de Roméo et Juliette à la jalousie morbide d'Othello en passant par la noire ambition de Macbeth.

« Dans cette pièce, avait-il dit, Shakespeare, par l'intermédiaire de son personnage, donne une définition de la vie qui colle bien à notre époque : “C'est une histoire, racontée par un idiot, pleine de bruit et de fureur, et qui ne signifie rien”.

— C'est tout à fait ça, avait approuvé Julien. Moi, je n'ai lu qu'un seul livre dans ma vie : *Les Misérables*.

— Ça aussi, c'est une histoire universelle… Jean Valjean. Tu as remarqué qu'elle commence à Digne ?

— C'est vrai… Chez l'évêque… J'avais oublié.

— Pourquoi n'as-tu jamais lu d'autres livres ? Celui-là ne t'avait pas plu ?

— Au contraire, j'étais même persuadé qu'on n'avait jamais écrit de plus beau livre. C'est pour ça que je n'ai pas eu envie d'en lire d'autres. Et puis, chez les paysans d'ici, personne ne lit, à part le journal. Des livres, tu n'en trouves pas dans les familles, ils sont trop chers, on considère que c'est du temps perdu. Alors, on perd l'habitude. Si c'était pas les journaux, beaucoup oublieraient le peu de lecture qu'ils ont appris à l'école. Il y a d'ailleurs beaucoup d'illettrés dans nos campagnes, des vieux, surtout des femmes. De leur temps, l'école n'était pas obligatoire et l'on jugeait que les femmes n'avaient pas besoin de savoir lire. Par contre, il fallait qu'elles sachent compter, mais elles apprenaient par elles-mêmes. Comment c'est chez toi ?

— Comme ici, je pense, peut-être pire. À Digne, tous les enfants vont à l'école, mais dans les campagnes alentour, les fermes isolées, ce n'est pas toujours le cas. Les Basses-Alpes, c'est un département beaucoup moins peuplé que l'Ardèche, certaines fermes sont vraiment loin de tout. Il y a de grandes étendues absolument désertes. Ici, ce n'est pas le cas : tu marches un peu et tu tombes toujours sur un hameau, un village ou une ferme, les gens sont moins isolés, l'école n'est jamais aussi loin. Là-bas, certaines fermes sont à une journée de marche de l'école la plus proche. Comment faire ?

— Tu comptes refaire l'école un jour ? avait demandé Julien.

— Si je peux, oui ! Je ne sais pas faire grand-chose d'autre de toute façon, et puis il n'y a que ça qui me plaît... Déjà tout gamin, je disais que je voulais être maître d'école plus tard, j'y suis arrivé, et sans me vanter, je crois que je ne suis pas mauvais dans le rôle, j'y suis en tout cas bien meilleur que dans celui de soldat. Les enfants m'aimaient bien. Mais qui sait ce que l'avenir nous réserve, à nous les déserteurs ? Si on arrive à tenir jusqu'à la fin de la guerre, je crois que ça se passera pas trop mal pour nous. Le pays aura besoin d'hommes, et il n'y aura plus besoin de faire des exemples.

— Oui mais elle peut durer encore longtemps cette putain de guerre, on n'est pas près de refaire surface !

— Non, je ne crois pas qu'elle durera encore longtemps... Pas plus d'un an, je dirais, si je devais faire un pronostic. L'Allemagne est à bout, la France aussi mais les Américains viennent d'arriver. Ils sont tout frais, eux. Je crois que ça fera la différence, l'Allemagne va mettre les pouces. Tu vois, je ne suis pas toujours pessimiste. Mais dis-moi plutôt... comment va la belle Eugénie que je n'ai pas encore vue ? Tu comptes me la cacher longtemps ? Tu as tellement peur qu'elle succombe à mon charme irrésistible ? Tu as si peu confiance en elle ?

— Arrête de me charrier, tu veux ! répond Julien en riant. Elle travaille tous les jours de la semaine, on se voit guère que le dimanche, c'est après-demain ; elle viendra dîner avec nous. Avant, il fallait bien que je la prévienne de ta présence. Tu as intérêt à te faire beau si tu veux la séduire, mais je serai là pour veiller au grain.

— J'ai oublié d'emporter mon costume du dimanche. C'est bien dommage, je ne serai pas à mon avantage dans mes hardes, mais je suis sûr que c'est pas le genre de fille à se laisser impressionner par un beau plumage, il me reste le ramage !...

— Tu parles comme un instituteur !

— Mais ne t'inquiète pas, on sait vivre. Dans l'après-midi, j'aurai le tact de prétexter une promenade digestive pour vous laisser un peu seuls. Deux heures... Ça ira ?

— Tu es encore fichu de te perdre dans les bois... mais j'apprécie la délicatesse. Si t'es pas rentré à la nuit, on préviendra les gendarmes !

— Ah ! Ah ! Ah ! Elle est très drôle ! »

Ce dimanche donc, les deux hommes se sont mis en frais de cuisine. La veille, Julien avait relevé un lièvre pris dans un de ses collets. Il l'avait fait mariner toute la nuit dans du vin aromatisé à l'ail et au romarin. Il mijotait à présent dans la cheminée, embaumant toute la pièce.

« Avec des pommes de terre cuites dans la cendre, ce sera un dîner de gala, dit Julien. Eugénie amènera du pain frais. Ils le font cuire le samedi au four du village.

— Si les gendarmes doivent nous arrêter, j'espère qu'ils nous laisseront finir le repas. J'ai l'impression que ce lapin doit embaumer à des kilomètres à la ronde !

— Ils respectent le jour du Seigneur ! Tu crois pas qu'ils vont travailler le dimanche ! Ils ont failli m'avoir deux fois, mais c'était en semaine. La première fois, c'était à ma grange de Guillou, ils l'avaient repérée, on la voit de la route. La deuxième fois, c'était chez mes parents, au Chayne. Ils patrouillaient dans le coin et quelqu'un leur a dit qu'il m'avait vu rentrer chez eux. C'est du moins ce qu'ils ont dit, mais je n'en crois pas un mot ; ce devait être un hasard. Mais ici à Moureyre, ils ne sont jamais venus. Ils doivent avoir peur de se perdre, et cette grange, à part y tomber dessus accidentellement, comme certains, elle est pas facile à trouver. »

À onze heures et demie, ils avaient mis le couvert. La vaisselle était dépareillée, et les verres un peu ébréchés. Pierre aurait voulu égayer un peu la table par un bouquet de fleur, mais où en trouver en plein hiver et dans la neige. Julien lui dit que pour lui, la présence d'Eugénie et un bon repas, suffisaient à l'égayer. Les fleurs, ça ne se mange pas.

« Tu es un rustre, répliqua Pierre. C'est pour elle que je voulais des fleurs, pas pour toi. Comment a-t-elle pu s'amouracher d'un type aussi peu délicat ?

— Je me le demande aussi parfois, répond Julien en souriant. On est tous les deux paysans ardéchois, ça explique peut-être, mais ça n'empêche pas les sentiments. Elle va être intimidée par tes belles manières et ton beau parler. J'ai peut-être tort de te la présenter, je risque de ne pas être à mon avantage.

— Il faut prendre des risques dans la vie. »

Au même moment, la porte s'ouvre, et Eugénie apparaît dans l'encadrement. Elle a une belle robe en coton rose serrée à la taille qui lui arrive aux chevilles et met en valeur sa silhouette élancée. Un châle en laine sur les épaules. Le contre-jour auréole sa chevelure, faisant paraître ses cheveux presque blonds. Elle porte un panier en osier d'où dépassent une miche de pain et une bouteille. Elle hésite un peu à entrer, intimidée par la présence de Pierre. Elle tape légèrement des pieds sur le seuil pour faire tomber la neige qu'elle a sous ses semelles, cela lui donne le temps d'accoutumer sa vue à la semi-pénombre de la pièce après le grand soleil du dehors. Pierre s'est levé, Julien s'avance vers elle, la débarrasse de son panier après un léger baiser au coin des lèvres, la prend par la main et la mène au centre de la pièce.

« Eugénie, voici Pierre qui m'est tombé dessus mardi soir et qui rêve de te connaître depuis que je lui ai parlé de toi.

— Julien Lascombe n'essaie pas de me faire rougir, c'est trop facile, dit-elle en rougissant effectivement… Bonsoir monsieur, ajoute-t-elle en tendant la main à Pierre qui la lui serre délicatement, je suis contente de faire votre connaissance.

— Tout le plaisir est pour moi, mademoiselle…

— Bonsoir monsieur !… Tout le plaisir est pour moi, mademoiselle !… ironise, Julien… C'est pas bientôt fini ces mondanités, on se croirait chez les bourgeois… Pourquoi tu lui fais pas un baisemain pendant que tu y es ?… Vous allez me faire le plaisir de vous appeler par vos prénoms et de vous tutoyer… sinon… sinon… je vais pas me sentir chez moi !

— Juste avant que vous entriez, j'étais en train de dire à Julien qu'il n'était qu'un rustre et il vient de le confirmer : on ne fait pas de baisemain à une jeune fille. Cela dit, si vous acceptez sa proposition, j'y souscris de grand cœur. Eugénie… Tu veux bien ?

— Oui, moi aussi je serai plus à l'aise, mais il faudra me pardonner si je dis "vous" de temps en temps, il faut que je m'habitue.

— Maintenant que vous avez fini vos ronds de jambe, on va pouvoir passer à table, dit Julien. En ton honneur, on a mitonné un petit civet de lièvre... Tu nous en diras des nouvelles.

— Je l'ai senti à cent mètres, moi j'ai amené du pain et puis l'apéritif : du vin de noix fait par ma mère, et le dessert : un gâteau de châtaignes fait par moi.

— Une vraie fête ! dit Pierre.

— Le gâteau de châtaignes... ça cale bien l'estomac. Eugénie le réussit parfaitement. Il descend mieux si tu l'aides avec une petite eau-de-vie de prune. »

Le repas se prolonge dans la bonne humeur. Le civet remporte un franc succès et les félicitations d'Eugénie. Pierre fait les frais de la conversation, il lui décrit ses Basses-Alpes. Elle n'est jamais allée plus loin qu'Aubenas, mais d'entendre Pierre lui parler de la Durance, de la montagne de Lure, de la barre des Dourbes et surtout du Coussson cher au cœur des Dignois, lui donne envie de voyager.

Le vin de clinton a fait grimacer Pierre les premiers jours, à présent il apprécie son arrière-goût sucré et la façon qu'il a de rendre l'élocution facile.

Eugénie n'est pas en reste et lève le coude plus qu'à l'habitude sous l'œil étonné de Julien qui ne l'avait jamais vue boire autant. Toute gêne a disparu, plus de « vous » ni de « monsieur », comme s'ils se connaissaient depuis toujours. Les yeux pétillent, les rires fusent, Le Chien aussi est à la fête, les reliefs du lapin n'ont pas le temps de toucher le sol. Il règne une douce chaleur dans la pièce qui n'est pas entièrement due au feu de bois.

De temps en temps, une bûche s'effondre dans l'âtre, faisant monter tout un feu d'artifice sous le manteau. Eugénie s'appuie par moments, contre l'épaule de Julien qui frotte alors sa joue dans ses cheveux, amoureusement. Pierre, l'œil attendri mais jouant les offusqués, propose alors de sortir un moment pour ne pas gêner et fait mine de se lever sous les protestations des tourtereaux qui promettent de bien se tenir dorénavant.

Au moment du dessert, le gâteau de châtaignes n'emporte pas un franc succès : ils n'ont plus faim. Pierre fait quand même l'effort d'en goûter une petite part pour faire honneur à Eugénie et jure ses grands dieux qu'il n'a jamais mangé un aussi bon gâteau.

« S'il y avait eu les mêmes dans les tranchées, dit-il, je n'aurais jamais déserté. De plus, on n'aurait jamais eu faim.

— Tu n'es pas obligé de te forcer, dit Eugénie, il se conserve plusieurs jours. C'est vrai que j'arrive plus à avaler quoi que ce soit, moi non plus. »

Julien a mis sur la table sa bouteille d'eau-de-vie de prune. Eugénie en prend à peine au fond de son verre, les deux hommes se servent plus largement.

« Ça fait bien descendre le gâteau ! dit Pierre. Et même sans, elle se laisse boire !

— C'est mon frère Joseph qui la distille, et avec soin ; c'est la meilleure du canton. »

L'alcool, la digestion, la chaleur du feu de bois, une certaine torpeur s'installe. Les paroles se font rares, quelques bâillements mal étouffés se font entendre. Pierre se sent de trop. Il sait bien que ses amis ont envie d'être seuls un moment. Le dimanche, c'est « leur jour », il ne veut pas le leur voler.

« J'ai besoin de me dégourdir les jambes, dit-il, et depuis que je suis arrivé, je regarde tous les jours cette montagne, Sainte-Marguerite. Je me dis qu'on doit avoir une belle vue de là-haut. Le temps est bien dégagé, j'ai envie d'aller voir.

— Après un tel repas, ça risque d'être dur pour grimper là-haut, c'est pas de tout repos, remarque Eugénie.

— Ça me fera digérer, et j'aime marcher seul dans la montagne. De plus, j'échappe ainsi à la corvée de vaisselle. J'espère malgré tout que tu seras encore là quand je rentrerai, que je puisse te dire au revoir.

— Je la retiendrai de force s'il le faut, plaisante Julien, bonne promenade alors, et si tu vois un gendarme, salue-le de ma part.

— Je n'y manquerai pas. »

Pierre prend sa veste, au moment de sortir, il se retourne vers eux. Une pointe de jalousie lui chatouille l'esprit. Devant ces deux-là, il se sent seul. Rien de tel que le spectacle de deux amoureux pour vous faire ressentir le poids de la solitude. Et puis, Eugénie a éveillé chez lui un petit vague à l'âme, et il aimerait bien que ce ne soit que cela.

« Soyez sages, les amoureux », dit-il en refermant la porte.

« Pourquoi est-il parti si brusquement, demande Eugénie ? Tu crois que c'est pour pas nous gêner ?

— Oui ! C'est un homme bien élevé, qui a de la délicatesse, répond Julien en lui piquant des petits baisers dans le cou. Je crois qu'il en pince un peu pour toi… Tu lui as fait de l'effet !…

— Pourquoi tu dis ça ?… Elle fait mine de se défendre devant les caresses de plus en plus précises de Julien qui l'a prise sur ses genoux et lui mordille le lobe de l'oreille… Il n'a pas eu un geste ni une seule parole de déplacée, je le trouve bien sympathique et pas fier pour un instituteur…

— Son regard… dit Julien. La façon qu'il avait de te regarder au début, puis de plus te regarder à la fin. Remarque… qu'il soit troublé en ta présence, je le comprends… moi-même je…

— Julien… arrête… Y a toute la vaisselle à faire et ton ami peut changer d'avis et revenir d'un moment à l'autre…

— Il reviendra pas avant au moins deux heures, il a du tact, et la vaisselle peut bien attendre… Si on allait faire un tour au grenier, j'ai quelque chose à te montrer…

— Je le sais bien ce que tu as à me montrer… dit-elle en riant. Il doit faire froid au grenier…

— Non, pas du tout, et puis, je saurai bien te réchauffer va…

— Pour ça !… Je te fais confiance. »

Deux heures plus tard, ils redescendent du grenier. Ils ont fait l'amour longuement… tendrement, sur le lit de Julien. Un lit de fortune au milieu du foin. Eugénie n'a pas eu froid. Le conduit de la cheminée suffisait comme chauffage… et Julien.

Après l'amour, ils sont restés longtemps enlacés. Julien l'avait couverte de baisers, en partant de ses lèvres jusqu'au bout des orteils. Elle s'était laissé faire en gémissant de plaisir, doucement, comme un petit chat qui ronronne. Puis, elle avait fait de même. C'était à son tour à lui de gémir. Après quoi, il avait bien fallu éteindre l'incendie qu'elle avait rallumé. Ils avaient l'impression qu'ils n'arriveraient jamais à se rassasier l'un de l'autre et au moment où tout explosait, Eugénie se mordait les lèvres pour ne pas crier.

Après, elle se sentait un peu honteuse et vaguement coupable d'éprouver autant de plaisir. Elle se demandait si les autres femmes éprouvaient les mêmes sensations… Comment le savoir ? Elle pensait à sa mère et à son père, elle ne pouvait pas les imaginer en train de faire l'amour, et pourtant… elle était là… Ça avait bien dû leur arriver. Est-ce que ça leur arrivait encore, quand son père venait en permission ? Sûrement… mais elle était certaine que sa mère n'y prenait aucun plaisir, elle aurait même été choquée si on lui avait affirmé le contraire.

Puis, Julien lui avait picoré le bout du nez à coups de petits baisers. Elle avait vu ses beaux yeux gris-bleu plongeant dans les siens pour essayer de deviner ses pensées et elle avait souri en se disant qu'il aurait été bien étonné s'il y était arrivé. Il lui avait rendu son sourire et l'avait embrassée près de l'oreille en lui murmurant « je t'aime… » Elle avait répondu « Moi aussi… Plus que tout ! » Il l'avait aidée à se relever.

Tout en se rhabillant rapidement, il lui avait enlevé les quelques brins de paille qu'elle avait dans les cheveux et ils étaient redescendus du grenier comme du septième ciel… Il restait à faire la vaisselle !

Pendant ce temps, Pierre était arrivé au sommet de Sainte-Marguerite. Il avait découvert la petite chapelle, lieu de pèlerinage le premier dimanche de septembre. Il y avait encore de la neige alors qu'elle avait presque entièrement fondu dans la vallée. Il s'enfonçait par endroits jusqu'à mi-mollet, cela rendait la marche fatigante. Il avait mis près d'une heure et demie pour arriver là. Cela irait plus vite pour redescendre, il ne pourrait pas s'attarder très longtemps s'il ne voulait pas se faire surprendre par la nuit.

Le paysage en valait la peine, il ne regrettait pas ses efforts. Sur trois cent soixante degrés, la vue était grandiose : des crêtes enneigées du Tanargue à l'ouest, au plateau du Coiron à l'est, le ciel moutonnait à l'infini. Mais Pierre ne connaissait pas le pays et il regrettait de ne pouvoir mettre un nom sur tout ce qu'il voyait.

L'endroit lui rappelait son Cousson, la montagne qui domine Digne. Il y a une chapelle aussi : la chapelle Saint-Michel, également lieu de pèlerinage à la Pentecôte. Mais ici, le regard porte plus loin, les montagnes sont moins hautes et les sommets sont arrondis, comme des seins de femme. Au Cousson, il y a la barre des Alpes au nord et à l'est ; des sommets en dents de scie qui escaladent le ciel, comme la tête de l'Estrop, le phare des Bas-Alpins. Le regard pouvait juste s'évader vers le sud-ouest : la vallée de l'Asse, et celle de la Bléone qui allaient rejoindre la Durance qu'on devinait plus loin.

Pierre s'était assis sur le seuil de la petite chapelle dédiée à la sainte. Il regrettait de ne pas avoir amené quelque chose à boire. La montée, rude, lui avait donné soif. Il pensait à Julien et à Eugénie, il avait eu l'impression de se sauver. Ils devaient prendre du bon temps à présent. Il sentait une pointe de jalousie lui chatouiller le cœur. Eugénie avec toute sa fraîcheur et son sourire en rayon de soleil avait provoqué chez lui un petit vague à l'âme, une sorte de mélancolie qu'il avait peur de reconnaître et il pensait que Julien avait bien de la chance. Il pressentait quelque danger à se laisser envahir ainsi par de telles pensées, mais plus il faisait d'efforts pour penser à autre chose plus la chose se précisait : il était en train de tomber amoureux d'Eugénie.

« Je ne peux pas rester plus longtemps, se dit-il. Il faut que je reparte, ma place n'est pas ici. Je ne veux faire de mal à personne. Julien est un type bien. Ils seront heureux tous les deux, ils sont faits l'un pour l'autre, c'est moi qui suis de trop ! »

Le ciel commençait à virer au mauve. Il était temps de redescendre. Il se leva pour regarder une dernière fois le paysage, faisant un tour complet sur lui-même pour imprimer dans sa mémoire, comme sur une plaque photographique, ce panorama olympien où s'abaissait déjà, au-dessus du Tanargue, la boule rouge du soleil d'hiver.

Julien et Eugénie sont en train de ranger la vaisselle au moment où Pierre pousse la porte de la grange après avoir fait grand bruit pour annoncer son arrivée.

« On aurait dit une charge de sangliers, remarque Julien en riant, pas de danger que tu nous surprennes !

— On ne sait jamais, dit Pierre, avec des amoureux, il vaut mieux prendre des précautions. Je ne regrette pas d'être monté là-haut, la promenade en valait la peine, dommage que les jours soient si courts, je me serais bien attardé. Je suis descendu vite... Je suis arrivé en même temps que la nuit.

— Oui, il est temps que je raccompagne Eugénie, il faudrait pas que sa mère s'inquiète. »

Pendant ce temps, Eugénie s'est enveloppée dans son châle de laine, ne laissant dépasser que le bout de son nez. Ses yeux sourient à Pierre qui se sent un peu gêné depuis qu'il s'est découvert des sentiments. Il la regarde, ne sachant trop quelle contenance prendre. Il est conscient que son attitude manque de naturel et que ça doit se voir, ce qui accentue son trouble. D'un geste gauche, il tend la main à Eugénie, et parvient à articuler :

« Eh bien ! Au revoir Eugénie, je suis content de t'avoir connue. Je ne sais pas si je te reverrai, mais je vous souhaite tout le bonheur du monde à tous les deux. Oserais-je t'avouer que je l'envie un peu... Il rougit légèrement et ajoute précipitamment... J'espère que cette guerre finira bientôt et qu'on se reverra dans des circonstances plus... sereines... Peut-être m'inviterez-vous à votre mariage ? »

Eugénie s'est approchée, et comme si elle n'avait pas vu la main tendue, elle a baissé le châle de devant son nez et a déposé un léger baiser sur la joue de Pierre, qui pour le coup, est devenu rouge pivoine. Il réussit in extremis à retrouver un peu de sang-froid et prend Eugénie aux épaules pour lui rendre son baiser sur la joue. Il la relâche aussitôt après, effrayé de son audace.

« Je peux sortir, si je gêne, ironise Julien, mais j'irai pas jusqu'à Sainte-Marguerite quand même... ! »

Pierre esquisse un sourire contraint, Eugénie se retourne vers Julien :

« Bien sûr qu'on l'invitera, n'est-ce pas ? Ne le laisse pas repartir sans prendre son adresse... Mais peut-être vas-tu rester quelque temps, on se reverra peut-être dimanche prochain ? Pas besoin d'attendre la fin de la guerre…

— Il peut rester autant qu'il le veut, dit Julien, il peut même s'installer définitivement au pays, s'il se plaît ici… Après la guerre, il y aura besoin d'hommes de partout !

— Non, je ne crois pas… Je veux dire… je me plais beaucoup ici, c'est un beau pays et vous m'avez accueilli comme si j'étais de la famille… je n'oublierai jamais… Mais c'est pas chez moi, et je commence à ressentir le mal du pays… Il y a trop longtemps que je cours les routes, et puis, une fois la guerre finie, on aura des comptes à rendre. Dans les Basses-Alpes, j'ai quelques relations, ça pourra m'aider. Après… on verra ! Allez… au revoir Eugénie ! »

Après un dernier petit signe de la main, Eugénie sort dans la nuit, suivie de Julien qui a allumé sa lanterne. Pierre reste longtemps à fixer la porte refermée, comme s'il voyait à travers.

Une heure plus tard, Julien est de retour. Il trouve Pierre assis devant le feu où il a mis à réchauffer un reste de soupe de la veille. Quelque chose a changé se dit Julien devant l'air sombre et préoccupé de son ami. Un coup de cafard sûrement, comme ça arrivait souvent au front. Le mal du pays que Pierre évoquait tout à l'heure. Il sent confusément qu'Eugénie a aussi une part de responsabilité dans cette saute d'humeur, il ne sait pas trop pourquoi. Elle a dû raviver chez lui certains souvenirs, pense-t-il, il est resté trop longtemps sans femme, mon Eugénie lui a fait de l'effet, d'ailleurs il l'a dit qu'il m'enviait et je le comprends ! Comment je réagirais à sa place ?

« Tout va bien Pierre ? demande Julien pour rompre le silence.

— Tout va bien !... Un petit coup de cafard peut-être... Tu as connu ça toi aussi. Ça passera, comme les autres fois. Mes compliments pour Eugénie, tu as trouvé la perle rare et dans une situation comme la nôtre, c'est une sacrée chance. Vous serez heureux avec plein d'enfants pendant que je continuerai à courir les routes jusqu'à la fin des temps pour chercher mon Eugénie à moi.

— Je vois que tu as retrouvé le goût à plaisanter, et j'aime mieux te voir comme ça... Je suis sûr que toi aussi tu trouveras "chaussure à ton pied", après la guerre, les hommes encore valides n'auront que l'embarras du choix.

— Tu oublies que je suis marié... !

— Un mariage, ça peut se défaire !

— C'est pas toujours facile, et avant d'en arriver là, on aura d'autres chats à fouetter. »

Ils s'attablent face à face pour manger la soupe fumante, et le silence s'installe, uniquement troublé par le bruit du feu qui par moments crache comme un chat et par le chuintement qu'ils font en avalant des cuillerées de soupe brûlante. Dehors, le vent s'est levé, un vent du nord glacial et Pierre pense qu'il a bien de la chance d'être là au chaud à manger la soupe alors que d'autres crèvent de froid et de faim dans la terre gelée. Il se rend compte qu'il n'est pas un compagnon bien agréable ce soir et il sent bien que Julien l'observe, mine de rien, à travers la vapeur de soupe qui monte du bol.

« Il n'a pas à supporter mes états d'âme, se dit-il, il faut que je trouve quelque chose pour engager une conversation quelconque et essayer d'être plus convivial », mais c'est Julien qui le tire d'embarras, probablement animé du même souci de rompre le silence :

« Tu sais, dit-il, que dans ma famille il y a eu une histoire qui aurait intéressé ton... Comment il s'appelle déjà, le type qui a écrit le livre que tu lis tout le temps ?

— Shakespeare ?...

— Oui, c'est ça, j'arriverai jamais à dire ce nom ! Tu me dis qu'il a écrit des histoires pleines de meurtres et de passion... Celle-là n'est pas mal non plus : mon grand-père maternel est mort assassiné dans sa maison...

— Ah oui ! raconte-moi ça... par qui ?

— On n'a jamais su... l'histoire n'a jamais été éclaircie. Moi j'étais pas né quand c'est arrivé. C'est ma mère qui nous a raconté le peu qu'elle savait. À l'époque, l'histoire avait fait grand bruit. C'était en 1881 ou 82, je sais plus exactement l'année.

Louis Plan, mon grand-père, était un homme qui aimait la vie en général, et les femmes en particulier. Sa conduite avait souvent scandalisé sa famille et ses trois enfants.

Dix ans avant sa mort, il s'était retrouvé veuf à quarante-cinq ans, sa femme était morte de la tuberculose, elle en avait quarante-deux. Leurs trois enfants étaient élevés, les deux aînés... des garçons... mariés. La cadette, ma mère, avait vingt ans, elle prit aussitôt la place de sa mère pour tenir la maison, et s'occuper du ménage.

Le grand-père fut inconsolable... pendant un an. Les convenances ayant à peu près été respectées, il sécha ses larmes et considéra que ses enfants n'avaient plus besoin de lui, même sa fille qui "fréquentait" déjà mon père et allait se marier dans l'année. Il découvrit qu'il était libre comme l'air et se mit à mener une vie de jeune homme au grand dam des héritiers inquiets pour la succession.

Il passait ses journées à fréquenter les cabarets et maisons closes qui fleurissaient de Pont-de-Bridou à Aubenas en passant par Labégude et Lalevade. Il rentrait tard dans la nuit et des fois pas du tout et il repartait en début d'après-midi.

Tout juste s'il faisait son jardin et entretenait quelques volailles pour vivre. Il avait vendu ses chèvres qui donnaient trop de travail et dilapidait joyeusement ses économies qu'on disait conséquentes, car fils unique, il avait hérité de ses parents pas mal de louis d'or, disait-on. Un vrai trésor, que personne n'a jamais vu, et qui n'était peut-être qu'une légende.

Toujours est-il qu'au train où il y allait, il n'allait pas durer longtemps, le trésor, et les enfants parlaient déjà de réclamer leur part, mais leur part de quoi ? Le père leur aurait ri au nez s'ils lui avaient parlé de trésor à partager. Si toutefois il existait, il devait être bien caché, car ma mère, en faisant le ménage et en rangeant les armoires de linge, n'avait jamais vu la moindre pièce d'or.

Un beau jour, on vit une grande brune venir s'installer dans la maison. Rachel, elle s'appelait. Elle n'avait pas l'air d'une paysanne, elle avait bien quinze ans de moins que mon grand-père et déplut à tout le monde avec ses grands airs. La famille au début, était plutôt soulagée. Les enfants se disaient que le père allait se remarier, vivre en concubinage n'a jamais été très bien vu par ici. Sa nouvelle femme finirait bien par s'adapter et on la trouverait plus sympathique dès lors que la situation serait régularisée. En tout cas, il allait arrêter de faire la noce et de jeter l'argent par les fenêtres. C'était ce que tout le monde croyait dans la famille et tous se mirent à attendre la publication des bans avec un optimisme béat.

Au bout d'un an, on dut se rendre à l'évidence. De mariage, il n'en était pas question. Quand on abordait le sujet avec le père Plan, il partait d'un grand rire :

"Me marier la Rachel ?... sûrement pas !... on est faits pour rester célibataires elle et moi. Elle ne m'a rien promis ni moi non plus. Sauf de rester libres comme l'eau de la Bezorgues !..."

Le fait est qu'ils avaient l'air de mener une vie à laquelle les gens d'ici n'étaient pas habitués. Ils sortaient toujours autant : des fois ensemble, des fois séparément et on avait même vu d'autres hommes fréquenter la maison quand le Louis était absent.

Tout ça faisait jaser, bien sûr, mais ces deux-là n'en avaient cure. La Rachel, quand elle allait chercher son lait au Moulin Lacoste personne ne lui disait bonjour, mais ça n'avait pas l'air de la troubler. Elle avait toujours un petit sourire aux lèvres qui lui donnait l'air de se foutre de la gueule du monde, mais c'était même pas ça... Les gens d'ici, elle les ignorait... Comme si elle habitait un village nègre en Afrique.

Ma mère était allée vivre dans la famille de son promis qui lui avait fait bon accueil. Les Lascombe comprenaient bien qu'elle ne puisse plus rester avec son père et comme le mariage était pour bientôt... En tout cas, elle n'allait plus voir son père. Ses frères aussi avaient coupé les ponts.

Il avait quand même assisté au mariage de sa fille, qui avait eu lieu à l'automne mais il n'avait pas participé au repas de noces ce qui avait soulagé tout le monde. Sa présence était une gêne pour sa famille à qui il faisait honte.

"Tout ça finira mal !" C'était ce qui se disait le plus souvent quand on parlait du père Plan.

Les prophéties populaires parfois se réalisent et les prophètes eux-mêmes, les premiers étonnés d'avoir vu juste, en sont horrifiés ou font semblant de l'être.

Un matin, le père Eyraud du Moulin Lacoste descendait garder ses chèvres dans son pré d'Outre-l'Aygue au bord de la Bezorgues. En approchant de la maison de mon grand-père qui est en bordure de route, son regard fut attiré par la fenêtre du rez-de-chaussée, celle de la cuisine. Elle était ouverte et quelque chose était posé en travers de l'appui, comme un tapis qu'on aurait secoué. Mais le père Plan, ni personne ici, n'avait de tapis à secouer. En s'approchant, le père Eyraud eut un coup au cœur : ce n'était pas un tapis, mais un homme qui était couché, inanimé, en travers de la fenêtre, la tête et les bras pendant au-dehors.

Il confia ses chèvres à son chien et se précipita vers la maison voir de quoi il retournait. Plus il approchait, plus il reconnaissait le père Plan qui gisait là, moitié dehors, moitié dedans... Il a dû prendre un malaise, pensa-t-il tout d'abord, il a ouvert la fenêtre pour essayer d'appeler à l'aide.

Mais il s'arrêta pile à cinq mètres de la maison. Il venait d'apercevoir une longue traînée rouge vif qui partait de la tête et qui avait fait une grande flaque noirâtre dans le vert de l'herbe qui poussait sous la fenêtre. Quelques filaments blanchâtres suintaient de l'affreuse blessure.

Le père Eyraud regardait, stupéfait... Un coup de hache, pensa-t-il tout de suite, et un sacré !... Sûr qu'il se l'est pas fait tout seul ! Il jeta un coup d'œil vers l'intérieur de la pièce : tout était sens dessus dessous. Il y avait du sang partout. Il pensa aussitôt à la Rachel, elle devait être morte, elle aussi, quelque part. Il poussa la porte d'entrée qui s'ouvrit d'elle-même, il entra précautionneusement, il n'y avait plus rien de pressé pour le père Plan, mais la Rachel ?...

Il faisait bien attention à ne rien toucher, il savait que les gendarmes n'auraient pas aimé ça. Dans la cuisine, tous les meubles étaient renversés, vidés de leur contenu. Il marchait sur les débris de vaisselle et de linge étalé. Une fouille en règle. Des traînées de sang sur les murs. Le père Plan avait dû se défendre. Les traces de sang convergeaient vers la fenêtre où il s'était écroulé. En regardant de plus près, Eyraud vit des traces de coups de couteau dans le dos du cadavre, mais c'est le coup de hache qui a dû l'achever, pensa-t-il… là, au moment où il devait essayer de s'échapper par la fenêtre, une tentative désespérée ; il devait déjà avoir son compte et n'aurait pas pu aller bien loin.

Le père Eyraud se mit à visiter le reste de la maison… Partout régnait le même désordre : une mise à sac minutieuse, il n'y avait plus rien d'intact, tout était vidé, saccagé, renversé, mais il ne trouva pas d'autre corps. Ils devaient chercher les louis d'or, pensa-t-il, je me demande s'ils les ont trouvés ?

Il sortit de la maison, emmena son troupeau au pâturage, Outre-l'Aygue. C'est là qu'habitait Jules, le fils aîné de l'assassiné. Il était en train de travailler dans son jardin, quand il vit le père Eyraud arriver à grandes enjambées, allure inhabituelle pour quelqu'un qui va garder ses chèvres.

"Oh ! père Eyraud ! Qu'est-ce qui vous fait courir comme ça de bon matin ? Vous avez quelqu'un de malade ?… ou c'est un serpent qui a mordu une de vos chèvres ?

— Non, non, mon pauvre, c'est bien plus grave que ça… Je viens de trouver ton père… mort… assassiné à ce qu'il paraît… Il faut vite courir prévenir les gendarmes avant que tout le pays vienne voir le spectacle… Il est pas beau à voir !"

Le Jules avait pâli d'un coup, mais il refusait d'y croire.

“Qu’est-ce que vous me dites là… ! Vous êtes sûr que vous avez rien bu ? Si c’est une blague… Elle est pas drôle !

— J’aimerais mieux que ce soit une blague, mais il est là-haut sur le rebord de sa fenêtre, avec le crâne fendu… Il peut pas être plus mort !… Il faut prévenir les gendarmes je te dis, il s’est pas fait ça tout seul ! et n’importe qui, qui va passer sur la route, aura droit au spectacle… Tu parles d’une affaire. Tu as de bonnes jambes, tu ferais bien de courir jusqu’à Vals pour prévenir la maréchaussée, qu’ils viennent au plus vite.”

Le Jules, il avait perdu toutes ses couleurs, il voyait bien que le père Eyraud n’avait pas envie de plaisanter et qu’il n’avait pas bu. Il réfléchissait aussi vite qu’il le pouvait…

“Père Eyraud, dit-il, je vais dire à ma femme de surveiller vos chèvres. Pendant ce temps, si vous pouviez aller jusqu’à Ainac pour prévenir mon frère, qu’il aille vite sur place, ne serait-ce que pour contenir les curieux. Dites-lui bien que ni lui, ni personne ne touche à rien avant l’arrivée des gendarmes. J’espère que je les aurai ramenés d’ici une heure. Je voudrais bien connaître le salaud qui a fait le coup !

— À mon avis, ils étaient plusieurs. Un type tout seul, il l’aurait pas eu comme ça ton père, et il aurait pas tant fait de dégâts. On va faire comme tu as dit. Je file à Ainac, mais n'oublie pas de demander à ta femme de surveiller mes chèvres !..."

L'enquête dura six mois sans aucun résultat. Les gendarmes mirent tout sur le compte d'une bande de brigands qui sévissait dans la région à cette époque. Il n'y eut aucune arrestation.

Rachel avait été longuement interrogée. Pour l'opinion publique, elle était la coupable idéale. Les gens du coin lui mettaient tout sur le dos, se vengeant par là même de ses grands airs méprisants. Selon la rumeur, elle aurait tout organisé avec l'aide de présumés complices. Ceux qu'on avait vus, reçus par elle quand le père Plan s'absentait. Le but était de mettre la main sur le magot. Elle aurait essayé de lui tirer les vers du nez tout le temps qu'ils avaient vécu ensemble, et aurait même fouillé la maison quand elle y était seule. Puis, la bande avait dû s'impatienter et aurait décidé de précipiter les choses en employant la manière forte. Les choses auraient mal tourné quand le vieux, contre toute attente, s'était âprement défendu. Il était costaud... d'où le massacre.

Enfin bon ! Ça c'était l'histoire que se racontaient les gens d'ici. C'était que des suppositions et du roman, mais ça se tenait et c'était le genre d'histoire qu'on pourrait raconter pendant longtemps durant les longues veillées d'hiver et après tout, elle n' était pas si invraisemblable.

Cette histoire, les gendarmes aussi se l'étaient racontée. Ils n'étaient pas plus bêtes que d'autres, et la Rachel, ils l'ont serrée de près pendant quelque temps. Le malheur — enfin pas pour elle — c'est qu'elle avait un alibi à toute épreuve. On n'a jamais su lequel. On aurait donné gros pour le savoir, et ici comme partout, quand on sait pas… on suppute !

Le bon peuple lui attribua illico un amant haut placé : peut-être le préfet ou le colonel de gendarmerie de Privas, parfois même les deux… pourquoi pas ? Quand on est dans les suppositions, on peut tout se permettre.

En tout cas, on ne la revit plus dans le coin. Les héritiers ne trouvèrent jamais de magot. Y en avait-il seulement un, ou les assassins avaient-ils mis la main dessus ?… Ça reste un mystère.

En fait d'héritage, ils durent se brosser. Personne ne voulut habiter cette maison. Impossible de la vendre. Elle tomba en ruine petit à petit. On peut encore voir ce qu'il en reste ; c'est au bord de la route, juste avant d'arriver au Moulin Lacoste. Ma mère fait le signe de la croix à chaque fois qu'elle passe devant… »

La nuit est bien avancée à présent. Le vent s'est calmé. Le silence alentour est seulement troublé par le hululement du hibou voisin. Le feu est presque éteint ; ils ont oublié de l'alimenter, pris par l'histoire.

Julien se lève pour poser sur les braises un gros billot de hêtre, faisant jaillir un feu d'artifice d'étincelles. Peu à peu, la flamme reprend vigueur.

Un peu plus tard, juste avant d'éteindre la lampe à pétrole, Pierre pense encore à cette histoire. Il se demande si Julien dort déjà, il entend sa respiration à l'autre bout du grenier.

« Tu dors Julien ? demande-t-il doucement…

— Non, pas encore.

— Tu m'emmèneras voir les ruines de la maison ?

— Demain, si tu veux…

— Tu avais raison… ton histoire, c'est du Shakespeare… De quoi faire un roman… bonne nuit !

— Bonne nuit ! »

Le lendemain, ils allèrent voir la ruine.

En passant dans les châtaigniers, sur le chemin qui serpente à flanc de colline, on domine Le Chayne et la Bezorgues. Plus haut, sur la colline en face, bien exposé au levant, c'est le hameau de La Roche déjà inondé de soleil. Le froid est vif, mais la neige a fondu. Julien commente :

« La maison que tu vois juste en dessous de nous, en contrebas de la route, c'est celle de mes parents où on est allé l'autre jour. Elle est un peu à l'écart du Chayne. L'hiver, elle ne voit pas beaucoup le soleil et la rivière en dessous la rend encore plus froide. À mon avis, l'endroit était mal choisi pour y faire une maison : trop à l'ombre, trop humide. L'été, l'endroit est plus agréable. Je préfère de loin ma grange de Guillou, bien exposée au couchant tout en ayant le soleil avant midi même en hiver.

— C'est là que tu iras vivre plus tard, avec Eugénie ?

— J'aimerais bien… Eugénie aime bien l'endroit… pour le décor. Pour y vivre, elle dit que c'est peut-être un peu trop isolé et difficile d'accès. La vérité, c'est qu'elle préférerait rester à Chanteloube où elle a ses habitudes et sa famille… On a le temps pour décider ! Là, maintenant on est juste au-dessus du Chayne. Avant la guerre, sur les six maisons du hameau, il y avait trois cafés. Comme c'est au bord de la route, ils étaient bien fréquentés, surtout le samedi, quand ceux de Juvinas, du Moulin Lacoste et de Labastide revenaient de la foire d'Aubenas. S'ils avaient fait de bonnes affaires, ils fêtaient ça, quitte à se faire engueuler par les femmes quand le produit de la vente était trop écorné. Maintenant, il n'y a plus que celui de la Paulette Constant qui ouvre encore au grand scandale des bien-pensants… des bien-pensantes surtout ! Mais personne ne proteste trop haut ni trop fort de peur que ça n'arrive à ses oreilles !

— Pourquoi fait-elle scandale ? Elle a des faiblesses pour les permissionnaires ou les déserteurs ? dit Pierre en regardant Julien d'un œil malicieux.

— Pour les déserteurs, je ne sais pas, répond Julien en souriant. Je ne m'y suis jamais frotté, j'ai beaucoup mieux. Mais il paraît qu'elle n'est pas farouche pour qui lui demande gentiment, surtout s'il a un peu de sous. Par ailleurs, c'est une brave femme, toujours prête à rendre service. Et ça, tout le monde le reconnaît.

— Mais pourquoi dis-tu que personne ne proteste de peur qu'elle le sache ? On la craint parce qu'elle pourrait manquer de discrétion ?

— Non… Ne ris pas… on la craint parce qu'elle a le mauvais œil !

— Tu veux dire qu'elle jette des sorts ?

— C'est ce qu'on dit. Elle "enfachine" comme on dit ici. C'est pour ça que personne se risque à lui manquer de respect. Elle est brave, mais il faut pas qu'on lui manque… !

— Et toi, tu crois à ces sornettes ?

— Je voulais pas y croire, mais y a des choses bizarres. Elle s'est engueulée avec son voisin, une fois. Sa truie s'était échappée et lui avait bouffé ses salades dans son jardin. Le ton a monté, le voisin a perdu son sang-froid et a dû la traiter de pute, je crois. Ça lui a échappé, ils se sont calmés net tous les deux. “Ça vous portera pas bonheur”, qu’elle a dit. La semaine d’après, sa truie et tous ses porcelets ont crevé, on ne sait pas de quoi. C’est un exemple, mais à chaque fois qu’elle a eu des histoires, il est toujours arrivé quelque chose à celui ou celle qui lui avait manqué… alors maintenant, les gens font attention, plus personne ne la contrarie de peur d’être “enfachiné”. Moi, j’y crois qu’à moitié, mais j’irais pas tenter le diable !

— C’est confortable pour elle, dit Pierre, comme ça, elle peut tout se permettre, elle sait que personne n’osera rien lui dire… c’est un bon truc !

— Oui, mais elle en abuse pas. En fait, elle n’est pas méchante, elle est même gentille, toujours prête à rendre service… Sans ça, “enfachineuse” ou pas, il y a belle lurette que personne ne lui adresserait plus la parole, et son café, elle aurait pu le fermer. C’est vrai que du coup, elle peut se permettre certains écarts de conduite sans courir trop de risques.

Tu sais, ce pays est plein de superstitions. Il faut voir ce qui se raconte aux veillées pendant que grillent les châtaignes. Ils aiment ça en plus, les histoires de fantômes, de maisons hantées et de jeteurs de sorts. Mon père n’est pas le dernier. Plus d’une fois, il nous a fait dresser les cheveux sur la tête quand on était gamin, il est même renommé pour ça.

J'y crois pas trop, en tout cas, pas à n'importe quoi, mais il faut bien avouer que certaines choses… je sais pas comment dire…

— "Il y a plus de mystères sur la terre et dans le ciel, Horatio, que toute ta philosophie n'en rêve…" comme dit mon ami Shakespeare…

— Oui !… c'est ce que je pense… L'homme ne pourra jamais tout savoir, aussi savant soit-il.

— Partant de là, les Paulette Constant ont encore de beaux jours devant elles. Mais au Moyen Âge, elle aurait fini sur un fagot ta Paulette. »

Tout en devisant, ils avancent sur le chemin parsemé de bogues de châtaignes. À cet endroit, il fait une grande boucle sur la gauche et rejoint Ainac, juste au-dessus. Julien file tout droit, coupant court à travers les fougères chargées de gelée blanche. Ils descendent ainsi dans le ruisseau de Charanton, un filet d'eau qu'ils enjambent facilement pour remonter la pente et retrouver le chemin d'Ainac. Ils ont ainsi évité le village. Ils surplombent toujours la route. À un moment, ils aperçoivent une maison en ruine, le toit est complètement effondré, les murs, encore intacts, sont envahis par le lierre. Les deux hommes s'arrêtent pour observer ce qui reste de la maison du drame. Le lieu n'est pas inhospitalier, la maison, du moins ce qu'il en reste, est en bordure de route, surplombant la Bezorgues d'une dizaine de mètres, sur l'autre rive, une ferme où la cheminée fume, seule trace de vie dans le paysage : Les Cayres.

« C'est un de mes oncles, un frère à ma mère, qui s'est installé là juste avant la guerre, dit Julien. À l'époque du drame, c'était habité par un nommé Bacconier qui est allé s'installer à Vals après qu'il eut vendu. Tu veux qu'on s'approche de la maison ? Tu sais, il n'y a plus grand-chose à voir, tout a été pillé, au cours du temps : les tuiles du toit, les portes et les volets, tout ce qui pouvait être emporté a été emporté petit à petit.

— Non, on voit très bien d'ici, dit Pierre, je voulais juste voir les lieux. J'ai toujours été attiré par les ruines. Chez moi, des villages en ruine, il y en a beaucoup. Je ne peux pas m'empêcher de penser aux gens qui ont vécu dans ces endroits et qui un jour ont tout abandonné. Je m'invente des histoires, je ressens toujours une grande pitié pour les maisons et les villages abandonnés.

Ici, j'ai rien à inventer, l'histoire, tu me l'as racontée. Quand même, la pitié est encore là. Cette maison qui n'a pas survécu à son propriétaire, c'est une histoire comme je les aime. Combien de temps encore, avant que les murs aient disparu ? Qu'il ne reste plus aucune trace de la maison ? Combien de générations verront ces ruines avant que l'histoire de ton grand-père soit effacée des mémoires ?

— Je crois qu'il restera encore des pierres des murs alors que plus personne ne se souviendra de ce qui s'est passé ici, dit Julien.

— Qui peut savoir ? »

Ils sont restés longtemps assis sur un rocher, côte à côte, à contempler la maison en ruine et le paysage autour. Le soleil est assez haut maintenant au-dessus de Guillou, suffisamment pour les réchauffer agréablement. La gelée matinale a complètement disparu. En bas, la Bezorgues reste encore à l'ombre. Une nappe de brume monte de son lit, qui s'effiloche dès qu'elle atteint la route. La maison en ruine a l'air d'être posée là-dessus, créant une atmosphère fantastique, propre à impressionner ceux qui connaissent son histoire. Pierre comprenait à présent pourquoi personne n'avait plus voulu y habiter. Un long moment s'est écoulé avant que Pierre ne se décide à rompre le silence et l'espèce d'envoûtement qui s'était installé malgré eux.

« Je vais partir, Julien ! »

Julien sursaute, comme tiré de son sommeil. Il regarde son ami, surpris…

« Pourquoi ?… Je veux dire… pourquoi déjà ? Tu as le temps… rien ne te presse. Je pensais que tu attendrais le printemps pour retourner sur les routes… Tu n'es pas bien ici ?

— C'est pas ça !... comment te dire ?... Ça fait trop longtemps que je suis sur les routes. En vérité, je ne voulais pas rentrer encore au pays, c'est pourquoi j'ai traînaillé un peu partout. Inconsciemment, je retardais le moment où j'allais me retrouver devant des choix à faire. Devant ma famille... du moins ce qu'il en reste.

C'est... ce sera difficile ! Et puis il y a cette guerre que j'ai désertée, je voulais attendre qu'elle soit finie pour rentrer au pays et rendre des comptes... Comme si on avait des comptes à rendre aux autres ! Les seuls qui seraient en droit de nous demander des comptes, ils ne sont plus là. Ce sont ceux qui sont tombés à nos côtés et ceux-là, j'en suis sûr, ils nous acquitteraient. Cette certitude me suffit pour être en paix avec moi-même.

Je veux rentrer, Julien. Depuis que je t'ai vu vivre, toi et ton pays, toi et Eugénie. Je... je suis jaloux de tout ce que tu as. Tu es à ta place, il me faut trouver la mienne, elle ne peut pas être ici.

— Tu as tes raisons, je n'ai rien à en dire, sauf que tu vas me manquer. Je m'étais bien habitué à toi et qui va me parler de Shakespeare maintenant ?...

— Tu vois, tu arrives à le dire à présent, je peux donc partir, dit Pierre en souriant.

— Si l'envie te prend de revenir... tu seras toujours le bienvenu, Pierre. Tu me donneras de tes nouvelles ? Il faudra qu'on se revoie après la guerre, quand tout sera fini… quand tu auras trouvé ta place, comme tu dis… Tu me promets ?

— Promis ! »

Le lendemain matin, Julien se réveille, comme d'habitude, aux premiers rayons de soleil qui filtrent par les tuiles du toit. Il se lève aussitôt, pris d'une sensation de vide.

À l'autre bout du grenier, là où dormait Pierre, la place est vide. Sur la poutre au-dessus, une feuille de papier est épinglée à un clou.

Je n'aime pas beaucoup les scènes d'adieu…
Merci pour tout…
Embrasse Eugénie pour moi…
Ton ami,
Pierre

X

L'épidémie

Le printemps 1918 était arrivé comme par surprise après un hiver particulièrement long bien que moins rude que le précédent.

Les nouvelles du front n'étaient pas bonnes malgré tous les efforts de la propagande pour empêcher leur diffusion. En mars, les Allemands avaient repris l'offensive. Le Chemin des Dames était repris par l'ennemi, le 27 mai. Les Français avaient perdu la bataille de l'Aisne. La grosse Bertha bombardait Paris depuis le 23 mars. Le 1er juin, Château-Thierry tombait. Ce fut la dernière victoire de l'armée allemande, mais les pertes furent énormes des deux côtés. L'espoir venait des Américains qui renforçaient leurs effectifs.

Pour les hommes et les femmes de la vallée de la Bezorgues, les seules informations qui leur parviennent, sont celles des journaux, auxquels plus personne ne croit, et celles des permissionnaires, qui ne sont pas dans le secret des dieux, et qui ne connaissent des opérations que ce qu'ils doivent endurer au quotidien.

Les gendarmes continuent leur travail de messagers de la mort dans les familles, qui depuis longtemps, savent à quoi s'en tenir en les voyant arriver. Grâce au manque d'effectif, Julien n'est plus inquiété ; ils ont momentanément cessé leurs recherches. Pour lui, le printemps fut sans histoire. Au pays de Bezorgues, c'est une saison lumineuse.

Avec Eugénie, ils parcouraient les forêts, faisaient l'amour dans des clairières sur des lits de pâquerettes et de boutons d'or. Jusque-là, il n'avait jamais remarqué comme son pays était beau et sauvage. Il avait fallu la guerre, la boue, la mort au quotidien et s'évader de cet enfer, pour goûter au paradis retrouvé. Il avait vécu là, depuis sa naissance, sans rien voir et il s'était cru pauvre parmi les pauvres. Il découvrait à présent toutes ces richesses qu'il n'avait jamais su regarder.

Il savait que là-haut dans le Nord, d'autres vivaient et surtout mouraient sous des pluies d'obus et de mitraille et que pour eux, le printemps signifiait seulement qu'ils n'auraient plus les pieds gelés. Mais pour lui, c'était fini. Il n'avait plus d'état d'âme. Être heureux implique forcément une bonne dose d'égoïsme et Julien était heureux au jour le jour.

En mars, Eulalie avait accouché d'une petite Sidonie. C'est Antoine qui en était le plus fier, il jouait les grands frères protecteurs. Après l'accouchement, Eulalie avait connu une période bleue qui avait inquiété la famille. Ils craignaient une rechute. Un autre séjour à Privas qui l'aurait séparée du bébé était envisagé comme une catastrophe. Mais Eulalie était solide.

Les trois jours qui suivirent la naissance furent employés à chasser les idées noires et à endiguer les larmes qui lui venaient spontanément, sans raison précise. La nuit, elle essayait vainement de dormir entre deux tétées. Le quatrième jour, elle reprit une vie normale et se remit au travail. Les choses allèrent tout de suite mieux dès qu'elle eut retrouvé le sommeil. Albert ne l'aidait pas beaucoup. Il avait décidé de dormir au grenier. Il en avait assez d'être réveillé par les pleurs de la petite Sidonie réclamant le sein. Eulalie ne s'en plaignit pas. Elle pouvait replonger dans le sommeil retrouvé dès la fin de la tétée, sans avoir à subir les grognements, et parfois les avances de son mari. Heureusement, Sidonie était un bébé à la santé solide, qui réclamait peu de soins en dehors des tétées et au bout d'un mois, ne se réveilla plus la nuit pour réclamer le sein.

Julien et Eugénie étaient venus voir la merveille, un dimanche. Eugénie s'était beaucoup attendrie devant le berceau sous l'œil vaguement inquiet de Julien qui avait peur qu'il lui vienne des envies de maternité avant l'heure.

Puis, l'été avait déversé sa cargaison de chaleur et d'orages. Les Alliés avaient repris l'offensive et l'armée allemande commençait à perdre le moral. Pour la première fois, Ludendorff entr'apercevait la défaite ; mais rien n'était encore joué.

Un fléau supplémentaire venait de s'abattre sur les combattants qui n'avaient pas besoin de ça pour toucher le fond de l'horreur. Une épidémie de grippe, encore bénigne, mais très contagieuse, se développa durant le mois d'août. Elle deviendra mortelle les mois suivants et sévira à travers le monde pendant deux années. Elle fera vingt millions de victimes, soit plus de deux fois plus que la guerre qui allait se terminer.

Comme si la mort n'avait pas eu son compte de cadavres et jouait les prolongations en s'acharnant cette fois indistinctement sur les soldats, les civils, les hommes, les femmes et les enfants de tous les pays. Cette fois, il n'y eut ni planqué, ni avant, ni arrière. La mort frappait au hasard.

On l'appela grippe espagnole, mais certains de ses symptômes rappelaient étrangement ceux de la peste noire du Moyen Âge. Comme toujours dans ces cas-là, certains y virent le châtiment de Dieu, d'autres la preuve de son inexistence.

Le lundi 11 novembre 1918 Julien est à Chanteloube. Il y a passé le dimanche et a dormi sur place. Il coupe du bois pour Eugénie et sa mère. Le matin, il a accompagné Eugénie de très bonne heure à son usine. Pas jusqu'à la porte, mais il la laisse juste avant que le chemin ne débouche sur la route, là où personne ne peut les voir. Ils se sont embrassés tendrement puis, il est remonté et le bruit de la hache a résonné toute la matinée pendant que Victoria s'occupait dans la maison.

Vers midi, il a un joli tas, suffisant pour passer la moitié de l'hiver. Il avait commencé à ranger les bûches au sec dans la remise en les empilant soigneusement quand il entend résonner les cloches de l'église de Thieure perchée sur la colline en face. Puis, celles de la vieille église, au-dessus de Laulagnet, se mettent à sonner à leur tour. Julien s'arrête surpris. Toutes les cloches de la vallée sonnent maintenant à toute volée.

Victoria est sortie sur le pas de sa porte. Elle a entendu, elle aussi.

« La dernière fois qu'elles ont sonné comme ça, dit-elle, c'était y a quatre ans pour annoncer la guerre. Quelle catastrophe cette fois ?... »

Julien a le cœur serré tout à coup. Il pense que peut-être la guerre est finie, mais il n'ose pas le dire à haute voix.

À cet instant, Eugénie débouche en courant devant la maison. Son visage est tout rouge, elle est à bout de souffle. Elle est montée en courant à perdre haleine depuis l'usine et pourtant, ça grimpe dur ! Elle s'arrête net devant Julien et sa mère. Julien se précipite, elle va se trouver mal. Il l'attrape de justesse avant qu'elle ne tombe, la porte à l'intérieur et l'assoit sur une chaise. Sa mère attrape la bouteille de vinaigre pour lui frictionner les tempes, mais déjà elle a repris son souffle, elle regarde Julien droit dans les yeux et lâche d'un coup :

« La guerre est finie... c'est l'armistice... l'Allemagne a capitulé... »

Alors, comme paralysés, ils restent là, les yeux dans les yeux, incapables de faire un geste, de prononcer un mot pendant que la mère, Victoria, se laisse tomber sur une chaise, pâle comme la mort, le visage soudain plein de larmes qu'elle ne pense même pas à essuyer. Sans un bruit, sans un sanglot, hébétée, elle pleure. Ils ne savent pas combien de temps, ils sont restés comme ça… une minute… une heure…

Partout ailleurs dans le pays, les gens sortent de chez eux, pleurant de joie ou de tristesse ou des deux à la fois, comme Victoria. À Vals, les gens s'embrassent dans la rue.

Dans les villages, des farandoles s'organisent. Seuls les gens qui ont perdu un fils, un mari ou un père, restent chez eux. Il y a aussi ceux qui n'avaient pas de nouvelles récentes et qui maintenant allaient craindre le pire pour ceux qui seraient les dernières victimes.

Julien et Eugénie ont couru jusqu'au Chayne, chez les parents. Là, comme dans beaucoup de familles, les sentiments sont partagés : la tristesse pour Auguste, la joie parce que Roger va revenir, l'inquiétude de ce qui va arriver à Julien. Mais c'est la joie qui domine malgré tout… le cauchemar est terminé.

« Cache-toi encore quelque temps, Julien, dit le père Lascombe, au moins jusqu'au printemps. Laisse-les compter leurs morts et apaiser leurs idées de vengeance qu'ils ne manqueront pas d'avoir envers les déserteurs. Laisse passer un peu de temps… »

Et tout le monde a approuvé. Puis, Joseph est arrivé dans l'après-midi avec Augusta qui balançait entre rire et larmes. Sans vraiment faire la fête, à cause d'Auguste, ils avaient bu à sa mémoire, à la paix retrouvée, à la fin de l'horreur, au retour des rescapés et des prisonniers.

Dans les semaines qui suivirent, Maurice revint d'Italie. Roger mit un peu plus longtemps à rentrer de captivité, mais on le soupçonna d'avoir traîné les pieds. On le trouva frais et gras. Il dit qu'il avait été bien traité, on le croyait volontiers rien qu'à sa mine, et au bistrot, après quelques verres, il avouait à demi-mot que la fermière chez qui il était captif, n'était pas farouche.

Le père d'Eugénie reprit sa place à Chanteloube. Il était devenu taciturne et souvent de mauvaise humeur. Pour lui, comme pour beaucoup d'autres, la réinsertion était difficile. Tout était changé… Les femmes avaient pris de l'indépendance et les soldats avaient dans la tête trop de choses qu'ils n'arrivaient pas à évacuer, qu'ils n'essayaient même pas de raconter parce que pas racontables.

Au pays, il y avait des cas de grippe espagnole. Ceux qui avaient échappé au massacre, n'étaient pas plus à l'abri de la maladie que les autres, et parfois la mort rattrapait jusque chez eux, ceux qui l'avaient côtoyée cent fois par jour dans les tranchées et qui se croyaient quittes.

Loin de s'atténuer, l'épidémie empira au cours de l'hiver et pris des formes fulgurantes. Parfois, les premiers symptômes se déclaraient le matin, le malade crachait le sang vers le milieu de la journée, le soir, il était mort. L'hôpital d'Aubenas était débordé par les blessés de guerre pas encore rétablis et les cas de grippe qui arrivaient chaque jour. De plus, le personnel infirmier, contaminé par les malades, était atteint à son tour.

Dans les campagnes, on ne prenait même plus la peine d'aller à l'hôpital ; mourir pour mourir, autant le faire chez soi. Les gens savaient bien que de toute façon, aucun malade touché par l'épidémie ne ressortait vivant de l'hôpital.

Chaque famille avait sa recette pour se protéger ; cela allait de l'infusion de serpolet additionnée d'eau-de-vie dans le meilleur des cas, jusqu'aux limaces avalées crues le matin à jeun en passant par toute la gamme des recettes issues des expériences ou des croyances plus ou moins séculaires, tenant plus de la superstition que de la médecine. Comme toujours dans ces cas-là, l'important est de faire quelque chose, n'importe quoi… et d'y croire.

Tant qu'on n'est pas touché, c'est la preuve que la recette et bonne.

Julien faisait fi de toutes ces balivernes, il était fataliste face à la maladie. On pouvait échapper à la guerre, il l'avait prouvé, mais on ne pouvait rien contre les microbes… Comment voulez-vous vous défendre d'un ennemi que vous ne pouvez même pas voir à l'œil nu ?

Ce qui préoccupait le plus Julien en ce début d'année 1919, c'était la façon dont il allait devoir sortir de sa clandestinité. D'après le bouche à oreille, les déserteurs qui se rendaient, s'en tiraient avec des peines de prison plus ou moins longues, mais il n'était pas pressé de se retrouver derrière des barreaux. A vivre dans les bois, libre comme l'air, il n'était pas prêt à envisager une incarcération même courte.

Eugénie, sans le bousculer, essayait avec tact de lui faire comprendre qu'il lui faudrait bien prendre une décision un jour ou l'autre. Pour elle, la vraie vie commencerait quand il n'aurait plus besoin de se cacher. De fait, il ne se cachait plus. Il s'était installé à Guillou et attendait que les gendarmes viennent le chercher. Aller se livrer était au-dessus de ses forces. Il avait passé un marché avec lui-même et l'avait dit à Eugénie : le jour du printemps, si les gendarmes ne l'avaient pas arrêté, il irait se rendre à la gendarmerie à Vals.

« Tu comprends, il fait froid l'hiver en prison… » avait-il ironisé.

Elle avait eu beau avancer que s'il se livrait de lui-même il risquait d'être mieux traité et pouvait espérer une moins lourde peine, sa décision était prise. En attendant, il aménageait Guillou pour une installation définitive. Il avait amené l'eau du ruisseau par un système de tuyaux, installé un cabinet d'aisances attenant à la grange et arrangé la cheminée. Le dimanche, il y faisait de grandes flambées en compagnie d'Eugénie. Ils faisaient griller des châtaignes et des pommes de terre sous la cendre.

Parfois, ils avaient des invités, Marie et Maurice surtout, avec qui ils s'entendaient bien. La petite Jeanne aimait particulièrement le petit pont de bois sur la Bezorgues, elle s'y attardait pour essayer de repérer des écrevisses au fond de l'eau transparente comme du cristal. Sa mère était obligée de la ramener de force, elle y aurait passé la journée.

Eugénie quelquefois, amenait ses parents, chargés de victuailles, et ils faisaient bombance. La mère de Julien venait souvent garder ses chèvres. Il n'y avait que le père Joseph à cause de son asthme, qui ne fréquentait pas Guillou.

En ce samedi soir de la mi-février, Eugénie est venue dormir à Guillou. À présent, ses parents, même s'ils n'approuvent pas, ont fini par s'habituer à la voir découcher les nuits du samedi au dimanche. Elle est majeure, gagne sa vie et la guerre a fait évoluer un peu les mentalités. De plus, cela reste discret et l'important, c'est de sauver les apparences.

Tout le monde sait dans le pays qu'Eugénie Borel fréquente le déserteur Julien Lascombe, mais pour le bon motif. Personne n'est censé savoir qu'elle partage son lit de temps à autre. L'important, du moins pour la famille, ce sont les convenances. Que tout le monde puisse marcher la tête haute. Hypocrisie, hurleront les libres-penseurs... respect des traditions et de la morale rétorqueront les autres. Les intéressés, eux se moquent de l'opinion. Ils ne veulent pas mettre la famille dans l'embarras, c'est tout.

Ce soir-là, ils ont regardé mourir le feu dans la cheminée, puis ils ont fait l'amour avant de s'endormir en se tenant par la main. À l'aube, Julien s'est réveillé le premier. Il fait chaud sous la couverture. Instinctivement, il cherche la main d'Eugénie pour qu'elle se réveille comme elle s'est endormie. Elle ronfle légèrement dans son sommeil matinal, allongée sur le dos, la couverture de laine remontée jusqu'au cou.

Doucement, pour ne pas la réveiller, Julien tâtonne sous le drap et finit par trouver sa main qu'il enserre précautionneusement dans la sienne. Elle est brûlante de fièvre. Julien est inquiet tout de suite. Il se redresse sur un coude pour regarder son visage dans le jour naissant qui filtre par la fenêtre. Elle est un peu rouge, et ce qu'il prenait pour un ronflement, ressemble de plus en plus à un gémissement continu. Cette fois, il est complètement réveillé et il secoue Eugénie pour qu'elle se réveille à son tour. Elle ouvre les yeux, esquisse un sourire, le regard est fiévreux et elle se met à tousser.

« Je crois que j'ai pris un peu froid », dit-elle en reprenant son souffle.

Mais déjà, Julien a sauté hors du lit et s'habille fébrilement.

« Génie, il faut vite rentrer chez toi et faire venir le docteur !

— Non, non, j'ai juste attrapé un rhume, c'est rien, ne t'inquiète pas comme ça.

— Tu as sûrement raison, mais je serais plus tranquille si tu faisais venir le docteur. Avec cette épidémie, même un rhume, il ne faut pas le négliger. Habille-toi, ma Génie, je te raccompagne à Chanteloube, même s'il faut te porter. Ton père ira prévenir le docteur Bressot.

— Tu n'auras pas à me porter, je tiens encore sur mes jambes, tu t'inquiètes pour rien et tu vas affoler ma mère ! »

Pendant qu'Eugénie se lève péniblement, Julien a ranimé le feu dans l'âtre et fait chauffer une casserole d'eau pour préparer une infusion de serpolet. Elle a fini de s'habiller quand il lui présente un bol fumant dans lequel il a rajouté une bonne rasade d'eau-de-vie et beaucoup de sucre.

« Ça va m'assommer, proteste-t-elle !

— Bois, tant que c'est brûlant, l'eau-de-vie tuera les microbes.

— Je t'assure que tu t'alarmes pour rien... »

En arrivant à Chanteloube, une heure plus tard, Eugénie tenait à peine debout, Julien devait la soutenir, presque la porter. Elle toussait de plus en plus et brûlait de fièvre. Sa mère, après un moment de panique, reprenait très vite son sang-froid, elle fit coucher sa fille l'engloutissant sous des couvertures et envoyait son mari chercher le docteur. Ils revinrent tous deux vers midi dans le boghei du docteur, celui-ci était débordé et très fatigué. Il examina Eugénie longuement en écoutant, l'oreille collée contre son dos, les bruits de respiration. Il lui prit le pouls et la température qui frisait les quarante degrés, sous l'œil inquiet de la mère qui assistait à la consultation.

Les hommes attendaient dans la cuisine, Julien déployait beaucoup d'efforts pour cacher sa terreur. Il avait les mains qui tremblaient ; du coup, il les mit dans ses poches en serrant les poings. Il regardait par la fenêtre, sans rien voir, essayant de faire le vide dans sa tête. Le père s'était assis, les coudes sur la table, le front dans ses mains. Il espérait, lui... il était sorti vivant de la guerre, c'était pas pour voir mourir sa fille de cette saloperie de grippe... Depuis quand mourait-on de la grippe ?

Il connaissait ce sentiment d'angoisse qu'il avait ressenti tant de fois avant l'attaque. La mort l'avait épargné, il la sentait rôder là encore ; cette fois, ce n'était pas pour lui qu'il avait peur, mais cette boule au creux de l'estomac lui était familière.

Quand le docteur Bressot ressortit de la chambre, il avait l'air préoccupé, les deux hommes surent tout de suite à quoi s'en tenir. Il fit tout pour ne pas noircir la situation.

« Elle a les symptômes de la grippe, dit-il, mais ça n'est peut-être pas la grippe espagnole… Je vais vous faire une ordonnance, je peux même emmener un de vous dans ma voiture, jusqu'à la pharmacie à Vals. Il ne faut pas vous affoler. En ce moment, j'ai beaucoup de cas de grippe et tout le monde n'en meurt pas, Dieu merci. Faites-la transpirer, et beaucoup boire, ça fera tomber la fièvre. Je repasserai la voir demain. Je dois aller voir d'autres malades à Ainac, je m'arrêterai au passage. »

Pendant qu'il rédigeait son ordonnance, Victoria, le visage baigné de larmes, paya le médecin en balbutiant un vague « merci docteur ». Julien se proposa pour aller jusqu'à Vals avec lui pour aller chercher les médicaments. Ce serait la première fois qu'il sortirait de ses tanières, mais à présent, il lui importait peu d'être reconnu ou pris. Il monta dans le boghei à côté du docteur qui lança son cheval au trot sur la route de Vals.

« Vous êtes le fils Lascombe… celui qui a déserté ? Vous ne vous êtes toujours pas rendu ? demanda le docteur au bout d'un moment.

— Oui… non… maintenant, je me demande si j'aurais pas mieux fait de mourir à la guerre. C'est quand même plus glorieux que de mourir de cette saloperie !

— C'est jamais glorieux de mourir, à la guerre ou dans son lit. Mais qui vous parle de mourir ?

— Si elle meurt… j'ai plus envie de vivre !

— C'est votre fiancée ?

— C'est même plus que ça… S'il vous plaît, docteur, dites-moi la vérité à moi… Ellc va mourir, n'est-ce pas ?

— Honnêtement, je ne sais pas ! Elle ne crache pas de sang, c'est plutôt bon signe. Gardez espoir jeune homme ! Tous ceux que j'ai vus mourir de cette maladie, avaient perdu l'espoir, comme si après cette guerre, ils étaient fatigués de vivre dans ce monde de fous. C'est peut-être comme ça que se propage l'épidémie… une démoralisation générale… après la mobilisation générale… c'est logique ! Excusez-moi, quand je suis fatigué, j'ai tendance à ironiser sur la condition humaine et à oublicr que celui qui m'écoute n'est peut-être pas disposé à entendre ce genre de discours.

Je vois tellement de misère autour de moi… comment voulez-vous croire en Dieu en voyant ça ? S'il existe, et qu'il est responsable de tout ça... toute cette souffrance... qu'a-t-on fait pour mériter ça ? S'il existe... Dieu n'est pas bon... il ne mérite pas qu'on l'adore. Vous êtes croyant monsieur Lascombe ?

— Non... je suis comme vous... Quand on a vu ce que j'ai vu... Et maintenant, Eugénie. On ne peut plus croire en rien. Vous ne croyez pas qu'il aurait peut-être fallu l'emmener à l'hôpital ?

— Non... elle a plus de chances de s'en tirer en restant chez elle. À l'hôpital... ils n'en ont pas guéri un seul... La promiscuité, le personnel débordé... ceux qui rentrent là perdent vite l'espoir. Je n'envoie plus personne à l'hôpital sauf les familles quand tout le monde est touché et qu'il n'y a plus rien à faire.

— Mais docteur... est-ce que vous avez eu des cas... des gens qui ont guéri... Ceux qui sont touchés... est-ce qu'ils meurent tous ?

— Qu'est-ce que vous voulez que je vous dise ?... Mon rôle n'est pas de vous enlever l'espoir... Si je vous disais qu'une majorité en réchappe, vous ne me croiriez pas. La vérité, c'est que quelques-uns se rétablissent, ceux-là, c'était peut-être pas la grippe espagnole qu'ils ont contractée mais une autre forme de virus, qui ressemble à l'autre. D'autres, surtout ceux qui sont atteints d'hémoptysie, sont emportés en vingt-quatre heures. Pour

Eugénie aussi, on ne peut pas dire à coup sûr que c'est la grippe espagnole, je l'ai dit tout à l'heure, c'est pourquoi il faut garder espoir... Tant qu'elle ne crache pas le sang... Demain, je vous en dirai plus. »

Julien n'osa pas demander ce que voulait dire hémoptysie et ne put rien tirer de plus du docteur Bressot. Il le déposa devant l'unique pharmacie de Vals, et s'en alla soigner d'autres malades, sans trop d'illusion sur ses capacités à enrayer la maladie. C'était surtout ce sentiment d'impuissance qui l'accablait de fatigue. Il pensait à Sisyphe remontant son rocher.

Dès qu'il eut acheté les quelques remèdes prescrits par le docteur, Julien se hâta pour retourner au chevet d'Eugénie. Il ne croisa personne qui put le connaître et ne vit pas le moindre uniforme de gendarme.

À Chanteloube, l'état d'Eugénie ne s'améliorait pas. Sa mère, suivant les conseils du docteur, pour la faire transpirer, l'avait enfouie sous plusieurs couches de couvertures et entretenait dans la chambre un feu d'enfer. Le visage qui émergeait de dessous les draps avait mauvaise mine : les yeux étaient cernés, le front perlait de sueur sous l'effet de la chaleur, les dents claquaient de fièvre. Quand elle aperçut Julien, elle esquissa un pauvre sourire, elle voulut parler mais une quinte de toux l'en empêcha.

Sa mère apporta un bol d'infusion de verveine avec les pilules ramenées de Vals, puis retourna dans sa cuisine, elle avait besoin de s'occuper. Julien aida la malade à avaler les cachets, elle y arriva difficilement et toucha à peine à l'infusion. Julien tira une chaise pour s'installer à son chevet. Elle sortit une main de dessous les couvertures pour la tendre vers lui. Il l'attrapa au vol et voulut la remettre au chaud, elle était brûlante. Il garda la main d'Eugénie dans la sienne sous les couvertures et ils restèrent ainsi face à face yeux dans les yeux, comme s'ils se regardaient pour la dernière fois. Chacun s'efforçant de faire bonne figure. Elle, en essayant de sourire, lui, en prenant un air confiant et serein.

Ils restèrent comme cela une bonne partie de l'après-midi. Par moments, Eugénie semblait s'assoupir, mais dès que Julien essayait de dégager sa main, elle rouvrait les yeux.

Les quintes de toux étaient de plus en plus fréquentes, la fièvre ne baissait pas. Victoria venait de temps en temps aux nouvelles, puis repartait dans sa cuisine, de plus en plus soucieuse. Elle avait demandé à Julien s'il voulait manger quelque chose, il n'avait rien avalé depuis la veille au soir. Il refusa, il aurait été incapable d'ingurgiter quoi que ce soit de solide. Il accepta seulement un bol de café, qu'il but d'une seule main ; l'autre ne lâchait pas celle d'Eugénie. Après chaque quinte de toux, Julien lui essuyait le visage avec un mouchoir, elle transpirait beaucoup et ces quintes la laissaient de plus en plus épuisée. Dans la soirée, après une quinte particulièrement violente, Julien retira le mouchoir qu'elle avait mis devant sa bouche pour cracher. Il était rouge de sang.

Épuisée, elle avait fini par s'endormir et Julien avait pu libérer sa main. Il restait là, hébété. Le mouchoir taché de sang, elle ne l'avait pas vu. Il ne voulait pas non plus que les parents le voient. Il le mit dans sa poche et alla chercher dans l'armoire un autre mouchoir propre. La boule d'angoisse qui lui nouait la poitrine, il aurait donné n'importe quoi pour qu'elle disparaisse. Le seul remède qu'il connaissait contre ça, c'était la gnôle qu'on distribuait largement dans les tranchées, avant les attaques.

Victoria ouvrit la porte pour venir aux nouvelles, Julien mit le doigt devant sa bouche pour qu'elle ne fasse pas de bruit. Il lui fit signe de prendre sa chaise pour un moment et il alla dans la cuisine où le père Borel se tenait devant la cheminée, le regard fixe, comme hypnotisé par les flammes.

« Père, je boirais bien un peu de votre eau-de-vie de prune, j'ai bien besoin d'un remontant, et vous aussi… »

C'était la première fois que Julien l'appelait « père », d'habitude, c'était toujours « père Borel ».

Ce soir, c'était une manière d'affection qu'il voulait manifester.

Le père Borel, d'un geste, lui désigna le buffet où il tenait son eau-de-vie. Lui aussi avait la gorge nouée et avait du mal à parler.

Julien prit la bouteille et deux verres à vin, qu'il remplit à moitié, il en tendit un au père d'Eugénie et tous deux se mirent à boire à petites gorgées en regardant le feu. Petit à petit, la boule au creux de l'estomac cédait du terrain à l'alcool. Julien retourna au chevet d'Eugénie. Elle dormait profondément. Il se dit que les médicaments devaient contenir une bonne dose de soporifique. Victoria rejoignit sa cuisine pour préparer quelque chose à manger ; la nuit allait être longue.

La respiration de la malade était irrégulière, légèrement sifflante, entrecoupée de gémissements et de soupirs. Au front et sur les tempes, les cheveux étaient collés par la transpiration. Julien n'osait pas l'essuyer de peur de la réveiller. Un peu de bave coulait aux commissures des lèvres. Julien s'approcha pour voir de plus près. Il ne vit pas de traces de sang dans le filet de salive. Il effleura son front du bout des lèvres en un baiser plus léger qu'une aile de papillon. Le front était toujours brûlant et moite. Elle tourna la tête vers lui, il eut peur de l'avoir réveillée, mais elle continuait à dormir. Il ne savait pas pourquoi, mais ce sommeil lui semblait plutôt rassurant et surtout, il n'avait plus à affronter son regard d'animal pris au piège.

De temps en temps, il allait mettre une bûche dans la cheminée, la température dans la chambre était très élevée, mais le docteur avait dit de la faire transpirer, il transpirait avec elle. Vers dix heures du soir, Victoria apporta un plateau avec de la soupe, une assiette de charcuterie, du fromage, du pain et un grand verre de vin. Julien avala la soupe volontiers, but le vin et toucha à peine au reste. L'estomac était toujours un peu noué mais il se devait de prendre quelques forces, ne serait-ce que pour mieux résister à la contagion.

Il se disait que si Eugénie devait mourir, ça lui serait égal de mourir aussi, mais pour l'instant, il n'avait pas perdu tout espoir. En dormant, elle ne toussait plus et si ses traits se contractaient parfois comme sous le coup d'une douleur subite, cela ne durait pas… Peut-être rêvait-elle ? De ces rêves lancinants, proches du délire hallucinatoire que procure parfois une forte fièvre.

Il se sentait inutile à rester là à ne rien faire, mais il croyait confusément que tant qu'il resterait à son chevet, il ne pourrait rien lui arriver. Il avait été chanceux jusqu'à présent, la mort, il l'avait côtoyée de près plus d'une fois… Il lui avait échappé jusqu'à présent. Ce soir encore, il la sentait rôder… C'était cette boule dans la poitrine qu'il sentait revenir à mesure que la nuit avançait. Il pensait que si elle n'osait pas s'attaquer à lui, elle n'oserait pas non plus s'en prendre à Eugénie, car elle et lui ne faisaient qu'un.

Un moment, il laissa aller sa tête sur le rebord du lit, le front posé sur la couverture. C'est ainsi que l'aube le réveilla en même temps que Victoria qui apportait un grand bol de café fumant.

Eugénie avait les yeux ouverts, elle n'avait pas bougé pour ne pas réveiller Julien. Elle souriait. Victoria posa son bol précipitamment et vint mettre sa main sur le front de sa fille. Son visage se détendit :

« La fièvre a baissé, regardez, Julien, son front est beaucoup moins chaud… »

Julien constata à son tour… Elle avait encore un peu de fièvre, mais ce n'était plus le brûlot d'hier au soir. Il lui fit son sourire le plus encourageant…

« Depuis quand tu es réveillée, ma Génie, pourquoi m'as-tu laissé dormir ?

— Tu dormais si bien, répondit-elle d'une petite voix faible, j'ai eu l'impression que tu venais juste de t'endormir quand j'ai ouvert les yeux. Ça fait presque une heure que je te regarde dormir… J'étais bien, j'avais besoin de rien…

— Mais tu es guérie, s'exclama Julien !… »

Il venait de réaliser que si elle était vraiment réveillée depuis une heure, il ne l'avait pas entendue tousser, cela l'aurait réveillé à coup sûr.

« Peut-être pas tout à fait, murmura Eugénie, je me sens encore bien faible, je crois pas que je pourrai me lever.

— Il n'en est pas question, dit Victoria. Tu vas rester au lit bien au chaud, le docteur doit repasser te voir aujourd'hui, d'ici là, tu bouges pas ! »

Dans l'après-midi, comme promis, le docteur vint faire sa visite. Après sa consultation, il rassura la famille : pour lui, Eugénie serait sur pied dans moins d'une semaine. Julien le raccompagna jusqu'à sa voiture. Il rayonnait de joie, il avait encore vaincu la mort pour cette fois.

« Comment vous expliquez ça, docteur ? Hier soir, elle était mourante, et ce matin… c'est comme un miracle !

— Ce n'était pas la grippe espagnole, mais un gros refroidissement. C'est la seule explication… il n'y a pas de miracle… les symptômes sont très proches. On peut les confondre. C'est pourquoi je tenais à repasser aujourd'hui. Il y avait cinquante pour cent de chances… je vous avais dit de pas perdre espoir…

— Mais docteur, hier soir, elle crachait le sang… il n’y a que moi qui l’ait vu, je ne l’ai dit à personne… regardez, je l’ai encore dans ma poche. »

Il sortit le mouchoir taché de sang pour le montrer au docteur. Il l’examina en fronçant les sourcils.

« Si c’est vrai… et je n’ai aucune raison de ne pas vous croire… alors, elle revient de loin. Depuis le début de cette épidémie, je n’ai jusqu’à présent, jamais vu un malade se remettre à partir du moment où il commençait à cracher du sang. »

Assis dans son boghei, il avait pris les rênes dans sa main droite, mais Julien voyait bien qu’il réfléchissait, qu’il ne donnait pas le signal du départ que sa jument attendait, les oreilles dressées.

« Je ne vois que deux explications, dit-il au bout d’un moment. Soit ce sang provient d’un saignement de nez, que vous n’avez peut-être pas vu, ça arrive parfois. Soit l’épidémie — c’est-à-dire le virus — s’essouffle et commence à régresser. Si c’est le cas, et je voudrais bien que ce le soit, on verra de plus en plus de cas de guérison spontanée et l’épidémie disparaîtra comme elle est venue. Il y a quatre-vingt-cinq ans, une épidémie de choléra a ravagé toute la Provence. Elle a duré deux ans… celle-ci durera sûrement moins longtemps, mais elle frappe le monde entier. Quand on en comptera les morts, ils seront plus nombreux que les morts de la guerre… Pour Eugénie, c’est peut-être l’hirondelle qui fait le printemps… Le mauvais sort finira bien par se fatiguer de s'acharner ainsi sur l'espèce humaine… Faites attention à vous, monsieur Lascombe… les microbes ont la vie dure… au revoir ! »

Il fit claquer les rênes et la jument se mit en marche.

« Au revoir et merci docteur, dit Julien, ne vous en faites pas pour moi, la mort me fuit comme la peste !

— Ne soyez pas si présomptueux, jeune homme, elle est imprévisible… »

Après quoi l'attelage disparut au tournant du chemin, sur la route de Vals.

Eugénie resta alitée jusqu'au lendemain où il fut impossible de lui faire garder la chambre. Bien qu'encore faible, elle essaya d'aider à la cuisine, mais elle présumait trop de ses forces et dut aller s'asseoir près de l'âtre. Malgré tout, elle était contente de tenir compagnie à sa mère et Julien n'osait plus la quitter de peur que la camarde profite qu'il ait le dos tourné pour attaquer à nouveau. Le père abandonnait son travail de temps en temps et venait, sous des prétextes divers, contempler cette fille qu'il avait failli perdre.

La guérison fut très rapide. Les parents, en furent pour leur frayeur, se rangeant à l'avis du docteur. Pour eux, elle avait attrapé un gros rhume et Eugénie aussi affirmait que depuis le premier jour, elle n'avait pas arrêté de le répéter. Seul Julien était persuadé que cela avait été plus grave et qu'elle avait eu de la chance. Il brûla le mouchoir sanglant, il ne jugeait pas utile de faire partager ses frayeurs rétrospectives. C'était une autre épreuve de franchie, il lui en restait d'autres à affronter.

Le lundi suivant, Eugénie retournait à l'usine.

XI

Le bout de la nuit

PENDANT QUINZE JOURS encore, Julien était resté à Chanteloube. Il voulait être sûr de la guérison d'Eugénie et il aidait le père Borel dans son travail. Ils se retrouvaient le soir, en famille autour de la table, mais Julien n'était pas gendre officiel. Si quelqu'un arrivait à l'improviste, il lui fallait encore se cacher. Ce réflexe-là, il se disait qu'il risquait de le garder longtemps.

Quoi qu'il en soit, la situation telle qu'elle était, ne pouvait pas se prolonger indéfiniment. De plus, il ne voulait pas que les Borel aient des ennuis par sa faute. Il ne savait pas exactement à quel genre d'ennuis il les exposait, mais il se doutait bien que le fait d'héberger un déserteur, même si la guerre était finie, n'était pas sans risque. Depuis quelques soirs, il s'était ouvert de ses scrupules à Eugénie. Celle-ci, après avoir été partisane d'une reddition rapide, à présent exhortait Julien à la patience, à temporiser.

« Laisse venir le printemps, disait-elle. Rien ne presse. »

Elle s'était installée dans cette vie de couple marié et le fait de n'être pas passée devant le maire ni le curé, ne la gênait pas. La seule chose qui la gênait, c'est qu'ils étaient obligés de continuer à faire très attention pour ne pas avoir d'enfant. Les mœurs avaient beau avoir évolué, on n'en était pas encore à accepter facilement d'être « fille mère ». Ça, c'était toujours une honte : un enfant sans père ! Mais ses règles arrivaient tous les mois, et elle se disait, qu'en cas de pépin, la Paulette Constant connaissait des herbes… elle ne refuserait pas de l'aider. Jusqu'à présent, elle n'avait pas eu besoin de ses services.

Ce soir-là, au moment où tout le monde mangeait la soupe en faisant chuinter la cuillère, Julien annonça sa décision : il retournerait s'installer à Guillou dès le lendemain. Du coup, tout le monde laissa retomber sa cuillère dans l'assiette. Eugénie, rendue muette par la surprise, le regardait avec des yeux ronds, étonnée par la brutalité de cette décision dont elle n'avait pas été informée.

La mère pensa tout de suite à une brouille. Le père, devant le silence général, se décida à demander des explications. Julien fit part de ses scrupules. Il expliqua qu'il ne se décidait pas à aller se livrer, mais que si les gendarmes venaient le chercher, il ne se déroberait pas. Simplement, il préférait que cela se passe ailleurs qu'à Chanteloube, car il ne voulait pas créer d'ennuis à sa future famille. Ceci fut parfaitement compris par les parents. Eugénie gardait un air buté, réservant ses remarques et ses objections pour plus tard, quand ils seraient seuls.

Elle les énuméra, ses objections, comme si c'était le lendemain qu'il devait aller en prison. Elle s'était rendue, à bout d'arguments, bien obligée d'admettre que la situation ne pouvait pas s'éterniser. Ses dernières protestations n'étaient plus qu'une variation autour de « Encore un instant, monsieur le bourreau… » Il était clair que le temps était venu de régler les comptes, en espérant que l'addition ne serait pas trop salée.

Cela faisait quinze jours maintenant, que Julien s'était installé à Guillou. Il ne se cachait plus, il attendait simplement que les gendarmes viennent le chercher. Il n'envisageait pas d'aller se constituer prisonnier, même s'il savait que cela aurait été un élément favorable, au tribunal. C'était pas dans son tempérament. Et puis, c'était pour lui, une sorte de revanche envers la gendarmerie. Au front, les gendarmes étaient chargés d'empêcher les soldats de déserter avant l'attaque. Ils n'étaient pas en première ligne, bien qu'eux aussi aient payé un lourd tribut ; ils étaient à part. Les gendarmes de l'arrière, outre qu'ils faisaient figure de planqués, n'avaient pas eu un plus beau rôle : traquer les déserteurs et annoncer les mauvaises nouvelles aux familles. Tout cela n'avait pas contribué à les rendre populaires. Ils pouvaient bien se fatiguer un peu à venir le chercher. Tout le monde à présent savait où il était. On pouvait de la route, voir fumer sa cheminée. Tous les jours, Julien s'attendait à les voir traverser le petit pont sur la Bezorgues. Quand cela arriva, il ne les vit pas.

C'était un vendredi, le premier jour du printemps. Il fut pris par surprise.

Le grenier était encore plein de foin. C'était toujours là qu'il dormait, contre le mur, à l'opposé de l'échelle par laquelle on y accédait.

Le jour venait juste de se lever, les premiers rayons du soleil filtraient sous les tuiles. Ça allait être une belle journée. Les oiseaux piaillaient déjà dans les châtaigniers, faisant un joli raffut. La

Bezorgues roulait ses cailloux, comme elle le faisait depuis la nuit des temps.

Elle, c'était le bruit de fond, le paysage sonore de la vallée ; il changeait juste d'intensité suivant les saisons. En ce moment, la rivière était grosse de toute cette neige qui fondait là-haut sur le plateau. Dans quelques jours, elle se calmerait, sa voix serait moins forte jusqu'à devenir presque imperceptible dans les mois d'été.

Julien s'étirait paresseusement, il avait l'habitude de se lever aussitôt réveillé, mais ce jour-là, il s'attardait à faire le bourgeois qui traîne au lit. Après tout, rien ne le pressait, il attendait que le soleil chauffe un peu plus fort. Au moment où il se lève, c'est là qu'il fait le plus froid. Il devait y avoir un peu de rosée, mais il ne pensait pas qu'il ait gelé comme ça arrive souvent au début du printemps, au grand dommage des arbres fruitiers s'ils sont un peu précoces.

Le Chien n'était pas à ses côtés, il avait pris des habitudes chez les Borel, et il passait son temps à faire la navette entre Guillou et Chanteloube comme s'il ne savait plus bien où il devait rester. Peut-être pressentait-il que pendant quelque temps, il devrait se passer de son maître et se ménageait-il un point de chute ? C'est souvent plus malin qu'on ne croit, les bêtes !

Son frère Joseph avait promis de venir dans la matinée pour l'aider à débroussailler son bois de châtaigniers au-dessus de la maison, mais il ne serait sûrement pas là avant deux heures d'horloge.

Soudain, il lui sembla que quelque chose venait de changer dans l'air, c'était imperceptible, il n'arrivait pas à savoir d'où venait ce changement puis il se rendit compte que c'était les oiseaux… ils ne chantaient plus ! Il entendit le bruit d'une branche cassée. Il fut sur pied instantanément et enfila son pantalon à toute vitesse. Il y avait quelqu'un qui marchait près de la grange, c'était sûrement Joseph, bien que ce soit un peu tôt… Il a dû tomber du lit, se dit-il.

Puis, on appela, en patois :

« Oh Julien ! Es aqui ? »

Allons… c'était Joseph !

Et il répondit « ouey !… » Puis il s'arrêta net…

Ce n'était pas la voix de Joseph, mais la réponse lui avait échappé. Il finit de lacer ses souliers, assis sur sa paillasse. Cette fois, ça y est, se dit-il, et il se coula derrière la dernière botte de foin, au fond du grenier comme quand il était gamin et qu'il jouait à cache-cache avec ses sœurs. Un réflexe… ça faisait si longtemps qu'il se cachait… Il ne lui vint pas à l'idée de sortir simplement et de dire « Eh bien oui ! C'est moi, finissons-en, faites votre travail maintenant ». C'était un instinct purement animal auquel il obéissait alors que dans le fond, il savait bien que tout était fini.

« Gendarmerie nationale… Sortez Julien Lascombe… On sait que vous êtes là maintenant… Vous êtes pris !… »

Julien ne répondit pas.

Quand Marie apprit que Julien avait été arrêté, elle se rendit directement à la gendarmerie de Vals. Auparavant, elle avait rempli un panier de provisions, se doutant que son frère n'aurait pas mangé grand-chose depuis son arrestation.

Elle tomba sur Lambert, il avait l'air un peu gêné. L'air de celui qui habituellement fait tout pour plaire aux femmes et généralement y arrive. Mais là il se disait que non seulement il n'allait pas plaire, mais qu'il allait très certainement devoir affronter une femme en colère. Il détestait ça !

Marie attaqua bille en tête…

« Alors, monsieur le gendarme, vous avez attrapé mon frère à ce qu'il paraît, vous devez être fier de vous, six mois après l'armistice, c'était plus un déserteur, c'était un ancien combattant !

— Je suppose que vous voulez le voir, dit Lambert sans relever le sarcasme, et que ce qu'il y a dans ce panier est pour lui ; je peux voir ce qu'il contient ?

— Vous avez peur que je lui amène des pistolets pour le faire évader ? Je ne crois pas que ce soit son intention, il a assez vécu en sauvage, il doit vouloir en finir sinon vous ne l'auriez pas eu ! »

Lambert ne répondit pas et fouilla le panier rapidement.

« Vous allez le voir, dit-il. Demain il sera transféré à la prison militaire, à Marseille où il sera jugé ; mais je dois vous prévenir, il ne s'est pas laissé prendre sans résister, il s'est beaucoup débattu et il a fallu faire usage de la force. Veuillez me suivre… »

Lambert amena Marie jusqu'à une pièce, sorte de cellule avec barreaux à la fenêtre, meublée d'une table, d'un tabouret et dans un angle, une paillasse sur laquelle Julien était allongé.

Il se leva d'un bond dès que la porte s'ouvrit. Marie ne le reconnut pas tout de suite, elle laissa tomber son panier de surprise, Julien restait sans bouger, les bras le long du corps. Il avait le visage complètement tuméfié, la lèvre inférieure avait éclaté et l'œil droit était entièrement fermé. Sa chemise était imbibée de sang sur le devant.

Marie ne s'attendait pas à un tel spectacle, elle avait mis les mains devant sa bouche, comme pour s'empêcher de crier. Mais elle n'était pas du genre à s'évanouir à la vue du sang, et elle ne mit que quelques secondes pour reprendre son sang-froid. Alors, elle se retourna vers Lambert, les yeux étincelants de colère, celle précisément que le gendarme redoutait tout à l'heure, et Marie dut faire un gros effort pour ne pas se jeter sur lui toutes griffes dehors. Cela devait se lire sur son visage, car Lambert, instinctivement, recula d'un pas.

« C'est vous qui l'avez arrangé comme ça ou vous vous êtes mis à plusieurs ? demanda-t-elle d'une voix blanche. Espèce de sadique... Vous aimez ça démolir les gens ou c'était juste pour vous venger parce qu'il vous a fait courir un peu ? Vous auriez mieux fait d'aller faire ça aux Boches, quand c'était le moment... Mais là, c'est plus facile, y a moins de risques surtout... Ah ! Vous pouvez être fier... Combien vous étiez pour cogner sur un homme sans défense... Vous trouvez ça glorieux vous ? Mais ça ne se passera pas comme ça... J'irai trouver vos supérieurs... Vous n'aviez pas le droit...

— Laisse Marie... »

C'était la voix de Julien, une voix fatiguée et un peu triste. Marie arrêta net sa diatribe. Lambert était pâle, les lèvres pincées, le regard absent, perdu vers la fenêtre aux barreaux. Apparemment soulagé, il eut l'air de reprendre pied, il avait fait effort pour garder son sang-froid et ne pas répondre aux insultes.

« Je vous laisse, dit-il le plus calmement qu'il put, quand vous voudrez partir, vous n'aurez qu'à taper à la porte, je viendrai vous ouvrir. »

Une fois seuls, Marie ramassa son panier et commença à déballer son contenu sur la table. Il y avait là du pain, du saucisson, du fromage et une bouteille de vin.

« Je suis sûre que ces brutes ne t'ont rien donné à manger depuis ce matin ! » dit-elle (il était près de dix-huit heures).

Julien s'était assis sur l'unique chaise et commençait à déchirer la miche de pain avec les mains. On lui avait, bien sûr, confisqué son couteau. Il essayait d'enlever la peau du saucisson avec les dents, quand Marie sortit un canif d'une poche de sa veste et le lui tendit. Il mangea avec peine : il avait la mâchoire douloureuse. De temps en temps, il s'arrêtait pour boire une rasade de vin, à même la bouteille.

Marie le regardait, l'œil attendri ; elle attendait qu'il ait fini pour le questionner. Il n'y avait pas d'autres sièges, elle se décida à s'asseoir au bord de la paillasse, précautionneusement comme si elle avait peur de salir sa robe.

Le soleil de cette fin d'après-midi n'était pas loin de son couchant. Quelques rayons filtraient encore à travers vitres et barreaux, mais dans peu de temps, il ferait sombre.

Marie regardait son frère tant qu'il y avait encore assez de lumière. Elle essayait d'évaluer son état. À deuxième vue, il semblait que ses contusions étaient plus spectaculaires que vraiment graves ou profondes. Il avait une arcade sourcilière fendue, d'où le sang sur la chemise. L'œil, en dessous, qui restait fermé, commençait à prendre des teintes intéressantes et c'est la lèvre fendue qui le gênait le plus pour manger.

« J'ai sauvé mes dents ! » dit-il en grimaçant un sourire.

Il en avait fini avec le saucisson, il en était à terminer son pain avec le fromage. La moitié de la bouteille était descendue.

« Ça fait du bien, dit-il. À midi ils m'ont donné juste un peu de soupe et de pain sec. C'était pas fait pour me remettre des émotions. Comment tu as su que j'étais là ?

— Oh ! Votre entrée à Vals n'est pas passée inaperçue… Un type en sang entre quatre gendarmes. Les gens ont dû commencer à se demander qui c'était et dès qu'ils ont su, ils se sont empressés de me le faire savoir, trop heureux de m'annoncer la nouvelle.

Ils ont pourtant eu la délicatesse de ne pas me parler de sang, pourtant, ça devait les démanger, c'est pas tous les jours qu'il se passe des événements pareils à Vals ! Pourquoi ils t'ont mis dans cet état-là… Qu'est-ce qui s'est passé ?

— Ils m'ont surpris ce matin, au petit jour. J'étais à Guillou et j'attendais Joseph, il m'avait promis un coup de main. Quand j'ai entendu appeler en patois, je pensais à lui, j'ai répondu par réflexe, pourtant je savais que c'était pas lui, c'était pas sa voix et c'était beaucoup trop tôt. Ça m'a échappé… de toute façon, il fallait bien en finir.

Je me suis caché au fond du grenier. Ils ont été obligés de sortir tout le foin pour m'avoir… Je sais, c'était un peu bête, j'aurais mieux fait de me rendre tout de suite, ils m'auraient rien fait… tout ce foin… et moi qui faisais le mort… sûr que ça les a énervés.

Je les entendais rouspéter, ils n'ont pas l'habitude de travailler autant… Ils juraient tout ce qu'ils savaient… que j'allais passer un mauvais quart d'heure quand ils me tiendraient… que je ne perdais rien pour attendre… et tous les noms d'oiseaux qu'ils pouvaient trouver… Joseph, il va avoir du boulot pour rentrer tout ce foin, encore un qui va penser que j'aurais pu lui éviter ça.

Bon !… je ne m'attendais pas à ce qu'ils me serrent la main. La dernière botte sortie, ils m'ont trouvé allongé, les mains croisées derrière la tête, je leur ai fait mon plus beau sourire, mais ça n'a pas marché. Je crois qu'ils ont cru que je me foutais de leur gueule, c'était pas faux d'ailleurs. En tout cas, ils m'ont fait lever à coups de pied au cul et une fois debout, y en a un, sa main, il me l'a envoyée dans la figure, mais méchamment, poing fermé, c'est lui qui m'a éclaté la lèvre, je crois. Mon pied est parti aussi sec, il l'a pris en plein dans le bas du ventre, tu sais, là où les hommes sont sensibles.

Il s'est écroulé en gueulant tout ce qu'il savait. Tu parles si ses petits copains ont eu à cœur de le venger… Je me suis mis en boule et j'ai attendu que l'orage passe.

Mon ami !… ça pleuvait pire qu'à Verdun ! Faut croire que ça les avait pas trop fatigués de sortir tout ce foin, ils étaient encore vaillants. Je ne sais pas combien de temps ça a duré, mais j'ai trouvé long. C'est Lambert qui les a arrêtés, sans ça, je crois qu'ils y seraient encore à me taper dessus… Un miracle qu'ils ne m'aient rien cassé. En tout cas, je dois avoir des bleus de la tête aux pieds. Sûr que demain, je ne pourrai pas bouger.

— Aussi, dit Marie en haussant les épaules, tu avais besoin de faire le mariole, surtout pour arriver au même résultat. Ils auraient aussi bien pu te tuer… Si tu t'étais rendu sans histoire, ça ne serait pas arrivé… Vous les hommes, vous êtes tous les mêmes… À croire que ça ne vous a pas suffi quatre ans de guerre, vous ne ratez pas une occasion de vous taper dessus. Pourtant toi Julien, tu n'as jamais été un bagarreur, c'est ça qui m'étonne…

— Mais je ne me suis pas beaucoup battu, j'ai surtout encaissé. Le coup de pied, il est parti sans réfléchir… Bon et puis maintenant c'est terminé, on ne va pas en parler cent sept ans. Demain, je serai transféré à Marseille, les tribunaux militaires, ils sont plus rapides que les civils, dans trois semaines, un mois au plus, je passe en jugement et je saurai à quoi m'en tenir sur mon sort. Je ne crois pas que j'aurai une grosse condamnation. La guerre est finie et on dit qu'ils ne sont pas trop sévères avec les déserteurs qu'ils attrapent maintenant. Je serai rentré pour les moissons, on fixera la date du mariage avec Eugénie, et la vie continue, je peux dire même qu'elle va enfin commencer et…

— Vends pas la peau de l'ours, Julien, ce sont les coups sur la tête qui te rendent euphorique ?… À ta place, moi, je ne ferais pas des projets à trop long terme, c'est le meilleur moyen d'être déçu. Les gendarmes, s'ils font un rapport sur ton arrestation, ça ne va pas encourager les juges à la clémence. Et puis, il faut te trouver un avocat, on ne sait jamais combien de temps ça traîne des affaires pareilles…

— L'avocat, c'est l'armée qui le fournit, on s'occupe de rien. Marie… ça va aller… t'en fais pas… Je voudrais que tu ailles voir Eugénie, rassure-la, lui dis pas que je suis tant amoché, c'est pas la peine de lui donner du souci pour rien. Quand elle me reverra, il n'y paraîtra plus. Pareil pour les parents, ça sert à rien qu'ils sachent…

— Bon !… je ferai comme tu veux. Demain matin à la première heure, je t'apporterai du linge propre, tu peux pas rester comme ça, avec une chemise pleine de sang. Je demanderai aux gendarmes à quelle heure tu dois partir, que je puisse venir avant.

Maurice est plus grand que toi, mais ses affaires devraient t'aller quand même... Que tu sois au moins présentable à Marseille.

Et puis, je demanderai si je peux t'envoyer le docteur, il faudrait un peu nettoyer toutes ces plaies...

— C'est pas la peine pour le docteur, c'est rien. Pour le linge, je dis pas non. Je t'ai pas demandé des nouvelles de Maurice... comment va-t-il ?

— Ça va ! Il a repris son poste de contremaître à la Viscose, mais il va passer le concours pour rentrer aux Postes... facteur-receveur. Figure-toi qu'il s'était mis dans la tête, avec son copain Peyronné, d'acheter un manège de fête foraine, soi-disant qu'on y gagne des fortunes. Mais j'ai mis le holà ! Si tu veux faire le forain, j'y ai dit, trouve-toi une autre femme. C'est pas un métier respectable ça... c'est "caraque" et compagnie ! Tu fais ce que tu veux, mais moi, je veux pas être la femme d'un "caraque". Il a renoncé.

— Tu ne lui as pas laissé beaucoup le choix.

— Les hommes, si on les laissait faire... heureusement qu'on a un peu plus de plomb dans la cervelle, nous, les femmes...

— Et Eulalie, tu as des nouvelles ?

— La dernière fois que je suis allée la voir, j'ai passé ma journée à lui faire le ménage, à laver le linge et les gamins. Pourtant, c'est pas une fainéante, elle travaille beaucoup à la ferme, mais pour son intérieur, zéro ! En plus, je crois qu'elle est encore enceinte. Celle-là aussi, si elle avait eu un peu plus de bon sens, elle n'en serait pas là.

— Marie, c'est pas très charitable ce que tu dis là…

— Mais c'est la vérité.

Malgré tout, c'est notre sœur, s'il faut l'aider, on fera ce qu'on pourra, mais elle n' a pas une vie bien heureuse. Heureusement qu'il y a Antoinc, il est brave comme tout, ce petit, et il aide déjà bien sa mère. Quand il sera grand, elle pourra se reposer un peu dessus. En attendant… »

Il faisait nuit à présent dans la cellule. Marie était rassurée, Julien n'était pas en si mauvais état, et son optimisme était réconfortant. Elle n'était pas loin de penser, elle aussi, qu'il allait arriver au bout de ses peines et que tout allait rentrer dans l'ordre. Elle s'était levée, rangeait ses affaires dans le panier presque à tâtons tant il faisait sombre. Julien s'était levé, lui aussi. Avant d'aller taper à la porte, Marie prit son frère aux épaules, n'osant pas l'embrasser, il n'avait pas un morceau du visage intact.

« Allez, "adussias", dit-elle, en lui serrant légèrement l'épaule, évite de faire le malin à partir de maintenant. J'irai voir Eugénie, t'en fais pas. J'espère que tout se passera comme tu le penses.

— Ça va aller, Marie, à bientôt ! »

Elle tapa à la porte, on vint lui ouvrir au bout de quelques secondes. Elle ne put même pas voir le geste de la main que lui faisait son frère. Il faisait nuit.

Julien retourna s'allonger sur la couchette, les mains derrière la tête. Il n'avait pas peur. Quand on était passé par là où il était passé, on ne pouvait plus avoir peur de grand-chose. Il se sentait plutôt bien, moralement s'entend, parce que pour le visage et quelques côtes, c'était un peu plus sensible, mais dans la tête, tout était en ordre. Il n'avait plus rien à prévoir ou à organiser. Il suffisait de se laisser porter par les événements ; c'était une sensation plutôt reposante.

Cela faisait maintenant un mois que Julien était à la prison militaire à Marseille. Eugénie se rongeait les sangs parce qu'elle était sans nouvelles. Les autorités militaires ne laissaient filtrer aucune information. On savait seulement qu'il allait être jugé à huis clos par un tribunal militaire et qu'un officier allait lui servir d'avocat.

Marie avait fait le voyage pour essayer de le voir. Elle s'était heurtée à un refus poli, mais ferme, de la part des militaires. Tout ce qu'avait pu lui dire le capitaine qui avait daigné la recevoir, c'est qu'il allait bien, qu'il serait jugé rapidement et équitablement. Au moment de la reconduire, attendri peut-être par le désarroi de Marie qui faisait remarquer qu'elle était venue de loin pour bien peu, il avait ajouté pour la rassurer, que la tendance était à la clémence et que vu les états de service du fantassin Lascombe, il ne devrait pas être lourdement condamné. Mais cela restait un sentiment personnel qui n'engageait que lui.

Quand la sentence serait prononcée, il aurait l'autorisation d'écrire des lettres. Ils pourraient ainsi être fixés sur son sort et cela dans les semaines, peut-être même les jours à venir.

En reprenant le train, Marie se disait que l'armée n'avait pas volé son surnom de « grande muette ».

Depuis, Eugénie guettait le facteur.

Celui-ci savait qu'elle attendait une lettre de Marseille. Il savait aussi pourquoi. Tout le monde dans la vallée était au courant et attendait la lettre en même temps qu'Eugénie. Mais les jours passaient et quand il arrivait à Chanteloube, le facteur prenait un air de plus en plus désolé. Néanmoins, elle gardait confiance. Elle savait bien que tôt ou tard, on lui rendrait son Julien.

Un soir, en sortant de l'usine, il n'était pas loin de six heures et demie, elle vit une silhouette qui attendait au bord du chemin dans le dernier lacet avant le hameau. Le soleil, bas sur l'horizon, l'éblouissait un peu.

Elle mit sa main en écran devant ses yeux pour mieux distinguer ; son cœur se mit à battre un peu plus vite.

Là-bas, l'homme se redressa et fit un pas en avant. Alors, Eugénie se mit à courir, de plus en plus vite, il n'eut qu'à ouvrir les bras pour la recevoir contre lui. Le choc autant que l'émotion leur coupa le souffle.

Ils s'embrassaient avec tant d'ardeur que l'air continua à leur manquer encore un bon moment. Eugénie avait tant de questions qui se bousculaient au bord des lèvres qu'elle ne savait pas par où commencer. Pendant une fraction de seconde, elle eut peur… C'était trop de bonheur… elle crut qu'il s'était évadé, qu'il allait être encore recherché, enfin, elle réussit à balbutier :

« C'est fini ? Ils t'ont libéré ?

— Ils m'ont mis trois mois avec sursis pour avoir frappé les gendarmes. Comme déserteur, ils m'ont trouvé plein de circonstances atténuantes. La famille avait été suffisamment touchée et les campagnes auxquelles j'avais participé… ma blessure… Tout ça m'a évité la prison. Ils m'ont quand même supprimé le statut d'ancien combattant ; je ne toucherai pas de pension. Je leur en fais volontiers cadeau ! L'avocat militaire m'a bien défendu.

C'est fini, Génie, on va pouvoir fixer la date du mariage… Si tu veux toujours de moi, bien sûr !

— Idiot ! » répondit Eugénie en se serrant très fort contre lui. Puis ils prirent le chemin de Chanteloube tendrement enlacés, s'arrêtant tous les dix mètres pour s'embrasser encore.

Quand ils arrivèrent, le soleil se couchait derrière Sainte-Marguerite, le bruit de la Bezorgues montait de la vallée. Les Borel, avec Le Chien, attendaient devant la maison ; quand ils les aperçurent, ils vinrent à leur rencontre.

Ils ne pourraient jamais être plus heureux que ce soir-là.

Table des matières

DANS LA MÊME COLLECTION

Les textes de la collection Terre de Poche nourrissent la mémoire collective à travers l'histoire d'une famille ou d'un village de nos régions, un récit de voyage, un document historique ou une chronique intime. Grâce à ces destins croisés, ces descriptions animées, ces analyses précises, le lecteur voit resurgir à chaque page ses souvenirs de jeunesse, la reconstitution de la vie de ses aïeux, des paysages contrastés : autant de témoignages précieux en ce début de siècle.

1 - *La Bête du Gévaudan*, François Fabre et Jean Richard.
2 - *Voyages avec un âne dans les Cévennes*, Robert Louis Stevenson.
3 - *Le Pain de Lamirand*, Jean Anglade.
4 - *La Burle*, Paul Perrève.
5 - *La Montagne aux sabots*, Georges Rey.
6 - *La Dernière Estive*, Antonin Malroux.
7 - *Clémentine*, Jean-Louis Chantelauze.
8 - *Tintinou, paysan*, Justin Bourgeade.
9 - *Le Pain de cendre*, Paule Valette.
10 - *Le Retour de Rose*, Yveline Gimbert.
11 - *Le Troisième Prétendant*, Jean-Pierre Fournier la Touraille.
12 - *Les Porteurs de terre*, Jean Rosset.
13 - *Les Galoches Rouges*, Paul Perrève.
14 - *La Meule éclatée*, Paule Valette.
15 - *La Tondue*, Marie de Palet.
16 - *Julien, berger des collines*, Julien Ventre.
17 - *Le Secret de Marie*, Jean Chauvigné.
18 - *La Roque-basse,* Claude-Rose Touati.

20 - *Les Arbres de mai,* François Cognéras.
21 - *La Tuile à loups,* Jean-Marc Soyez.
22 - *Le Sentier Aride,* Marie de Palet.
23 - *La Petite Fadette,* George Sand.
24 - *La Vallée des forges,* Joseph Gourgaud.
25 - *Une vie de femme en 1900,* René Proriol.
26 - *La Demoiselle du presbytère,* Yvette Frontenac.
27 - *Jacquou le Croquant,* Eugène Le Roy.